中国少数民族文学发展工程
出版扶持专项

香格里拉草原上

（彝族）张昆华／著

作家出版社

张昆华　彝族，1936年出生于昆明市昆华医院，因而得名。1951年参军，在部队22年。1973年由昆明军区宣传部转业到《云南日报》任副刊主编。1979年调云南省作家协会，先后任副主席、《边疆文艺》副主编，云南省当代文学研究会副会长以及中国作家协会全国委员会委员、名誉委员。国家一级作家，被读者和评论家称为“文学三头鸟”。

在北京、上海、天津、重庆、四川、云南、广东、湖北、香港、台湾等地出版文学著作三十余种；以小说、散文、诗歌获国家级、省级奖（包括台湾奖项）三十余次；有部分作品被译成英、法、朝、泰、孟加拉、巴基斯坦等文字出版；有大量作品被编入各种经典、辞典、精品、精编、文库、书系、年鉴、集萃、文选、诗选等，并被网站登载。长篇小说《白浪鸽》以及小说、散文、诗歌集《云雀为谁歌唱》荣获冰心图书奖。散文集《漂泊的家园》荣获冰心散文优秀奖。短篇小说集《双眼井之恋》荣获中国作家协会、国家民委“骏马奖”。中篇小说《蓝色象鼻湖》荣获中央文化部、国家出版总署全国少年儿童优秀读物一等奖。散文《冰心的木香花》荣获中国广播节目国家级政府奖并在台湾荣获“乡情文化”征文第一名。散文集《云南的云》荣获云南民族文学精品奖，荣获省委宣传部、省文化厅、省文联联合授予的云南文学艺术成就奖等。

作者近照

目录

记忆与文学（自序） 1

那年泼水节 1

鸡鸣三省唱曙光 7

张学良将军的中国结 14

访问张冲将军故居 32

拉祜寨的大青树 38

巴金与个旧 43

林徽因的龙泉时光 47

汪曾祺的白莲花 79

遥祭程十发 86

雷漫天人生如琴 91

文学使历史大放光彩 117

向昂美纳部落致敬 124

文友相逢冬风暖 131

为《中华魂——万里长城图》晋京送行 140

一个人的森林 147

鸡足山览胜记 154
国殇回声 161
隔娘坡 166
司马第 174
故园情 180
拜访楚雄茶花树 188
德昂山寨泼水节 211
童话的家园 220
祝福彝寨老战友 226
香格里拉草原上 240
交三桥 254
名人名花红山茶 259
远眺近望五华塔 268
黄草岭的和谐乐章 273
春风伴我昌宁行 277
峨山的冬天和秋天 284

后记 291
附录：张昆华已出版的作品要目 293
张昆华获奖作品要目 296

记忆与文学（自序）

如果说青年人的文学创作是去群山之间探寻众水之源，中年人的文学创作是在大江大河之中搏击风浪，那么，老年人的文学创作便是在走过的人生道路上回头再去开掘一眼眼深井，让记忆的泉水缓缓沁出……

这井水当然与群山、与江河有联系，只是经过大地的吸吮、清滤、融解而变成另一种纯净而有神采的水罢了。这水，无论哪一眼井里的水，都能映现出老年人额头眼角上的皱纹；那一条条皱纹便隐藏着青年、中年也包含老年人当时当地所经历的一个个故事；这故事便是记忆。

记忆是一种距离，距离产生美感，美感催生文学。记忆发源于瞬间，却能保持久远，特别是经过文学脱胎换骨以后，记忆的生命，就有可能比记忆者的生命更长。

古今中外的许多诗人、小说家、散文家，基本是依据记忆写作的。当然，文学可以是，又不完全是记忆的原始实录。记忆就存在着取舍、删节、淡薄、模糊、排斥、忘却或全面、片断、秘密、公开、珍贵、鲜明等现象。所以，文学需要选择记忆，而记忆也在选择文学。并不是所有的记忆都能成为文学，也不是所有的文学都是记忆，比如那些想象、夸张、虚构、魔幻、科幻的文学。即便是此类作品，无论如何也会与记忆有着血缘的、情感的、思想的、推理的种种亲属关系，总能找到记忆的痕迹或形象或本质。

记忆总是在有意或无意之中获得。与其等待记忆，不如去主动亲历而收取记忆，拓展记忆，深刻记忆。以我的文学创作而言，我有着写不尽的记忆，是因为记忆来源于我丰富的人生经历。我少年参军，上世纪五十年代初期便战斗在云南边防线上，生活在多种少数民族地区。军旅生涯与多民族特色的文化哺育着、充实着、壮大着我的文学创作。比如，1957 年 8 月 6 日在《人民日报》发表的《灯光》一诗，就是写我 1954 年春天在西双版纳打洛边防连站岗时的记忆：黎明前的黑夜里，我看见连长值班室的灯光与傣族竹楼上母亲给婴儿喂奶时的灯光在一条线上交相辉映，我由此发现了诗意。进入中年我感到生活阅历有如大江大河的滔滔波浪，便转而写作长篇小说。1986 年发表在《当代》杂志的《不愿纹面的女人》，后由台湾出版并被峨影厂改编拍摄成故事片，接着入选中国作家协会编选的庆祝新中国成立六十周年《全国少数民族文学作品选》，最近又由上海文汇出版社出版，被称之为“我国第一部反映独龙族生活的长篇小说”。又如 1981 发表在上海《电视·电影·文学》杂志创刊号上的《魔鬼的峡谷》，后由云南人民出版社出版，入选《中国当代百部长篇小说评价》。这是我国第一部反映傈僳族生活的长篇小说。再如荣获中国作家协会、国家民委联合举办的“骏马奖”的短篇小说集《双眼井之恋》，就更应该称为记忆之作的典型了。

步入老年后，我常常用记忆之水进行心灵的洗礼，迎来散文创作的旺盛时期。我在香港、台湾、泰国、美国发表、出版了大量民族文化散文和两部散文集，如写藏族的《云雀为谁歌唱》，写佤族的《遥远的风情》，写纳西族东巴文化的《梦回云杉坪》，写纳西族摩梭人母系社会情感婚姻的《鸟和云彩相爱》，写多种民族茶文化的《边寨茶趣》等，还出版了《漂泊的家园》《云南的云》等多部散文集。前不久相继由《人民日报》接连发表的《那年泼水节》《拉祜寨的大青树》《向昂美纳部落致敬》等，是我在西双版纳的傣寨、澜沧拉祜寨、西盟、沧源佤寨的军旅人生美好情感的记忆浪花的奔腾……

回顾我从青年、中年到老年时期的诗歌、小说、散文创作，要说的话很多，但我最想说的是一句话：感谢记忆！记忆不仅是昨天，也是今天；今天总要变成昨天，昨天将越去越远。因为记忆是生活，是人生，是文学。我将一如既往地求索记忆、亲近记忆、爱惜记忆、尊重记忆、冶炼记忆、开掘记忆、唤醒记忆、铭刻记忆、精华记忆……

原载《民族文学》2009年第12期“卷首语”专栏

那年泼水节

记忆不会对你迎面而来，只能随着背影渐渐离去。当旋转的日月星辰托举出明天，又挥手把今天变成昨天，变成记忆，昨天的记忆便只会愈去愈远。记忆远去，有的会模糊，沉落；有的则依然鲜明，深刻，常忆常新。我就有如此记忆。消失的记忆自不必说了，也说不出。但有的记忆，不管走了多远，都能迅速召回。比如四十八年前的那个春天，我在西双版纳度过的泼水节，便始终与我的生命同行。

上世纪五十年代初期，我参军后便长期战斗在西双版纳。从那时一直到现在，我和傣族群众欢度泼水节的次数，真是难以记清。但唯有1961年过的泼水节，久久难忘，铭刻于心。那时我在昆明军区文化部任《部队文艺丛书》编辑。领导要我们去西双版纳组织、采写、编辑出版一本反映边防部队在中缅边境警卫勘界作战的报告文学集。在此前的一个多月内，我边防部队集中几个师的兵力对长期盘踞在缅泰边境和金三角地区的蒋军残部进行了突击式的扫荡作战，取得了重大胜利。部队撤回国后，紧接着又投入到保卫中缅两国总理即将在西双版纳首府景洪举行会晤的特殊任务中去。

这还得从不算久远的历史说起。1956年12月16日在德宏州首府芒市，周恩来总理与缅甸总理吴巴瑞共同参加了中缅两国边民联欢大会，并在芒市宾馆亲手种下两棵缅桂花树，寄语“胞波情谊”开出新花。相隔四年后，1960年1月两国总理在缅甸首都仰光互换了《中华人民共和国和缅甸联邦边境条约批准书》。缅甸成为与新中国第一个和平解决边界问题的国家。两国总理商定一年后即1961年在西双版纳景洪的泼水节期间再度举行友好会谈，以进一步加强中缅两国人民的友好情谊。

1961年4月中旬，恰值傣历1323年新年，也就是传统的泼水节。在这个喜庆祥和的年节里，周恩来总理与缅甸吴努总理相约到景洪会见并与西双版纳各族人民联欢，这当然是内涵丰富、友好美妙的外交活动。但盘踞金三角和泰缅边境地区的蒋军在我军勘界作战中并未受到合围即歼灭性的打击，仍然拥有较强的兵力与作战能力。有情报表明，蒋军很有可能在泼水节期间对我边境实施袭击骚扰和派遣敌特潜入景洪进行破坏、暗杀活动。因此泼水节期间的安全保卫工作十分复杂而繁重。4月13日上午，周恩来总理和吴努总理乘专机从昆明飞到思茅，然后改乘汽车直驱景洪。我的战友告诉我，在途中这一百多公里的路段上，每一根电线杆之间（相距50米）的范围内都隐蔽地设置了哨兵，由我参军时所在的39师部队警卫沿线安全。由于景洪离国境线很近，泼水节活动采取了必要的保卫措施。除了公开执勤的大批军警，还由邻近景洪的勐海驻军117团的军官士兵换穿便衣混杂在群众中以防意外发生。当然这一切安排都是内紧外松，表面上看不出任何异常现象。

下午5时，夕阳把澜沧江波浪镀上一层层金红的光芒。那时江上没建大桥。中缅两国总理乘轮渡过江登上码头后，几位傣族小卜哨迎上前去向周恩来总理和吴努总理献了鲜花；老佛爷依照傣族宗教习俗在他俩的手腕上拴红线表示祝福；这时在江边沙滩上燃放高升，发出12声冲天巨响，象征着西双（即12个）版纳对两位总理莅临景洪的崇高而热烈的欢迎。在接受了姑娘们轻轻地点洒圣水的仪式后，周恩来总理和吴努总理从码头步行到州宾馆的途中，夹道列队欢迎的群众发出一阵阵“水！水！水！”的欢呼声，伴随着一束束鲜花挥舞的光彩，把欢迎贵宾的仪式从这个寨子的群众传给下一个寨子的群众；从这段路上欢迎的高潮传给下一段路上又腾起的高潮……

第二天上午，两国总理来到热带作物研究所里，在一棵棵橡胶树、油棕树、槟榔树、椰子树围绕的草场上举行了会晤。在友好的对话中，不时从林中传来鸟儿的啼鸣，那“糯乐多、糯乐多”的歌唱，引得主客都发出了笑声。会谈结束后，周总理会见了蔡希陶等植物学家和研究所职工，发表了他从思茅到景洪途中看到公路两边森林被严重砍伐和刀耕火种的现象而产生的忧虑，特别提出要保护好西双版纳的生态环境。下午，两国总理来到澜沧江边临时搭建的观礼台上，在傣族赞哈吟唱民间歌谣声中，观赏了江上的龙舟比赛，江边的放高升比高赛，还有傣族、基诺族、布朗族、爱伲族群众性的歌舞表演。然后周总理步出观礼台彩棚，为龙舟赛冠军勐海队颁奖，把一只高贵的银碗作为奖杯授予龙舟领队波素高……此时，澜沧江波浪和江两岸的各民族群众又爆发出一阵阵欢呼声，象脚鼓、铓锣四处响起，一支支高升带着呼啸冲向蓝天白云……

两天来我们所看到的西双版纳景洪泼水节的盛况，确实是前所未见，而且今后也可能不会再有如此国际性的高规格、如此广泛的群众参与的大规模活动了。我们身临其境，与景洪各民族群众共享了欢乐，受到极大的鼓舞。但我们总在向往着与周总理能有近距离亲近的机会。这个愿望由负责带领我们此行的军区文化部文艺科长赵玉山向军区保卫部同志反映后，得到了理解与关注。

4月15日是傣历新年正式泼水的日子。这天早晨，周恩来总理陪同吴努总理来到景洪近郊曼听寨佛寺举行泼水前的宗教礼仪活动，比如为寺庙里的金佛玉佛洗浴，献花，敬蜡条、香烛等。周总理在寺里会见了宗教界人士后，走出庙门，向聚集在寺内外的群众大声地说道："乡亲们，祝你们泼水节快乐！"周总理穿着一身傣族服饰，头上扎着水红色绸巾，完全像一个慈祥的傣族老波涛（波涛，大爹之意）。他笑容满面地端着银碗，用凤凰树的一枝绿叶蘸了蘸碗里的水，向周围的人群轻轻地泼洒着雨点般的水珠。群众也以同样方式用枝叶蘸水向周总理洒水祝福！就在这时，吴努总理从寺门走了出来。周恩来总理兴致正高，眼疾手快地从身边一位傣族干部的手里接过一盆水，向吴努总理泼去。吴努总理哈哈大笑着，在水花中连声喊道："胞波，胞波……"（意思是：同胞兄弟！）吴努总理也深知泼水的礼仪，便顺手接过一盆水，向周恩来总理泼去。顿时，大盆大盆的激情泼水，取代了小碗小碗的斯文洒水，曼听佛寺门前变成了水花飞扬、欢呼荡漾的海洋……

由于得到军区保卫部同志的支持，我们被安排在佛寺门口的就近位置，才感受到如此热情、热烈的氛围。当我看到周总理身边始终有穿着军服、戴着中将军衔的咱们军区的司令员秦基伟和军区保卫部政保队长刘雨田陪同时，便鼓起了勇气，产生了一个念头。因为在军区政治部的办公大楼里，我们文化部与保卫部的办公室是连在一起的，我与刘雨田也相互熟识。我大胆地挤过人群，向浑身水淋淋的周总理走去。刹那间我还看见刘雨田用眼神给我示意。我快步走近了周总理，但我手上没端水盆，便举起右手向周总理行了个军礼，这是我当兵以来长期形成的一种习惯。我当时的愿望是想与周总理握个手吧。谁知此时此刻的泼水节高潮中，已经不时兴握手了。只见周总理伸手要了一盆水，迅即向我和我身旁的人群泼了过来……

啊！周总理亲手泼给我们的亮晶晶的水花，还洋溢出缅桂花的香味；那水花在亚热带阳光的照耀下，飞舞起一道道美丽的彩虹，周总理就像是披挂着彩虹的菩提树！

当天下午，周总理和吴努总理乘车离开景洪，到思茅改乘专机飞回昆明。周总理在西双版纳景洪过泼水节的三天，在千千万万各民族群众的心里，播下了欢乐的种子。我们也在 4 月 16 日乘车由景洪经勐海来到打洛边防部队，开始对中缅勘界作战中的英雄模范进行采访。不久，我们编辑的《战斗集》由军区政治部出版。四十八年后的今天，这本血红色封面的报告文学集，依然放在我书柜的显要位置。书中还有我采写的《竹楼歼匪记》《勇往直前》《炊事班的故事》等三篇文章，记载着当年的那场特殊的战争。每当我看到这本书，便会想起在中缅勘界作战中牺牲了的英烈，便会想起当年友爱相处、如今已是天各一方的战友们；当然也会想起由战争赢来的和平岁月，想起 1961 年 4 月 15 日在西双版纳景洪度过的泼水节，眼前便会感到有一团团水花在阳光中灿烂开放，那是穿着傣家人服饰的周总理泼出的吉祥的水，幸福的水，在远去的记忆中永存于心灵里的水。

2009 年 8 月 1 日于昆明

原载《人民日报》2009年8月19日，又载《西双版纳》杂志2009年第6期；入选《庆祝新中国成立60周年征文作品集·放歌60年》，中国作家协会、人民日报社编，作家出版社2010年2月出版；荣获2009年中国散文年会“中国百篇散文奖”。

鸡鸣三省唱曙光

如果说庚寅年的日历本被一页页地撕去，仿佛是老虎的爪痕与我们徐徐远离；那么辛卯年挂历上的日子，便犹如小兔的脚步一天天向我们渐渐临近；就表明被称作大年、老年或农历、旧历的初一，将很快与我们相会。

这就是常说的过年或过春节了。于是，我们便会想起那些红光闪闪的楹联、喜气洋溢的窗花、戴盔持剑的门神、噼啪炸响的鞭炮、鼓鼓胀胀的饺子、甜甜蜜蜜的糖果、全家老小的团聚、磕头作揖的

扎西会议会址

拜年……

然而并不是所有的大年初一或年节春节，都属于所有的人们；也不是所有经历初一或年节春节的人们，都能贴楹联、剪窗花、请门神、放鞭炮、煮饺子、吃糖果、得压岁钱……比如长征路上的中央红军所历经的1935年即乙亥年的大年初一或初二、初三、初四、初五、初六……便没能享受上述浓郁的过年过节的风情习俗。他们是以枪声作为鞭炮、以军号作为唢呐、以篝火作为寒衣、以野菜作为年饭而度过了那个难忘的肖猪年。然而也正是这个艰难困苦的年节，使黑暗的中国听到了雄鸡的啼鸣，从而让中华民族看到了希望的曙光……为此，我们永远铭记着那个特殊而改变历史进程的年节。

我之所以了解中央红军1935年的那次不算过年的年节，得从“文革”时期说起。那时我在昆明军区宣传部任文艺编辑。1968年金秋时节，毛主席要在国庆前后接见全军团以上干部。昆明军区是大军区，其所属的云南军区、贵州军区、13军、14军以及丽江、保山、临沧、思茅4个边防军分区的团职（除部分坚守战斗岗位的）干部，乘火车到达北京，住在五棵松政治学院等待接见。那个年代，“三忠于、四无限”是主旋律，为了对毛主席表示忠心，各部队和一些干部都自发地准备了各种具有政治意义的礼品。为了便于管理和敬献，便把所有礼品都集中在政治学院的一间大教室里陈设展示。云南、贵州部队发挥区域优势，主要是用一块块珍奇的天然大理石制作的屏风或挂件，画面大多以毛主席《长征》诗中写云南的“红军不怕远征难”“金沙水拍云崖暖”“乌蒙磅礴走泥丸”等为题，或以《娄山关》词中写贵州的“长空雁叫霜晨月”“雄关漫道真如铁”“苍山如海，残阳如血”等为题。还有大量毛主席像章和毛主席诗词牌。特别值得一提的是有一瓶1935年红军长征过贵州时酿制的茅台酒和一个红军水壶盛着的取自红军长征中渡过的云南金沙江皎平渡口的江水；一酒一水蕴含着的感情，激励我当时便写了一首短诗。此外，还有一些干部战士学习毛主席诗词的书法绘画。我是工作人员，便住在教室里守护这些礼品。第二天上午，老干部们纷纷前来参观礼品展览。我认识的保山边防军分区司令员范金标边看边说，发表着独特的感想。当他站在一幅表现毛主席赠柳亚子词中的“一唱雄鸡天下白”为题的国画面前时，微笑着对我说：“这老公鸡倒是画得挺英武的！可惜我不会画画，要不然我就画一幅红军长征时的《鸡鸣三省》献给毛主席……”

范司令员我们一般都叫他“老红军”。因为他在红军长征途中一直是中央军委负责人周恩来的警卫员。新中国成立初期又担任驻守云南昭通地区的43师128团团长，负责红军长征时他走过的威信、彝良、镇雄等县区的剿匪任务。他所说的“鸡鸣三省”的地方，便是位于四川、贵州、云南三省交界处属于威信地域的水田寨。那里的雄鸡一叫，三省都能听到，因而得名。这位老红军所指的“鸡鸣三省”不仅是地理位置，更重要的是说在那个小小的村庄里，党中央常委会解决了领导权的交接问题，使长征途中的中央红军转危为安，在听到雄鸡啼鸣之后，吹响了夺取胜利的军号……

自从听了范金标给我讲述的当年他在“鸡鸣三省”水田寨警卫党中央常委会的亲身经历后，我便向往着能有机会前去实地进行访问。这个愿望在期待多年之后终于实现，在2001年11月27日，我参加云南省政协文史委员会的采访团来到了水田寨，瞻仰了1935年大年初二那天，中央红军总部驻地和中央常委解决领导权交接的会议旧址——花房子。时值滇、川、黔交界地区的隆冬，阳光和霜雪互相辉映，升腾的一缕缕雾气举起一条条小彩虹。周围的一丘丘水田覆盖着鲜红的浮萍，在寒风中荡漾着生命的光彩。房前屋后簇拥着一棵棵苍松翠柏，犹如当年红军战士的英姿；树林中开放的一朵朵山茶花，很像是从红军军帽上遗落的一颗颗红星。此情此景似乎使我闻到了 1935 年冬春交替时节的历史气息。据介绍，花房子为清朝末年建筑，是当地一位郑姓乡绅的住家，分前后两幢，总占地面积 2131.2 平方米，无论是当年或当今都可称为豪宅。前幢为 4 列 8 柱，带西厢房，大小共 10 间；后幢为 4 列 7 柱，大小共 6 间。均为穿架式木结构瓦房，因其门、窗、板壁上雕刻有花草虫鸟图案，故当地人称其为“花房子”。1985 年夏，威信县文物管理所将水田寨花房子中央红军总部驻地旧址推荐为首批县级文物保护单位。1987 年，云南省政府又将其列为省级重点文物保护单位。1995 年，搬迁了原住户。1996 年红军长征中任周恩来警卫员的范金标亲临考察，根据他的实地回忆，对旧址进行了复原，并将收集到的红军遗物以及当年有关电文、照片、标语等进行陈列。1997 年，在旧址左侧建立了省级重点文物保护标志碑 1 块、说明碑 1 块。我们一边参观，一边听讲解，进一步深入地理解了花房子的历史意义和文物价值，明确了碑文中所说的花房子“是我党我军历史上一个生死攸关的转折点”的思想内涵和理论判断，确实是有根有据的。

我们都知道党中央和中央红军 1934 年 10 月离开江西苏区时为八万六千多人的宏大队伍，四个月后，历经蒋介石重兵沿途围追堵截，特别是强渡湘江之战死伤惨重，直到 1935 年 1 月 7 日攻克贵州遵义城后，人员已损失过半。面对如此艰难危急的局面，党中央在 1 月 15 日至 17 日在遵义召开了政治局扩大会议。根据陈云当年对红军中央纵队传达的手稿提纲，遵义会议“最后作出了下列决定：（一）毛泽东同志选为常委。（二）指定洛甫（张闻天）起草决议，委托常委审查后，发到支部中去讨论。（三）常委中再进行适当分工。（四）取消‘三人团’，仍由最高军事首长朱（德）、周为军事指挥者，而恩来同志是党内委托的对于指挥军事上下最后决心负责任者”。遵义会议决议虽已作出，但决议仍未完成文件通过。组织问题上，毛泽东虽已选为政治局常委，进入党中央领导核心层，但错误路线的总代表、共产国际确认和支持在中共党内“负总责”的博古（秦邦宪）还在其位置上，党中央的核心领导问题并未解决。由于形势紧急，1935 年 1 月 19 日，遵义会议结束的第二天，根据中央政治局扩大会议关于红军渡过长江在成都之西南或西北建立苏区根据地的决定，中央决定分兵三路从遵义向四川泸州、宜宾方向进发。可是数日来遭到川军的顽强抵抗，林彪率领的先头部队节节失利。中央军委紧急会议后决定撤出残酷的恶战，迅速毁掉赤水河上的桥梁，暂时放弃渡长江北上的计划，转而向云南威信县地域集结。于是，在 1935 年 2 月 5 日即大年初二那天，党中央和中央红军纵队离开四川叙永县的石厢子，行军 75 华里来到云南威信县水田寨，中央领导和红军总部入住花房子。当天夜里，中央召开了政治局会议，决定由洛甫接替博古在党中央负总责任。在一盆盆炭火的温暖燃烧中，在一盏盏油灯的光辉照耀下，博古在会议结束时，就在花房子那间作为会议室的堂屋里，把象征党中央领导权的几幅装有中央重要文件、记录和印章等的挑子，交给了张闻天。花房子会议的博古交权和张闻天接权，可以说是遵义会议的继续，完成了遵义会议上“中央常委再进行适当分工”的决议，从而也由此确立了毛泽东在党中央和中央红军中的领导地位。当时担任警卫的范金标曾经对我说过，奇巧而又真实的是，会议结束时，花房子的几只雄鸡纷纷跑到门前的场子上，不约而同地拍拍翅膀，引颈啼鸣，在那嘹亮的歌唱中，东方的群山之巅渐渐露出曙色，让红军指战员们看到了光明的前程……

1935 年过年那几天，中央军委率领着红军中央纵队，一直是在威信县境内边打仗边行军边开会度过的。2 月 6 日（大年初三）离开水田寨花房子行军 45 华里到石坎子；2 月 7 日离开石坎子行军 20 华里到大河滩；2 月 8 日从大河滩行军 15 华里到院子；2 月 9 日离开院子行军 45 华里到威信县城扎西镇。连日来这些短程行军，就是为了保证有时间让张闻天主持召开多次中央政治局会议。由于会议是 2 月 10 日在扎西镇结束，所以党史上把这几天来的会议统称为“扎西会议”。

扎西会议无疑是遵义会议之后的极其重要的会议。没有扎西会议对遵义会议完成决议的通过并进行一系列具体的贯彻执行和深入发展，便不可能有红军长征的胜利。2 月 11 日中央红军离开扎西镇，从川滇之敌合围的空隙间穿插出去，再渡赤水，于 2 月 26 日攻克娄山关，2 月 28 日重占遵义城，正如朱德所说的这次战役“击溃王家烈八个团，消灭吴奇伟部两个师，缴获枪两千支以上，俘虏约三千人”，取得了长征以来的首次大捷。因而毛主席在遵义写下了《娄山关》：“而今迈步从头越……”

当我们告别水田寨花房子，沿着红军长征路线驱车行进，当年红军走过的村寨一座座从眼前像彩云般飞掠而过，我便遐想：历史也不就是这样匆匆远去了吗？可是，1935 年农历年节那几天红军在这片土地上所创造的光辉业绩，却永远会留在人民的心间。当我们回到扎西镇，进入扎西会议纪念馆（也就是 1935 年农历年节期间，党中央各位领导和中央红军总部驻过并在此召开中央政治局会议的原江西会馆、湖广会馆）参观访问后，我站在馆前的广场上仰望蓝天，倾听旗杆上那面迎风招展的红旗发出的声音，我似乎觉得是听到了雄鸡的一阵阵啼鸣，我相信这就是当年“鸡鸣三省”的雄鸡声音的传承。于是，我向扎西会议纪念馆的一位工作人员提了个建议：能否在馆内放养一群雄鸡，当它们啼鸣时，一定会让来这里参观访问的全国各地的人们想念起红军的长征，从而把“鸡鸣三省”的名声传得更远，更远！——

原载《文艺报》2011年2月2日；又载《云南日报》2011年2月22日；又载《云南政协报》2011年7月29日、8月5日；又载《云南警察文学》2011年第2期；又载《云崖》杂志2011年7月第2期；入选《全国散文作家精品集》，中国散文学会编，2011年卷，中国戏剧出版社2012年1月出版；荣获中国当代作家书画家代表作文库编委会、北京华夏博学国际文化交流中心一等奖，入编2013年卷；再入编《中国当代文艺名家代表作典藏·2014年卷》；再载《云岭先锋》杂志2016年第1期；又荣获《中国诗书画家网》、《中华散文网》、《羲之书画报·诗书画家》编辑部、《华夏博学文化交流中心》联合举协的纪念中国共产党成立95周年《光辉历程·时代画卷：全国特邀诗文书画名家精品大典》最美诗歌奖。

张学良将军的中国结

窗外，昆明盘龙江的绿色波浪，叠涌着百年老桉树的身影在静静地流淌。窗内，宽敞的画室仿佛荡漾着太平洋蓝色海风，吹动着百年老榕树的阔叶发出浪花般的声响……

是的，这真实而又浪漫、临近而又遥远的情景，把彩云之南的军旅画家钟开天与远在美国夏威夷的张学良将军交往的故事，像一幅水墨画展开在我的眼前。我倾听着、询问着、翻阅着，在经过详尽的采访钟开天之后，我相信，这是中华子孙、中华文化在异国他

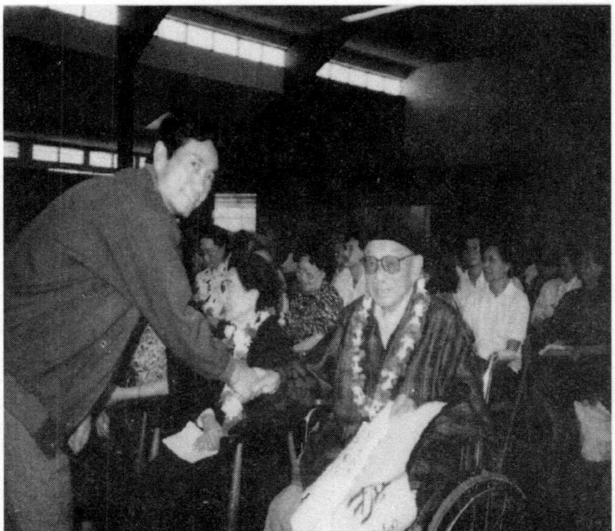

1994 年 4 月在美国夏威夷京街华人基督教公理会上，张学良将军胸挂花环，接受云南军旅画家钟开天赠送书画作品后与其亲切握手。中为张学良将军夫人赵一荻。

乡的一次必然的相会与相亲；我觉得，或许也可以看作是炎黄血脉、华夏根须在大洋彼岸的一次奇巧的交流与交结。因此，我才有可能把军旅画家钟开天与张学良将军的这次握手，认为是昆明盘龙江与夏威夷海浪的一次拥抱……

在讲述这个难忘却又普通的故事之前，我想我还是有必要把两位主人公的人生经历作一番简要的介绍。对某些读者来说，某些情况，也许只是知其一而不知其二，或者知其粗略而不知其细致吧！

钟开天1942年出生于昆明，高中毕业后投考他钟爱的云南艺术学院美术系，未被录取便弃学从军，于1961年8月应征入伍，来到西双版纳勐混边防团当兵，进入了另一所人生大学。由于他从小受父亲的熏陶教育而喜爱习文绘画，参军两年后即有《边防卫士》《新战友到家了》两幅画入展大军区美术作品展览会并被选进《昆明部队美术作品集》。那时我在昆明军区文化部《部队文艺丛书》编辑室工作，即选编了他的单幅作品入书。上溯云南部队文化历史渊源，四兵团在抗日战争、解放战争时期便有吸收人才、重视人才的光荣传统。只要你有所长，便有被培养和发展的机会。三年后，钟开天便从边防团调到昆明军区《国防战士报》任美术编辑。于是，我与钟开天的办公室相距很近，常有编辑业务往来，彼此进一步熟悉了解。1973年3月当我离开军区转业到《云南日报》时，承蒙他不忘战友情谊，雕刻一枚篆体名章送我，至今我仍用其赠书友时盖章留记。1977年我出版第一部反映西双版纳布朗族生活的长篇小说《在勐巴纳森林中》，便请他作多幅插图。封面绘画则是我的战友梅肖青所作。钟开天的那些插图便作为组画入选中央文化部、总政治部在北京主办的《庆祝建军五十周年全国美展》。展后其中四幅被优选收入人民美术出版社出版的画册。这便是钟开天在全军全国最早的成名之作，也因此被破格吸收加入中国美术家协会。

我之所以概述与钟开天的战友文友简历，是想说明我对他的美术创作从始至今都比较了解。我曾经在前些年写过一篇评论钟开天绘画创作的《突破与跋涉》的文章，一开头便说："以生命创作艺术的完美，用艺术张扬生命的价值。我被钟开天绘画作品所蕴含着的巨大而深沉的智慧力量、知识力量、情感力量、人格力量震撼了。"钟开天的绘画，走的是西画中化、中画西化、中西同化、以中为主的艺术道路，表现出传统线和西画块的结合、传统写意和西画素描的结合、传统笔墨和西画色彩的结合，这种风格和特色在其上世纪八十年代初期创作的大型国画《进驻阿佤山》、中国画人物长卷《佤山部落图》以及《老子出关》等作品中得到了充分体现。钟开天以独树一帜的军旅边塞画家的身份，先后于1990年在上海举办画展、1991在台湾举办画展、1992年在香港出版《钟开天画集》、1993年在云南出版《钟开天素描集》；其间有多幅作品在全国全军参展并获奖。

因而也就理所当然地，钟开天的绘画创作引起了海内外画坛的瞩目，受到各方面权威人士的好评。1994年1月至4月，他应邀前往美国夏威夷，首先在卡美哈美哈学院艺术中心举办了《钟开天首次赴美国画展》；接着应邀在夏威夷东西方文化交流中心、夏威夷大学中国研究中心连续作学术讲座；然后又应邀在卡拉力大学、卡比欧拉力大学、卡美哈美哈学院讲授美术课；与此同时还有多件作品参加夏威夷《海华文艺季美展》《夏威夷画家联合展》和美籍台湾画家在夏威夷的《潘荣贵艺廊》举办的《钟开天水墨画精品展》；在不断提升与不断扩展的声望中，钟开天又被聘为《夏威夷中华文化中心》书画评审委员。这位来自中国大陆的军旅画家，在华人众多、中华文化氛围浓厚的夏威夷岛域，受到了媒体的关注与欢迎。《星岛日报·夏威夷版》报道评论说："……钟开天是中国大陆有影响的画家，擅长中国人物画，并对花鸟山水画、壁画、素描、速写、插图、书法以及艺术理论均作过多方面的探索与研究，作品以西南少数民族为主要表现对象，意境深邃，内涵丰富，气势夺人，善于运用遒劲的线条，饱满的构图，在多种变化中求秩序求统一，组成丰富的交响乐章，以白代墨，以黑衬白，浓淡渗化，产生独特的韵律美。近期作品吸收古代原始文化的许多表现形式，切入对人生的感悟和民族历史文化的深层思考，质朴而深沉，有古代禅宗的静谧，又有唐代边塞诗的悲怆，使人在略带苦涩的人生体验中心灵受到强烈的震撼……”

在另一篇评论报道中还说，钟开天在夏威夷多所大学“讲授中国画，并现场示范，观众对其精湛技艺、学识修养，给予高度评价。目前还为来岛度假的张学良将军、夫人赵一荻女士以及檀岛京街华人基督教公理会赠送书画作品……”

由此报道看出钟开天与张学良将军的文化友谊是从夏威夷开始的。那么，众所周知的张学良将军不是长期被幽禁于台湾吗？这就不能不对张学良将军作一番必要的介绍了。

我历来认为，张学良将军是中国百年来历史上一位杰出的民族英雄。无论在何时何地，人们只要一提起“西安事变”，便会必然地想起 1936 年 12 月 12 日，正是张学良将军联合杨虎城将军在西安华清池兵谏蒋介石，迫使蒋答应“停止内战，抗日救国”，从而改写了中国的近代史，改变了中国的命运，当然也为此而扭曲并委屈了张学良将军的人生。其实，张学良将军在进行兵谏之前，曾经多次对蒋介石进行了苦苦相劝的言谏，也进行过哀哀泪下的哭谏，最后迫不得已才发动了意料之外的兵谏。“西安事变”经过几十年的历史检验，谁都可以承认这样的评价：一方面挽救了刚刚经历了艰难困苦的二万五千里长征到达陕北的中共中央和衰败微弱的红军所面临的危亡；另一方面也掀起了中华民族的爱国精神与抗日热潮。为此，我相信，镌刻着这两方面碑文的历史丰碑将会永远竖立在中华历史的一座高峰之上。

但是，过去的事情虽然已经过去而无法改变，随着历史岁月的风烟散尽，人们会逐渐心明眼亮地、公正客观地来评价张学良将军“捉蒋”的果断行动，也能从当年的环境、当时的信仰来理解“放蒋”的理智决策。如果囚蒋或杀蒋，已经逼近临潼的中央军，势必进攻西安，从而引发中央军与东北军、西北军的更大规模的内战，硝烟将会淹没抗日烽火；当然中央军也会在消灭东北军、西北军之后，再“围剿”立足未稳、势单力薄的陕北的中央红军；这都是张学良将军极其不愿看到的中国军队自相残杀的悲剧。所以，“西安事变”的和平解决，是有益于国家、民族、军队的唯一选择与唯一出路。目的不就是为了“停止内战，抗日救国”吗？如果加剧内战，不利于抗日救亡，并不是“西安事变”的初衷。所以张学良将军以大局为重，宁愿和平解决，以自身担当不利的后果。

尤其令人敬佩的是当时张学良将军明知“送蒋”从西安返回南京，是自投虎口；虽经多方劝阻，仍一意坚持而行。特别要提起的是，张学良将军亲自送蒋乘坐的专机12月25日下午从西安抵洛阳，住宿一夜之后，第二天蒋已另乘专机飞南京，而张学良将军仍乘原机起飞，途中，飞行员曾提出掉头飞返西安以求安全，又被张学良将军拒绝。去意已决，绝不反悔。这是张学良将军豪侠仗义的英雄气节的独特体现。

果然，张学良将军26日飞抵南京旋即被扣押。三天后，国民政府遵照蒋介石指示对张学良将军于12月30日进行军法会审；次日即判处张学良将军10年徒刑，剥夺公民权5年。四天后，即1937年1月4日，国民政府下特赦令，将张学良将军交军事委员会“严加管束”。张学良将军从此失去自由，开始走上漫长的幽禁生涯。九天后，即1月13日，被押解离开南京……

从张学良将军的命运来看，我以为，大约有十二个字能够概括：生于战乱，历经战乱，厌弃战乱。

在清朝光绪二十六年即1900年八国联军侵占北京，沙俄趁此机会派兵占领中国东北三省，社会更加动乱之际，张学良将军1901年6月3日出生在奔驰于战争环境的一辆马车上。由于马车的急剧颠簸，刚刚出生便磕破了后脑勺，从而留下疤痕。这是不是张学良将军一生都将处于战乱的征兆或命运的启示呢？

张学良将军从英姿焕发、雄心壮志的36岁起便被长期幽禁。但中华大地以及张学良将军的内心并没有得到丝毫的幽静。如果要提及张学良将军在“西安事变”前的战斗生涯，那却是轰轰烈烈、触目惊心。因此在幽禁的时光里，怎能不忆起硝烟之中、枪炮声里的那些岁月呢？

当张学良将军的父亲张作霖经过多年的苦战成为东北三省最大的统治者即奉系军阀之后，张学良18岁便步入东三省讲武堂习武于奉天城（今沈阳），次年以第一名的优异成绩毕业后，19岁便任团长，不久即升任旅长；便在吉林、黑龙江的一面坡、密山、珲春等地“剿匪”。在一年多的战斗中，屡屡获胜，声名远扬。21岁时便率奉军主力旅入关参与第一次直奉军阀战争，英勇顽强，愈战愈强。23岁便升任奉军第三军军长，又参加第二次直奉战争，从山海关打进天津、北京，经过一系列交锋，打败了直系军阀老将吴佩孚，任京榆驻军司令。此后又升任奉军主力部队第三、第四联合方面军军团长。战争，无论对胜者败者都是残酷的。经过多年的军阀混战，张学良将军虽然一再打胜得势，但从1927年春天开始，他已经公开反对内战了。一方面是中华民族的弟兄们互相残杀的行为被当成英勇，于天理不容。另一方面是日军以各种方式侵入东北，铁蹄践踏着母亲般的大好河山。历史行走到一个严峻的关口。1928 年春天，蒋介石任总司令的国民革命军，由蒋介石、冯玉祥、阎锡山、李宗仁统率的第一、第二、第三、第四集团军，联军向奉军进攻。联军虽然占有军事优势，奉军顽强抵抗，也有胜有败，但大局不容乐观。张学良将军痛哭着向父亲张作霖劝说停止内战，撤军退回东北。五月底，张作霖离开北京返回奉天以召集将领再议良策。可是，就在乘火车返家途中，6 月 4 日，这位亲日的东北军阀张大帅，被疑似日军的秘密人员在皇姑屯阴谋炸死……

张大帅生前的宏伟志愿，并不仅只是统治东北，而是驱兵挥师于华北、中原战场，意在夺取全中国的最高政权。这位曾经叱咤风云、英勇善战的张大帅之死，被称为一桩千古奇案，也成为中国命运的另一个转折点。张学良将军在极度悲痛中接管父亲留下的统治东北和统率东北军的最高权力。这并非庆幸之事，痛定而思痛，半年后，亲历内战，目睹东北被日军渗透侵略之患的张学良将军一扫其父生前留下的阴云风雨，于 1928 年 12 月 29 日领衔发表通电，宣告东北即日起“遵守三民主义，服从国民政府，改易旗帜”。张学良将军的这一英明决策、英雄壮举，结束了东北奉军与国民革命军的长期内战，避免了中华民族更大的内战而导致的流血牺牲。同时也推迟了日本帝国在东北建立其傀儡政权的阴谋计划。张学良将军随即被蒋介石任命为国民革命军陆海空军副总司令；他与蒋介石称兄道弟的关系也由此开始……

从那时起，张学良将军在东北主政三年，使东北的经济、军事、文化都有了较快的发展。然而不幸的是，紧接着便发生了 1931 年的“九一八事变”，日本关东军进驻沈阳南满车站的联队寻事袭击我北大营。而当时，蒋介石正率军在江西省进行着第三次“剿共”的战争。对此，在“九一八事变”发生之前的 7 月 12 日，蒋介石曾复电张学良将军，称“此非对日作战之时”；7 月 23 日蒋介石又在江西南昌行营发表通电说：“不先消灭赤匪”，“则不能御侮”；“不先削平粤逆”（笔者注：指广东的国民党反对派汪精卫、陈济棠等在广州成立的“国民政府”），“则不能攘外”。这就是蒋介石当时“御侮”与“攘外”的策略与战略的历史记载。

于是，在“九一八事变”之后，张学良将军与他统率的 30 万东北军，背负着“此非对日作战之时”的密电，背负着“不抵抗”的屈辱，撤退到关内。也于是，五年后便有了1936年12月12日的“西安事变”；便有了张学良将军于 1937 年 1 月 13 日被国民政府军事委员会特派军警押离南京的历史悲剧……

然而这只不过是纵横沙场、身经百战的张学良将军幽禁人生的遥遥长途迈出的第一步。如果我们不重翻上述历史篇章，便无法了解张学良将军忧国忧民的军人情怀与爱国爱民的赤子心结。

张学良将军从南京转移到浙江奉化溪口雪窦寺幽禁半年后，1937 年“七七”卢沟桥事变爆发，中华民族的抗日战争吹响了新的号角。从西安“双十二”事变到北平“双七”事变，这位力主抗战的将军，却不能奔赴抗日前线，过着囚徒般的生活，一天天、一月月、一年年地消耗着壮年人生的太阳和月亮的起起落落。随着侵华日军不断推进，从 1937 年的 11 月至 1939 年 12 月的两年内，张学良将军也不断地被转移到一个又一个逃避战火的地方幽禁着；从浙江奉化转移到安徽黄山；又转移到江西萍乡，再相继转移到湖南郴州、沅陵。后来武汉失守，长沙成为抗日战场，又把张学良将军于 1939 年 12 月转移到大后方的贵州修文的阳明洞。1940 年 2 月，张学良将军夫人于凤至因身患癌症而离开贵州赴美国治病，想不到此一别却成为永诀。于凤至走后不久，赵一荻小姐自香港来到阳明洞陪伴张学良将军。在幽禁岁月中，赵四小姐仿佛是笼里的另一只小鸟，不时发出几声啼鸣，对张学良将军或许也是一种安慰。

张学良将军与赵一荻小姐在贵州深山僻野的阳明洞被幽禁六年。当1945年8月取得抗日战争胜利，在日本投降后，张学良将军依旧未获自由，于1946年被从贵州转移到台湾。在大陆各地辗转幽禁十年，张学良将军到台湾后，又开始了没有期限的幽禁。直到蒋介石去世，再到蒋介石之子蒋经国去世，对张学良将军的幽禁才逐渐有所放宽。到1990年6月1日，台湾各界人士相约相聚在台北圆山大饭店为张学良将军举行90华诞祝寿活动，才算是解除了幽禁。想想，从1937年1月到1990年6月，一位风华正茂的36岁的青年将军被幽禁半个多世纪而直到成为风烛残年的90岁老人，那不自由、受折磨的岁月，是多么的漫长而又漫长啊！

我们只有如实地回顾张学良将军从“西安事变”以后到90岁的这段历史，才能理解他从台湾飞到美国夏威夷那天阔海宽、树绿花红的自由世界过着自由自在的生活，是如此得来不易，又是如此轻松愉快！

张学良将军得到台湾当局允许，去美国探亲访友，第一次离台飞抵夏威夷是1991年3月10日的中午时分。在异国他乡与思念已久的儿女、孙子、兄弟团聚，真是感慨万千，其乐无穷。其间，他还在夫人赵一荻的陪同下，由女儿带领，前往洛杉矶比佛利山顶的一幢白色小别墅前，探望结发妻子于凤至的故居。就在这里，于凤至等待着张学良将军，等了很久很久，一直等到91岁，还是等不到张学良将军的到来。这才于一年前即1990年1月30日在这幢别墅里与世长辞。在比佛利山脚，与这幢别墅相距不远的玫瑰公墓里，于凤至安息在左侧刻有“张于凤至”四个汉字的墓碑的墓穴里；而右侧的墓穴则是空着的。这也许是依然的等待，也许是一种情感的塑造吧！这都是于凤至生前的安排与心愿！

在这里有必要多说几句。为了使几十年来一直陪伴张学良将军的赵四小姐有一个正式名分，张学良将军于 1964 年在台湾与远在美国的妻子于凤至办了离婚手续。然后在 1964 年 7 月 4 日那一天，才与赵四小姐正式举行了结婚典礼。因为张学良将军选择信奉基督教后，按照基督教一夫一妻的教规，只有与于凤至离婚，然后又与赵四小姐结婚之后，才得以洗礼。也只有经过洗礼，才能正式成为基督教徒。因此，那一天，在比佛利山岗上，张学良将军只是去到最近的地方，向着那幢如今已被女儿卖给了别人的于凤至故居，默默地望了很久很久，而没有去山脚玫瑰公墓里拜谒那空着半边的前妻于凤至的墓地。那位坚强的将军，也可能难以承受内心深处情感潮汐的涌动吧！

张学良将军从夏威夷飞到纽约期间，依然是访亲问友，不亦乐乎。特别有意义的两件事，在这里必须提及。其一是 5 月 30 日旅美华人在曼哈顿万寿宫举行盛大宴会为张学良将军庆贺 90 大寿。1990 年 6 月 1 日在台北圆山大饭店举行的庆祝宴会，是即将进入 90 岁的寿宴。而 1991 年 5 月 30 日在纽约万寿宫举行的庆祝宴会，是即将进入 91 岁的寿宴。虽然两次之间相隔整一年，亲友们还是统称为 90 大寿的庆典，这当然是很有历史特色也很有文化意义的。在纽约举行 90 大寿庆宴的头天，即 5 月 29 日，当年曾任东北军团长后任铁道部长、全国政协副主席的吕正操将军拜会了老长官张学良将军。这是他们相别数十年之后的第一次晤面。吕正操将军把周恩来夫人邓颖超 1991 年 5 月 20 日写的一封亲笔信交给了张学良将军。信中写道：

“汉卿先生如晤：岁月不居，时节如流。数十年海天遥隔，想望之情，历久弥深。……先生阔别家乡多年，亲朋故旧均翘首以盼，难尽其言。所幸近来两岸藩篱渐撤，往来日增。又值冬去春来，天气和暖，正宜作故园之游。今颖超受邓小平先生委托，愿以至诚，邀请先生伉俪在方便之时回访大陆，看看家乡故土，或扫墓，或省亲，或观光，或叙旧，或定居……望先生以尊意示之，以便妥为安排……”

六月二日，张学良将军当着吕正操将军的面，执笔边写边改，给邓颖超写了回信。信中说道：“周夫人，颖超大姐惠鉴：□□□来美交下尊札，无限欣快，又转述中枢诸公对良之深厚关怀，实深感戴。良寄居台湾，遐首云天，无日不有怀乡之感。一有机缘，定当踏上故土……”

从邓颖超亲笔写信给张学良将军的“数十年海天遥隔，想望之情，历久弥深”到张学良将军亲笔写回信给邓颖超的“良寄居台湾，遐首云天，无日不有怀乡之感”，我们就不难从中想象并推理出，在不久之后的日子里，大陆军旅画家钟开天与张学良将军为何会在美国夏威夷一见如故的思想渊源与情感底蕴了。这不仅是两代军人、两地同胞之间的关系而产生的友谊，而且也是故国故园情的一种无声的召唤。我们暂且在这里留下伏笔。

张学良将军从 1936 年岁末到 1990 年初春，被幽禁 54 年之后才获得自由，这是他悲壮人生的另一个新起点。他在美国探亲访友历时三个半月，于 1991 年 6 月 26 日晚与夫人赵一荻乘华航飞机返回台湾。张学良将军一生遵守诺言，正如当年“西安事变”之后陪同蒋介石飞赴南京一样，说到做到。如今赴美说是探亲访友，就是有归台之日。别美返台两年半之后，张学良将军偕夫人赵一荻于 1993 年 12 月 15 日，乘华航 CH003 号飞机离台，经过十多个小时的飞行，再次抵达夏威夷。说来也巧，钟开天就在张学良将军到夏威夷之后的半个多月，于 1994 年元月 5 日飞抵夏威夷。此时，钟开天并不知道张学良将军已经旅居夏威夷了。如前所述，钟开天此行赴美，是应夏威夷卡美哈美哈艺术中心等艺术部门、高等院校的邀请前来进行美术展览与艺术讲学活动的。钟开天与张学良将军几乎是同时到达夏威夷，并非有意安排，真是一种巧合或是一种缘分吧！

张学良将军第二次赴美探亲度假，原本在台湾就预先买好了华航往返机票，是准备在夏威夷过了圣诞节和新年就飞返台湾的。但张学良将军刚刚在台湾做过脑部大手术，出院才三个月，身体很虚弱。又由于夫人赵一荻也在病中。而夏威夷海滨的气候环境十分优美，又适宜两位高龄老人疗疾养病，便决定退了返程机票，在夏威夷住下。为了不给亲友增添更多麻烦，又从五弟张学森家搬到位于威基基海滩的希尔顿饭店第15层楼的一套公寓房里。这里不仅身处美丽的地方，还可以远眺更加美丽的大海，近观美丽的林园，令人心情也美丽起来。

由于张学良将军的名声博大、德高望重，他与夫人赵一荻将在夏威夷长期居住的消息，很快便在华人中传开。钟开天这位军人出身的画家，也早已熟知张学良将军的英雄故事和为中华民族立下的丰功伟绩，便立即萌生了拜会将军的愿望。另一方面，来自大陆的军旅画家钟开天在夏威夷的种种艺术活动，自然也引起了张学良将军的关注。何况张学良将军历来就与文化人密切交往。在台湾期间，除了张群、于右任等国民党元老，还有张大千等书画大师便是他府上常客，友情很深。经过文化艺术界的几位朋友的热心搭桥，4月16日画展开幕后的下午，张学良将军乘坐轮椅，在夫人赵一荻陪同下，来到美籍台湾著名画家潘荣贵的艺廊观赏“钟开天水墨画精品展”。

从云南到夏威夷，路途迢遥，远涉重洋，钟开天不便携带更多大型绘画作品。展出的19幅水墨小品，清丽婉约，诗情浓郁，如《舞东风》《初春》《清香》《傣族少女》等，再则是用外师造化提炼笔墨来歌颂古老生命的旺盛勃发的作品，如《古树千年》《飞雪迎春》等；唯一的长卷巨幅《佤山部落图》则是展览压台之作。画面通过云南边疆仍处于原始社会末期的佤族山民的风貌风情风采，诸如部落结盟、欢歌饮酒、剽牛祭祀、图腾崇拜、猎头祭谷以及女人们的捻线织布、背水捣米等生活场景；整幅长卷在豪迈雄健、气势夺人的风格中蕴含着人性人情人义的典型细节，把神奇神秘而又真实真美的佤族部落文化展现在眼前，注入到心里。张学良将军细心地一幅又一幅观赏着。来到一幅题为《铁骨幽香》的画前，张学良将军停留下来，甚至俯身贴近，久久地凝视着。这是张学良将军所熟悉所崇敬的梅花，一朵又一朵绽放在古老苍劲的枝干上；花红鲜艳犹如点点火苗在寒风中燃烧；干挺枝拔似铮铮铁骨在骄阳下发出心声……这树，不就是中华民族的脊梁；这花，不就是中华民族的灵魂吗？

钟开天看出张学良将军对《铁骨幽香》的一见钟情，除了这幅画的艺术光彩，也许是这幅画焕发了将军内心深处民族精神的共鸣。钟开天欣然地表示要把《铁骨幽香》敬赠张学良将军……

由于画展还在继续，钟开天只是在《铁骨幽香》这幅画的题下作了标注，表示此画不在出售之列，已有画主。

每个星期六上午，张学良将军和夫人赵一荻都要去京街华人基督教公理会参加礼拜，唱教歌、颂圣经，享受基督教徒的乐趣，以陶冶身心。这天，张学良将军做完礼拜后，公理会主持举行了钟开天敬赠书法礼仪。张学良将军头戴深蓝色毛绒帽，眼戴琥珀色眼镜，身穿海蓝色夹克衫，胸前佩戴着红色和白色香石竹编织的花环，微笑着坐在轮椅上，此时虽已 94 岁高龄，依然神采奕奕，目光明亮。钟开天展开横幅，奉到张学良将军面前，亲切地以军人的身份说道：“少帅，这是我在夏威夷写的书法《荣归上帝》，特向您敬赠。那幅水墨画《铁骨幽香》待画展结束再呈请指教！”张学良将军先伸出双手接过，然后伸出右手与钟开天紧紧相握。一位是国民革命军的将军，一位是解放军的文职军人，两代军人在夏威夷的基督教公理会教堂里的握手，所映射出的历史意义与现实内涵，各自心里明白，也就不需要再多说什么话了。然后，张学良将军和夫人赵一荻分别在香港开益出版社出版的《钟开天画集》的扉页上签名留念……

几天后，由“潘荣贵艺廊”举办的“钟开天水墨画精品展”圆满谢幕。钟开天与夏威夷友人前往希尔顿饭店15层楼公寓拜会张学良将军并敬赠水墨画《铁骨幽香》。这是夏威夷春天的傍晚，夕阳投射在辽阔的海面上，海波又将七彩霞光映照到张学良将军宽敞的公寓房里。这虽然是旅居者的公寓，却有着住家主人的文雅温馨的氛围。磁盘上点燃的檀香木飘逸出一缕缕淡淡的檀香，把夏威夷华人们喜欢称呼的檀香山地名，充溢得名副其实。再听，一声声抒情的乐曲，把人们的思绪带到遥远的故乡。钟开天既熟悉檀香山珍贵的檀香气息，也熟悉马思聪创作并亲自用小提琴演奏的《思乡曲》……钟开天记得，这首《思乡曲》是马思聪1935年写的《绥远组曲》中的一首。绥远又名热河，那也是紧邻东北三省的省份。1937年抗日战争初期阶段，张学良将军率领的东北军曾在热河承德与日军有过英勇的浴血奋战。如今倾听着张学良将军在家里播放马思聪的《思乡曲》，这正是将军思乡与缅怀抗日战争的心灵的回音。

在檀香浸润的空气里，在《思乡曲》的琴声中，钟开天把红梅盛开的《铁骨幽香》的水墨画敬献给张学良将军。友人们响起一片热烈的掌声。张学良将军连声说着：“谢谢！”还用手指轻轻地抚摸着画面上的梅花，以表内心喜爱之情。

用张学良将军的话说，今天在公寓里举行的“帕提”，是友人们的随意聚会。客人们自带美酒佳肴而来，主客自由饮酒用餐，自由交谈叙旧。张学良将军与钟开天举杯相碰饮下红葡萄酒之后，一时兴致愉快，便选择在落地窗前坐在沙发椅上，说他要唱几段京戏以抒胸怀。这时，一位身穿大花衬衣，从纽约乘飞机刚到夏威夷的朋友，从旅行包里取出京胡，把一块毛巾铺在左腿上，便吱吱地调起弦来。钟开天应邀与琴师同坐在长沙发上。侧身右望，一轮夕阳犹如一朵硕大的红梅花开放在落地窗的玻璃上。瑰丽的晚霞把客厅变成一幅彩画。钟开天感到，当初第一次见到张学良将军时的紧张心情，早已消失，现在唯有轻松、愉快、亲切、敬仰的感觉，在全身流淌。就在这时，随着一段京胡声的起落，张学良将军用右手掌轻轻地在沙发椅的扶手上打着节拍，放声唱了起来：

一马离了西凉界，
不由人，一阵阵泪洒胸怀。
青是山，绿是水，
花花世界，
薛平贵好一似孤雁归来……

这是京戏《武家坡》主角薛平贵刚出场的一段唱词。钟开天从小就听父亲唱了又唱，不仅熟记，而且自己也能演唱。《武家坡》是连续京戏《彩楼招亲》《三击掌》《平贵别窑》之后的一出折子戏。剧情说的是薛平贵在西凉国（今甘肃武威）初为驸马后又当上国王，但始终不忘故国故园，始终不忘结发妻子王宝钏，离别十八年之后，仍毅然返回武家坡寻找王宝钏……薛平贵、王宝钏虽然不是真实的历史人物，而是戏剧艺术家创作的唐朝时代的艺术形象。但是，自古以来关于薛平贵丢下西凉国的国王高位而回故乡的寒窑寻找妻子，虽然说的是夫妻之间的爱情，但人物的内心还是为着表达对故国故园故人的思念之情。钟开天前些日曾经听夏威夷的友人说过，当年张学良将军提起在大陆各地辗转幽禁的生涯，他曾自况为“浮云孤鹤”。此时又深情地唱出“孤雁归来”，不是可以从薛平贵的内心活动来隐喻演唱者的情感动态么？想到这里，钟开天在京胡拉出的悠扬乐声中，凝神地望着张学良将军。窗外的那一排排古老的榕树像一道道墨绿色的城楼，把室内映衬得更加明亮。突然，钟开天发现，在张学良将军的头顶上，有一长条红丝带在晚风的吹拂下飘动着；而红丝带的上面则是金黄色与火红色的丝带编织而成的中国结！在夕阳落入大海被波浪吞没之后，那个中国结仿佛在刹那间变成了一轮旭日在张学良将军的头顶上冉冉升起，放射着灿烂的光芒。再一细看，在中国结的核心位置上，还编织着一个爱字！钟开天以一个艺术家的敏感和美感来看，这个中国结是他看到的许许多多中国结中最为壮丽、最为辉煌的中国结了。因为它在异国他乡日日夜夜陪

1994 年 4 月，张学良将军在美国夏威夷希尔顿饭店公寓会见云南军旅画家钟开天时，动情地唱起京戏《武家坡》选段：“一马离了西凉界，不由人，一阵阵泪洒胸怀……”

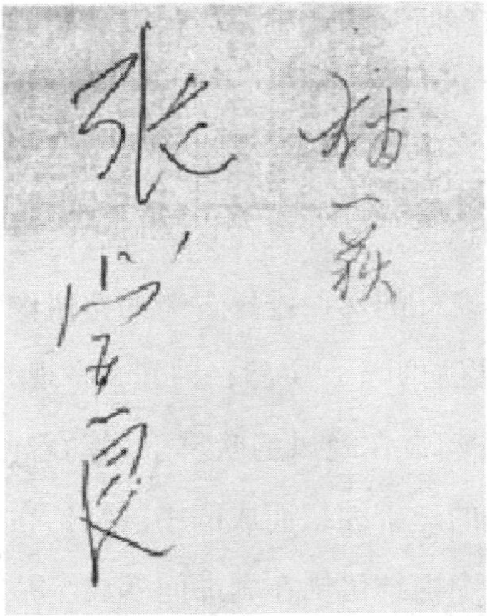

1994 年 4 月张学良将军和夫人赵一荻在夏威夷为云南军旅画家钟开天签名留念。

伴着张学良将军，它燃烧着张学良将军满腔的爱国热情和满怀的思乡激情……

钟开天来给张学良将军敬赠《铁骨幽香》之前，曾经想过要与将军谈谈是否会回东北探访故乡的话题。但一进将军的客厅，从听《思乡曲》到唱《武家坡》，再到看见中国结悬挂在头顶之上，钟开天觉得什么话都不必再说出，再请问张学良将军了！中国结所编织着的情结，已经说明了一切。是啊，张学良将军离别东北太久太久了，怎能不思念祖国、思念故乡呢？而中国结，正是一种精神的寄托、情感的标志与诗意的安慰。

在苍凉的京胡声中，张学良将军又唱起了《武家坡》……

但是，张学良将军始终未能了结他探望故乡、回归故国的心愿。这也许并不是他有意留给当世或后人的疑难话题。但却不能不承认，这已经给他所经历的那段漫长的历史遗存了迷茫的时空，也为他悲怆的人生铸造了永不消逝的大问号或省略号……

张学良将军和夫人赵一荻在夏威夷暂住一年零三个月后，于 1995 年 4 月获得美国移民局核发的“绿卡”，才算正式移居美国。是年，张学良将军五弟张学森突发心脏病逝世，其墓地就在檀香山岛北，离市区五十公里的“神殿之谷”纪念公园。这也许就启发了张学良将军对后事的安排，便在生前选择了张学森墓地上方的山坡，在那名为“中国海景”的地方，修造了双穴墓园。2000 年 6 月 22 日张学良将军夫人赵一荻逝世，享年 88 岁，便安葬于此。悲痛至极的张学良将军的生命未能支撑很久，在夫人赵一荻离他而去的一年零四个月后，于 2001 年 10 月 14 日逝世，享年 101 岁。张学良将军和夫人赵一荻合葬于“神殿之谷”的墓园。入口处立一大理石碑，以中文和英文刻着《圣经》经文：“复活在我，生命在我，信我的人虽死，亦必复活。”

檀香山“神殿之谷”张学良将军和赵一荻的墓园，与比佛利山脚下玫瑰公墓里的张学良将军原配夫人于凤至的墓园，相距不算遥远。想必他们的在天之灵，有时也会相聚的吧！

军旅画家钟开天在谈完上述情况后，含着眼泪说，如果有机会再赴夏威夷，他一定会去拜谒张学良将军和赵一荻的墓园，献上一束玫瑰花之后，再唱一段京戏《武家坡》选段：“一马离了西凉界，不由人，一阵阵泪洒胸怀……”他相信，张学良将军一定能听得见！

原载《中国作家》2011 年第 1 期
又载《云南美术》2011 年第 2 期

访问张冲将军故居

盛夏郁郁葱葱的河谷拥抱着滔滔江水，宛若一条绿色的长龙盘绕在峻峭的山峡之中。几经转弯或穿过隧道，披戴着浓密的树影和稀疏的细雨，汽车呼啸着冲上一段长长的陡坡，驶到一平浪盐矿的小庙山上戛然停住。我们被领进一座法国式建筑风格的楼房前。步入幽静的小院，惊飞一群在地上觅食野果的绿色或蓝色的小鸟。一平浪镇文化站的工作人员介绍说，这房屋刚刚修复，还来不及挂牌，内部也没有任何物件陈设或图片展览，虽然相当简陋，但这确实是张冲将军故居。

一平浪张冲故居　吴然／摄

张冲将军与我同族，历来是我敬重的一位英雄。更何况上个世纪的六十年代我还与张冲将军有过一面之交。此前我只知道张冲将军在他的第一故乡弥勒和第二故乡昆明有故居，还真不了解将军在一平浪这偏僻的山中还有一座如此秀丽而又朴素、如此洋派而又土气的故居。在云南人的心目中，张冲是一员虎将，是指两个方面而言：一是指他崇拜老虎，是自称为虎的彝人；二是指他在抗日战争中与日本侵略者打仗像老虎一样勇猛善战。我还没听说过这位虎将与一平浪的盐和煤有着一段缘分呢。顿时便对这座张冲将军故居平添了几分亲切和几许好奇。跟着导游漫步于楼下楼上，房外室内，回廊凉台，在古朴平实的门窗墙壁上，找不到猛虎的痕迹，却回荡着关于将军另一番鲜为人知的并且也算得上轰轰烈烈、功勋卓著、可载史册的谈论。故居里没有任何将军府第的庄严装饰与豪华排场，顶多就是侧后有一排平房，那是当时一位将军生活和工作所必需的卫士和仆人们的住所，这大概就足以表明其身份与地位的高贵了吧。

让我们最感兴趣的是故居里一个公开了的秘密，也是最能说明将军当年背负使命的一个重要的场所。那曾经有的密室机关也已拆除，不再暗藏致命的风险，如今只消举手掀起过道上的一块活动门板，踩着窄窄的阶梯，便可轻易潜入深深的地下室。这就是将军故居的神秘莫测的金库了。不过那时金库并非属于将军私人所有，将军只是金库的积存者和守护者。由此也可见那个时代的云南省政府龙云主席的财政收入与一平浪有着命脉般非同小可的联系。如今半个多世纪过去，这座至关重要的金库早就空空如也。没有金币金砖和银元半开的闪光，没有任何财富标志的四壁任你触摸，只有几个角落里的几张蜘蛛网在潮湿的微风中丝丝晃动。空气中似乎还悬浮着淡淡的霉味，让人想起那些过时朽烂的纸币挥之不去的价值。我们不想感叹历史的沧桑，也不会责怪岁月的冷落、日月交替的无情，而只在布满尘埃的地上留下一些杂乱浅显的脚印，作为拜访过曾经饱满曾经显赫的金库的一点点印痕。还留下几声长叹：张冲将军也只是这座故居和地下室金库的一位匆匆过客，或只是受命于危难的财神。但置身于金库里，不禁又使我想象着高山上那早已没有了老虎的虎穴。有虎的虎穴才有威风。金银钱币才是金库里的老虎呢。怪不得当年那位崇拜龙的龙云主席指派了一位崇拜虎的虎将张冲来，才在小庙山上建造了虎穴，也才有了虎穴中的虎穴。虽然老虎已逝，却留虎名令人尊敬，也留虎迹让人好奇探秘。这就是金库依然存在的历史活力吧！

从地下室金库爬出来，上到明亮宽敞的将军会客厅，忽然闻到一阵阵桂花的清香，看窗外的山野有几棵古松在风中飒飒轻摇，抖掉去岁枯黄的松针，恰似毛毛雨飘落……

是的，就凭这花香，这松声，也可以找到记忆的树根，也能够断定这是张冲将军的故居了。我曾经去弥勒县拜访过这位彝家将出生地东山镇的舍木村，因为一场火灾烧了张家老宅，只遗一棵祖传的桂花树守望着母子骨肉相连的衣胎之地，让每年的花开花落叙述着将军的童年故事。后来在舍木村邻近的松棵村建造了更为体面的新房，这就是如今还保存良好的张冲将军故居。人生走得再远，也走不出童年的家园。那是一种永远的怀念。因而张冲将军的人生跋涉中总会有桂花树和松树的形影伴随着他的身影。在远离故乡的一平浪小庙山张冲将军故居里，你能感觉到他的灵魂常来这儿游荡、栖息，因为他理所当然把这里当作故乡。

张冲将军30岁任职滇军旅长时也就是1931年10月由云南省主席龙云任命为云南盐运史而主管盐务。由于黑井等重要盐区千多年来靠柴薪熬盐而毁尽千山万林，致使盐价不断上涨，奸商发财，民众叫苦。张冲到任进行实地勘察后，提出了把元永井等地的盐卤导流到产煤地一平浪煎熬的科学设想，并于次年成立了移卤就煤的工程处。张冲将军抵制各方干扰和阻挠，亲自临阵指挥三千多名兵工建设输卤的陶釉暗沟，才使工程得以顺利进展。正当移卤就煤煎盐的蓝图即将变为现实，1937 年 7 月爆发了抗日战争。此时国难当头，张冲将军辞去盐运使的要职，向龙云主席请缨出征。这位热血虎将被获准担任精锐部队滇军 60 军 184 师师长，而于金秋十月率部离昆开赴抗日前线……

就是这位虎将率领滇军健儿在 1938 年 4 月初春的北方原野，参加台儿庄大战，在守卫禹王山的战斗中狠狠打击了日军而英名传遍中华。5 月 17 日张冲将军在隆隆炮声和日军猛烈轰炸的烟雾中被提升为 60 军副军长，此后又于 8 月参加武汉会战，直接指挥 184 师阻击歼灭了大量侵华日军；由于将军抗战有功，1938 年冬升任新三军军长，但随即在派系倾轧中遭人暗算和毁谤……

这位虎将太累太苦了，发出几声怒吼，无奈地病倒在战场上；或许是由于抗日战争中沿海相继失守，盐路被切断，加之北方和南方大量军民后撤，许多机关机构纷纷内迁，作为大后方的云南，人口猛增，小小食盐成了众人生活中的大问题。也可能是战争中提升一个师长比选拔一个熟悉盐务的虎将更为容易，何况那时云南盐业已经牵涉到国计民生，龙云主席权衡再三，这才把张冲将军从抗战前线调回故地重掌盐务大权。一平浪盐矿小庙山上的这座办公兼住所的小楼便是 1940 年修建的。当初修造者又何曾想到会在几十年后成为历史文物保护单位让人们参观访问呢？话又说回来，这不是历史的偶然。开创移卤就煤的盐业历史，让人们记住抗日战争台儿庄大战的军事将领和被誉为百味之首的一平浪盐的将军的心血，无论在战场或盐场都是鲜红的，咸咸的……这就是保留张冲将军故居的意义吧。而且随着那段历史的渐渐远去，而渐渐增添着文化的珍贵内涵。

在张冲将军故居的小楼上，我给同来采风的文友讲了一个当年冯牧讲给我的故事：在动乱的“文化大革命”中，那年代革命口号高涨，生活物品匮乏。张冲将军住在北京接受政治历史审查，心中早就窝着屈辱之火。一天他到王府井百货大楼买生活用品，这也要票那也要票，不但什么也买不到，而且售货员态度还很恶劣。张冲将军被惹得发了火气，大声反问道：“你知道我是谁？”

“你不就是免不了要挨批斗的老头儿吗？”

“不！我是倮倮！你知道倮倮是什么吗？是老虎，老虎！”张冲将军声音越来越大，终于找到机会把他挨批斗的闷气吐了出来。当然，张冲将军那时没有喊出他是抗日战争中血战台儿庄的一员虎将，因为那时“专案组”正在偷偷地审查他这段正大光明的忠心卫国的历史呢。

离开一平浪张冲将军故居，我们的汽车向着浓云密布的高峰乡驶去。在那电闪雷鸣的群山之上，聚居着张冲将军的彝族同胞。高

张冲将军晚年仍手拄拐杖赴金沙江虎跳峡考察。

峰的山林里虽然早已没有老虎了，但山寨里的群众却保持着彝族崇拜老虎的风俗。那火把节，那左脚舞，那月琴，那唢呐，那过山号，那老毕摩驱邪的法器，那女人们祈福的服饰，那“倮哩倮”即虎呵虎的激昂悠长的歌声，都是彝族虎文化的一颗颗活化石，等我们去观赏，去叩问……

原载《春城晚报》2005年10月16日
又载《人民日报》2005年12月27日

拉祜寨的大青树

我跨过澜沧江去澜沧县山区采访的时候，在一个拉祜族寨子里，迎着一阵阵春风，采得一个温暖人心的故事。

那天傍晚，一座座山岗犹如一杯杯美酒，把夕阳灌得满脸通红；一朵朵彩云便带着醉态早早地钻进墨绿色森林里沉睡了。但是一群拉祜人却不愿归家，兴高采烈地围绕着寨中心的那棵大青树，手牵着手在不停地跳舞，伴随舞步的一首首缠绵悠长的民歌，把思绪从远古唱到今天。领舞领唱的是寨子里那位不再当猎人而甘愿当歌手的老人。他把芦笙抱在胸前，呜噜呜噜吹了一曲又一曲，又专门为我唱了一首拉祜族

"三跺脚"民歌：

这棵大树留么留得住啰，
是栽在拉祜寨的心窝窝；
那个老刘么留不住啰，
也常住拉祜人的心窝窝。
阿树栽呢哟，哎哎，
喜树栽呢哟，哟……

我一听就明白老人唱的"那个老刘"，就是当年在澜沧当县委书记的刘树生。

刘树生原本是河北沧州抗日游击队的干部，1950年随军南下来到云南，便长期在边疆地区担任民族工作队长，他虽然是个回族，却被各民族兄弟姐妹称为"知心领路人"。我当兵时曾听西双版纳的傣族、西盟的佤族、普洱的哈尼族和彝族群众讲过他的一些爱民故事。如今倒想听听澜沧拉祜人又会说些什么，便与吹芦笙的老人攀谈起来。

老人告诉我，很久很久以前，记不得是哪年哪月啦，刘书记走路来到寨子里住了好多天，教拉祜人种苞谷种洋芋种油菜，养猪养牛养山羊。一天晚上收工回来，山风叫叫喊喊的吹得人扎实觉得冷飕飕的。刘书记来到拉祜人家的竹楼里，蹲下来把火塘里的炭火吹红了，烧旺一堆木柴，煨了一罐又一罐姜糖茶，让乡亲们喝了暖身子，又讲了一晚上的脱贫致富的贴心话。第二天一大早，刘书记只吃了两个火烤苞谷粑粑，便要回县上了。临走前，他特意在寨子中心栽了一棵大青树，让这棵树陪伴拉祜群众过日子。拉祜寨的人啊，老的老，小的小；男的男，女的女；一个两个三五个围拢过来抓住刘书记的双手，扯住刘书记的衣角，硬是不让他走。有个老奶说，老刘呀，你多同我们在一久，我们的苦日子，就会像昨晚上喝的姜糖茶，由苦变甜了。后来，还是那位到过北京见过世面的老人出来劝大家，又吹芦笙又唱歌，把道理说得清清楚楚。老人说，他当时是这样唱的：

人家刘书记是棵大树，
人家刘书记是个大官，
他不单同拉祜人过日子，
还要同好多民族的群众过日子……

刘书记含着眼泪迈着沉重的脚步走了。走到山垭口，还回转身来向大家招招手。那会儿，刚刚从云海冒出来的太阳把他照得红红的，就像拉祜人家的一盆栗炭火。看不见身影后，还听得见树林里的风吹来他唱的拉祜族山歌……

一年过去了，十年过去了，三四十年过去了。刘书记栽在拉祜寨子中心的那棵大青树长高了，长粗了，也长老了，树枝密密麻麻挤在一起，树腰壮了，好几个人都抱不过来；寨子里的拉祜人家嘛，也有的吃有的穿了；穷么还是穷一些哩，说老实话，总比过去好多了。拉祜人放牛放羊回来，背苞谷背洋芋回来，都喜欢在大青树下歇歇气，聊聊家常；有的还背靠大树乘乘凉，摸摸树根想想刘书记。还是那位老人知道的事情多，他说，后来，人家刘书记从澜沧到大理，当了白族人的州官；再后来又到昆明当了省官；虽然在当年的称呼前边加了个“副”字，可人家刘副书记呀，官位比在澜沧当正书记时大得多啦！再后来呢，又当了省政协最大的官，成了刘主席，领导着好多好多政协委员，当中还有好多好多傣族土司、拉祜族头人呐！那年你们还不让人家刘书记走，要不走呀，就泡在澜沧的山沟沟里头，他能当上省府的大官吗？

老人一番讲说，让大伙儿边点头边笑了。只有一个老奶奶问老人：那儿，刘书记当的省府官到底有多大？老人咂了口老草烟，提提精神，比画着手又说：就拿我们寨子里的这么大这么高这么粗的大青树来说吧，长成这个模样就不得了啦！可人家刘书记后来当上的大官呀，他管的寨子，比天上的星星还多；他管的城镇，比我们寨子里的这棵大树要多上几十几百几千几万棵；他管的老百姓，不单是民族多，那群众呀，要比几万棵大青树的叶子还要多，多得数不清记不住！

老人的比方，让一部分人明白，还是有一部分人听了直摇头。他们只看得见寨子里的这棵刘书记栽下的大青树有多大多高多粗，还是不知道树上的叶子有多少，更不知道刘书记的官到底有多大。有位老奶奶变了个话题问道：我们倒是有这棵大青树比作刘书记，望见大青树就想起刘书记了。不晓得刘书记会不会想念我们这些老是围着大青树转的穷拉祜呢？

老人把芦笙挪到左边，拍拍长竿烟锅头，慢悠悠地说道：他老刘想啊想啊，咋个不想？他想澜沧想得不得了。就说那年吧，我们县上有十多个拉祜老乡去省城看望老刘。在老刘家客厅吃牛肉汤锅，撕牛肉干巴，喝葡萄酒，喝姜糖茶；还在他家小院子里放起录音老磁带，踩着芦笙音乐跳“三跺脚”；把澜沧民歌唱了一首又一首……

有人问：刘书记也唱了吗？

老人说，我当时不在场，是去他家的拉祜老乡回来讲的。他们说，阿噻噻，那个八十老几的刘书记，不但咚咚咚地跳“三跺脚”，还单独领头唱了一首我们寨子里的拉祜情歌呢。

有人追着问：刘书记咋个唱嘛？

芦笙老人把烟锅头插进后背的褂子里，伸出右手扶住右耳朵，就模仿着刘书记的北腔南调唱了起来：

隔山隔水呢不隔心，
阿哥想妹呢想在心；
爬坡想你嘿脚步轻，
挖地想你嘿锄头轻……

老人唱过之后，还特别强调说：人家刘书记还说得出，这首情歌是当年我们寨子里的小伙子扎拉唱给小姑娘娜朵听的呢。如今扎拉和娜朵都老得当上爷爷和奶奶了，老刘还记得，还会唱。可见那年我们拉祜寨没有留住刘书记的人，却也留住了他的心。看来，管他走得远不远，只要不忘我们拉祜寨，我们拉祜人就感到高B兴啦！（注：澜沧方言，最高兴的意思）

在拉祜寨的这棵大青树下，听老人们讲故事、唱山歌、吹芦笙，我不仅听到大青树枝枝叶叶在风中发出的声音，仿佛也能听到刘书记跳“三跺脚”、唱情歌的声音。正如拉祜老人所说的，刘书记从来就没有离开过拉祜寨，就像他亲手种下的这棵大青树，一直扎根在这片土地上，一直守望着寨子的虽然依旧贫穷但却是亲亲热热、欢欢乐乐过日子的拉祜族乡亲们！

原载《人民日报》2010年4月28日；又载《云南政协报》2010年5月28日；入选《百家》选刊2011年第6期。

巴金与个旧

巴金在百年人生中，四次到过云南。但要谈论“巴金与云南”，首先得说巴金与个旧。个旧，自从法国人修通了滇越铁路之后，人们都知道那是全中国最大的锡城。然而个旧这地名却是彝族话，意为种苦荞的地方。百年前殖民者从彝族的苦荞地下开采出源源不断的矿石，冶炼成白银一样的锡锭又滔滔不竭地流向欧美各国。这是千千万万“砂丁”也就是矿工用汗水、鲜血和生命换来的金属长河浪花，因而个旧这锡城又被称为“死城”。

巴金是写锡城或“死城”文学作品的第一位作家。那是80年前的1932年春天，巴金刚写完长篇小说《春天里的秋天》，有编辑向他约稿。那时巴金还不认识云南，更没有到过个旧。巴金在上海根据留学日本的云南好友黄子方给他讲述的零星故事而于五、六月间急速地写作了中篇小说《砂丁》，旋即分两期发表于《申报月刊》。9月，巴金赴青岛在沈从文任教的青岛大学宿舍里为《砂丁》写了序言，10月由上海开明书店出版发行……

巴金在序言中写道："……说《砂丁》是匆忙中的产物，并不是一句夸张的话。而且说我所有的文章都是在匆忙中写成的，也不是一句夸张的话。但是我仍旧爱这篇小说，就像爱我的其他的作品。因为它和我的别的作品一样，里面也有我的同情，我的眼泪，我的悲哀，我的愤怒，我的绝望。是的，我的绝望，我承认，但这并不是一切……"

当年28岁的青年作家巴金由此而与云南个旧开始了永远难解的文学情缘。巴金后来回忆《砂丁》的创作时，这样写道："我没有到过那个城市，不曾接触过那些人物，不了解那里的生活环境……也没有任何具体的材料，就凭着两三个简单的故事，搭起中篇小说的架子，开始写起了银姐和升义的会面……"所以巴金从听讲到写作到出版《砂丁》起，就播种下亲临个旧访问的心愿，以便把"匆忙中写成的"小说修改得更丰满更厚重更感动人。然而时光从未等人，从1932年春天直到1960年春天，跨越过漫长的28年之后，巴金才终于有机会到达个旧，深入到矿山、矿坑、矿工之中，生活了6天。这是巴金对云南的第4次也是最后一次造访。此后由于历次运动不断，巴金屡遭种种磨难，始终未能把《砂丁》深入加工重新写成长篇小说。直到巴金逝世前两年，在庆贺巴金百岁诞辰的活动中，在巴金曾经留下足迹的个旧金湖北岸的文化广场上，在锡城矿工和各民族群众的欢呼掌声中，落成了巴金在云南的第一座金铜雕塑像！从那以后，在巴金的塑像前，当夕阳照射着老阴山一个个废旧的矿洞或一片片种满苦荞的坡地，常常会有老矿工或青年学生捧着巴金1932年春天写作的《砂丁》，诵读着开篇的句子："黄昏。一条窄小的土路在灰白的暮色中伸出来……”或是默念着小说最后的结尾：“那个时候是会到来的，但是她和她所爱的人以及那无数砂丁的骨头早已在坟墓里腐烂了。”

巴金1960年3月对个旧虽然是匆匆访问和匆匆离开，但却使个旧获得了巴金珍贵而长久的爱。巴金记得个旧“春天的风轻轻地揩去我脸上的尘土，从不远处送来鼓声和人们的笑语，山坡上高高低低一幢一幢土红色和灰色的楼房，人们告诉我它们都是工人的宿舍。我不由得想起小说里没有窗户的阴冷潮湿的‘伙房’。过去那两座光秃秃的山——老阴山和老阳山不仅绿树成荫，而且修建了不少美丽的楼房。我住的宾馆是过去的乱坟堆中间建筑起来的。再也找不到乱坟堆，也看不到死城了。我来到一个充满生活力的兴旺的城市……”刚回到上海，巴金在3月25日便写了散文《个旧的春天》，在他主编的《收获》杂志发表；5月11日在杭州的西子湖畔想念着滇南个旧的金湖又写了另一篇散文《忆个旧》由《上海文学》发表。巴金在散文中说：“我的心还留在个旧。”

真是此情绵绵无绝期。离别个旧20年之后，应《个旧文艺》主编王梅定之约，巴金在1980年11月写作了《关于〈砂丁〉》一文，发表于香港《文汇报》1980年11月29日副刊；后征得巴金同意改题为《我与个旧》发表于《个旧文艺》1981年第3期。巴金深情而真诚地写道：“我跟锡城分别后，一晃就是二十年。我得到了‘第二次的解放’，锡城经过十年浩劫也得到了新生……关于《砂丁》，我想说的话就是这么一些。我现在的想法有了改变，我认为用不着改写它了，就让它这个样子存在下去吧，因为我并没有讲过假话。”

这就是巴金的《砂丁》！巴金在1980年11月写的《关于〈砂丁〉》一文是这样开头的：“昨天在旧书堆里发现一九三二年排版的中篇小说《砂丁》的清样，是用铜订书钉订好的一个本子。它跟着我经过了战争，又经过多次的运动，还经过人生难逢的大抄家，竟然没有一点伤痕，真是想不到的事！”

值得个旧、值得云南、值得我们中国现当代文学研究者铭记的事，还有：1985年应《个旧市文化志》编辑写信请求，巴金将1932年上海开明书店出版的第一版《砂丁》仅存的孤本，在扉页亲笔写下“赠个旧市文化局”并签名盖章遥寄个旧珍存！《砂丁》终于回到故乡，并以它当年初生时的文学光芒而燃烧成不熄的经典火炬，世世代代闪耀在个旧矿工和各民族群众的心中！

回顾《砂丁》艰难跋涉的历史行程，我从中发现巴金特有的一种执著认真的创作精神，我把它称之为“巴金文学精神”！在今天和今后，这种“巴金文学精神”都会给我们很大的鼓舞。

原载《人民日报》2012年8月29日；又载《云南日报》2013年1月27日；入选《人民日报2012年散文选·诗人江湖老》，人民日报出版社2013年3月出版。

林徽因的龙泉时光

我曾经不止一次地踏上金水桥头，仰望天安门城楼上的国徽，那么庄严肃穆，那么慈爱大度，那么内涵丰富；想象不到如此宏伟的国徽的设计小组中竟然有一位重要参与者是柔弱秀气的林徽因。是的，就是那位早在1931年4月在刚刚创刊的《诗刊》第二期发表她第一首诗《谁爱这不息的变幻》的林徽因。她在这首诗中写道："谁又大胆的爱过这伟大的变幻。"写此诗19年后，也就是1950年6月21日，正是林徽因用她写中国早期新诗的那支金笔又满怀豪情地

林徽因，被胡适称之为"中国一代才女"。

写下了新中国国徽定稿图案说明辞：

“一、形态和色彩符合征求条例须庄严而富丽的规定。二、以国旗和天安门为主要内容，国旗不但表示革命和工人阶级领导政权的意义，亦可省写国名。天安门则象征‘五四运动’的发源地和在此宣告诞生的新中国。合于条例‘中国特征’的规定。三、以齿轮和麦穗象征工农，麦稻并用，亦寓地广物博的意义，以绶带紧结齿轮和麦稻，象征工农联盟。”

国徽图案和说明辞立即由清华大学送往中南海。两天后，即1950年6月23日全国政协一届二次大会召开，毛主席在大会上指着林徽因、梁思成主持设计的国徽图案，提议全体起立鼓掌通过时，林徽因以设计小组代表的身份亲临现场，也跟着大家站起来，在毛主席和委员们的热烈掌声中，流下了眼泪……这是由于她的智慧和心血开放了花朵，结出了果实。在国徽设计过程中，许多新的构思都是林徽因首先提出并勾画成草图，亲自带着图版到中南海向国家领导人汇报讲解意图，听取意见并一次次修改使之完善完美；而这一切都是林徽因在病中进行的。她此时怎能不激动万分？难道这不是“伟大的变幻”？可见青年时期林徽因的唯美诗意，蕴含着深远的寄语。

我也曾不止一次地漫步天安门广场，来到人民英雄纪念碑前，仰望高耸入云的碑身，那么伟岸巍然，那么风骨挺拔，那么气魄撼天，然后低下头来，久久地凝视着纪念碑须弥座装饰的浮雕、底座上的花圈等等，我知道，其主要设计和建造者也是林徽因。1950年9月20日中央人民政府主席毛泽东颁布了国徽的命令之后不久，1951年林徽因被任命为人民英雄纪念碑建筑委员会委员。她参与其中，从总平面规划到装饰图案纹样，都作了精心设计绘画；不仅是设计者也是实干者。对此，有史实为证。1953年3月，林徽因给在外地考察的丈夫梁思成的信中这样写道："我的工作现实限制在碑建会设计小组的问题，有时把几个有限的人力拉在一起组织一下工作，技术方面讨论如云纹，如碑的顶部……所以也趁此时再要求增加技术人员加强设计实力，反映我们去掉大台认为对设计有利，可能将塑型改善……"可以说，林徽因为中华民族的人民英雄们画下的每一朵花、每一片叶，都已成为她另一首无字的诗篇；那浮雕上的线条、图案、饰纹铭刻着林徽因的美学经典与爱国热情，是值得千千万万民众一再赏析、一再阅读的艺术瑰宝！人民英雄纪念碑的设计与建造，真是浇铸着林徽因生命的最后岁月，凝结着林徽因精神的最后光彩。人民英雄纪念碑建成之后，这位积劳久病，肾脏已切除一侧；肺叶布满空洞，结核病菌已侵害全身的诗人和建筑学家，不得不住进医院治疗。但为时已晚。1955 年 3 月 31 日夜半，也许知道自己即将告别人世，弥留之际，林徽因向护士提出要见一见就住在她病房隔壁的同样也是身患肺结核病的梁思成，想给她结婚 27 年的丈夫说几句话。护士说，夜深了，有话明天再说吧！梁思成终于没有听到林徽因最后想说的那几句话。数小时后，第二天的黎明之前，也就是 4 月 1 日 6 点 20 分，林徽因在北京同仁医院走完了她 51 岁的人生历程；4 月 2 日《北京日报》刊登林徽因逝世讣告；4 月 3 日在北京东城金鱼胡同贤良寺举行了告别林徽因遗体告别追悼会……

每当想到这些，我会不由自主地抬起头来，视线从人民英雄纪念碑穿越天安门广场上的人群，掠过天空中飞翔的鸽子或漫游的风筝，远望天安门城楼上的国徽，更加理解林徽因人生的价值。是的，在国徽和人民英雄纪念碑这两件伟大作品中，林徽因留下了她的艺术力量与思想希望。但对此，世人或后人恐怕知之者不多。因为在当时那个年代，谁敢把新中国的标志——国徽和人民英雄的化身——纪念碑的设计完善与建造完美的创作真相公之于众呢？知之者讳莫如深，不知者便不知了。但是我想，不管哪个时代、哪个年代，当人们向国徽和人民英雄纪念碑举目致敬时，毫无疑问地，这其中也就包含着向林徽因、梁思成这两位主要设计者与建造者致敬的成分了。因为历史已经与国徽和人民英雄纪念碑凝聚而同在！

这种认识与情感的产生，不仅仅是出于某时某刻；而是某时某刻的萌发积累成某月某年，然后又由某月某年的汇流而成溪水奔腾的浪花。历史的浪花长流，终于促使我毅然成行。那年，我去北京出席中国作家协会全国委员会的一次会议。恰逢早春三月，一阵阵暖风突破了寒冬残雪的包围；高大的白杨树和低矮的小草都已悄悄地吐出淡绿色芽苞，犹如林徽因当年写下的诗句。我乘地铁来到西郊八宝山革命烈士公墓，说明来意和身份，经管理人员的引领，终于找到了林徽因的墓地。八宝山革命烈士公墓的设计，林徽因生前也是参与了的。林徽因逝世后，她虽然不被定为革命烈士，但以她当时的地位和身份，北京市人民政府作出决定，把林徽因遗体安葬在八宝山革命烈士公墓，这也是理所当然、有情随缘的。林徽因的墓体由梁思成亲自设计，表达出一种素朴淡雅、端庄贤淑的美，好似她生前形象的化身。当时，人民英雄纪念碑建筑委员会还决定，把林徽因生前为人民英雄纪念碑亲自设计的一方汉白玉花圈雕刻样品，即遗留下来的备选品，转而移做她的墓碑。橄榄树枝怀抱着的牡丹象征高贵、荷花象征纯洁、菊花象征坚忍；而且三种花都仿佛在散发出一阵阵清香。这都充分体现了对林徽因的赞美与尊敬。

然而时过境迁、风云异变。不幸的是，北京市人民政府 1955 年为林徽因竖立的墓碑，碑上雕刻着的“建筑师林徽因之墓”八个大字，在 10 多年后的那场“文革”浩劫中，被一群高举“造反有理”大红旗的“革命小将”清华红卫兵砸掉了。30 多年后的今天，我眼前面对的依然是没有墓碑铭刻的林徽因的墓地。这无碑名的墓地，要不是公墓管理人员的指点，我哪里能猜出来认出来呢？我含着眼泪向林徽因逝世后希望安息但不得安息、向往宁静但不得宁静的墓地，深深地鞠躬、默默地拜谒！在这位我所敬仰的诗人的墓前，我不敢说出我本想说的那些为她痛鸣呼喊的诗句！也由于我的胸中突然翻腾起林徽因早在 1936 年 12 月出版的《诗刊》第三期发表的那首《你来了》的诗中，就已经写出了今天应该说出的话，于是我轻轻地吟诵着：

但我不信热血不仍在沸腾；
思想不仍铺在街上多少层；
甘心让来往车马狠命的轧压，
待从地面开花，另来一种完整。

因为我似乎感觉到这冷寂的林徽因墓地里，仍然有林徽因的热血在沸腾！是的，林徽因生前有着许多官方头衔，诸如清华大学建筑系教授、北京市都市计划委员会委员、中华人民共和国国徽设计小组成员、人民英雄纪念碑建筑委员会委员、全国第一次文代会代表、北京市第一届人民代表大会代表，等等，而且还是毛主席主持全国政协委员会鼓掌通过国徽图案时，就站在荣光照耀的位置上的国徽设计小组的代表。如此这般显要高贵的林徽因，不应当在生前受到尊敬吗？为什么在死后的墓碑上仅仅被平实地称为"建筑师"，还要受到"革命造反派"的炮轰打倒、砸烂摧毁呢？"文革"风暴对逝者林徽因都尚且如此严酷无情，对当时的生者梁思成就更加凶狠残暴了。果然，梁思成被批判、打倒、斗争、专政之后，也就死于"文革"重重磨难的 1972 年……

唉！我总在想：历史怎样才能还其本来真实、公正、合理、尊严的面目呢？过去，我对林徽因的了解十分肤浅，甚至模糊茫然。只是通过阅读到她的少数诗歌、散文，而认为她是一位上世纪30年代的欧化的唯美派诗人。从天安门城楼上的国徽，到天安门广场上的人民英雄纪念碑，再到八宝山革命烈士公墓里的林徽因墓地，我不但感觉到林徽因的热血仍在九泉之下沸腾，而且也被林徽因在诗中所写的“待从地面开花，另来一种完整”所感动。我一步一回头地离开了林徽因墓地。我无从知道哪一天，当我再来拜谒时，那块残破的墓碑，是否会换上新雕刻的墓碑，或者依然保持着“文革”中砸破的碑，只不过在墓侧另立一块石碑，碑上有新镌的铭文加以说明历史的真相……

我走出八宝山革命烈士公墓，沿路看着一座座墓碑一掠而过。我知道每一位安葬在墓园里的逝者，生前都有属于他自己的历史。但我不知道他们死后是否还会知道死后发生的历史，比如林徽因生前，大学者胡适曾美誉林徽因是“中国一代才女”。林徽因逝世后，哲学大师金岳霖在林徽因灵堂敬献的是“一身诗意千寻瀑，万古人间四月天”。萧乾夫人文洁若在1992年第一期《随笔》杂志发表的《才女是可以双全的——林徽因侧影》的文章中说：“林徽因是我平生见过的最令人神往的东方美人……林徽因的一举一动都充满了美感。”这真是才女赞才女、美人夸美人的千古绝唱。美国汉学家费正清的夫人费慰梅在《回忆林徽因》的文章中也曾经说过：“她身上有着艺术家的全部气质。她能够以其精细的洞察力为任何一门艺术留下自己的痕迹。”

从北京回到昆明以后，我继续寻觅林徽因留下的艺术痕迹。我购买了或借来了梁思成、林徽因有关建筑学的论著以及林徽因的诗文集阅读学习。我终于逐渐走进了梁思成、林徽因的人生历程、艺术境界、建筑殿堂之中……

林徽因在1933年3月发表于《新月》杂志的诗《莲灯》中这样写道：

算做一次过客在宇宙里，
认识这玲珑的生从容的死，
这飘忽的过程也就是个——
也就是个美丽美丽的梦。

是的，林徽因活着的人生是个美丽的梦，死后的墓地也是个美丽的梦。她确实可以称得上是“玲珑的生从容的死”，生死都是美丽的梦。

林徽因祖籍福建福州。祖父林孝恂为清朝进士；父亲林长民曾任北洋政府司法总长等职。林徽因1904年6月10日出生于浙江杭州，幼时由祖父母哺养。8岁时，随家移居上海。12岁时，举家迁往北平，在北平培华女中读书。1920年4月，林徽因16岁时，跟父亲林长民为国联之事远赴欧洲。在伦敦期间，受到房东女建筑师的影响，对建筑学发生了强烈的兴趣。也就在此时认识了1921年赴英国剑桥大学当特别生的诗人徐志摩，从而对新诗也萌发了特别的爱好。建筑学和新诗这两粒种子，在这位聪慧的少女心里同时播下，从而决定了林徽因的一生命运。第二年林徽因随父亲离欧洲回国，仍继续就读于北平培华女中。

林徽因1923年便开始参与徐志摩、胡适等在北平成立的新月社的文学活动。林徽因始于伦敦的与徐志摩的恋情，因徐志摩已有妻室，加之年龄差异颇大，19岁的她遵从父意，终于用理智克服了感情。徐志摩也中断了对林徽因的爱情追逐，在《偶然》这首诗中宣告：“我是天空里的一片云 / 偶尔投影在你的波心 / 你不必讶异 / 更无

须欢喜 / 在转瞬间消灭了踪影 / 你我相逢在黑夜的海上 / 你有你的 / 我有我的方向 / 你记得也好 / 最好你忘掉 / 在这交会时互放的光芒”。虽然林徽因与徐志摩抑止了爱情，但他们依然保持着纯真的友情。后来徐志摩之死便与此有关……

1924 年 6 月，林徽因与父亲为她选定的梁启超长子梁思成结伴飞离北平赴美国宾夕法尼亚大学留学；本想双双就读建筑学，但因建筑系不招收女生，林徽因便改而攻读该校美术学院，同时选修建筑系课程。这便是林徽因与梁思成的学识与爱情的青春时代。林徽因到美国留学的第二年，即 1925 年底，父亲林长民在北洋军阀与奉系军阀混战时，牺牲于不明不白的枪林弹雨之中。这一惨剧，对林徽因的精神打击很大。但她仍坚守父亲生前的愿望，刻苦学习，于 1927 年获美术学院学士学位；梁思成获建筑系学士学位，双双毕业于宾夕法尼亚大学。他俩从美国转赴加拿大渥太华，1928 年 3 月 12 日，由时任中国驻加拿大领事馆总领事的姐夫周希哲和姐姐梁思顺在领事馆的客厅里为他俩举行了婚礼。接着这对恩爱夫妻开始了漫游欧洲的长达 5 个月的蜜月之旅。直到 8 月从苏联乘火车回国，又从北平赶赴沈阳东北大学组建了中国第一个建筑系。3 个多月后，梁启超病危，梁思成、林徽因立即赶回北平伺父。1929 年 1 月 19 日下午，梁启超溘然长逝，终年 57 岁。梁启超这位中国近代思想文化界的巨子，安葬于北平香山卧佛寺旁的山坡上，墓碑便是梁思成、林徽因共同设计的第一件作品。两年后，梁思成、林徽因怀抱他们不满三岁的女儿梁再冰离开东北大学回到北平，开始了他们孜孜不倦、苦苦追求的建筑学研究与艺术创造的人生岁月；他们居住的东城北总布胡同 3 号的小四合院成为文化名人徐志摩、金岳霖、张奚若、周培源、钱端升、沈从文、萧乾等经常聚谈的场所；客厅也被誉为“太太沙龙”……

在这里，不能不说到林徽因在北平期间发生的一个凄美动人的故事。1931年初，徐志摩与陈梦家、方玮德创办了中国第一份《诗刊》杂志，对新诗运动起到了推波助澜的作用。也因着徐志摩的约稿，林徽因于1931年4月在《诗刊》第二期发表了她的第一首诗《谁爱这不息的变幻》，从而引起诗坛的关注。但林徽因依然与梁思成专注于中国古建筑的考察与研究，时至11月11日徐志摩因事去了上海，随后又转道南京。而11月19日当晚，林徽因将在北平协和礼堂举行中国古建筑学术的英文演讲。徐志摩从电报得知后，为了赶回北平聆听林徽因的演讲，由于当天没有班机，便想方设法从南京乘了一架空运邮件的小飞机急飞北平。飞机在徐州降落下客后，再次起飞，因为雾浓云重，在山东济南附近撞山坠机，徐志摩不幸遇难身亡。林徽因、梁思成得知这一噩耗后，便在当晚，两人一起用铁树叶和白花制作了哀悼的花圈。林徽因悲痛欲绝、胸怀磊落地写了《悼志摩》的长文，发表在1931年12月出版的《北平晨报》“哀悼志摩专号”上。林徽因在文中写道：“……张开口我们不会呼吁，闭上眼不会入梦，徘徊在理智和情感的边沿，我们不能预期后会，对这死，我们只是永远发怔，吞咽苦涩的泪，待时间来剥削着哀恸的尖锐，痂结我们每次悲悼的创伤。”林徽因之所以特别哀悼，因为她知道徐志摩的

梁思成与林徽因在北平天坛祈年殿的房顶上

空难之死，是为了赶回北平于当晚亲临现场听她的建筑学演讲。这极度的悲痛又何时能了？ 1931 年 11 月 22 日，梁思成从北平赶赴济南参与处理徐志摩后事时，林徽因还专门嘱咐梁思成带回一块失事飞机的残骸。林徽因用一块白绫包起那块飞机残骸，一直存放在家里，伴随终生。徐志摩遇难四年后，林徽因又写了《徐志摩去世四周年》的长文，发表于 1935 年 12 月 8 日《大公报·文艺副刊》上。文章一开头便这样写道："今天是你走脱这世界的四周年！朋友，我们这次拿什么来纪念你？前两次用香花感伤地围上你的照片，抑住嗓子底下叹息和悲哽……"我们从林徽因悼念徐志摩的两篇文章的字里行间，除了能看见她的泪珠，还能看见她品德的高尚、思想的坚贞。徐志摩是为不能忘却的爱而死，林徽因是为弥足珍贵的情而悲。这在中国诗坛早已传为佳话。

现在我们再从诗文转而追寻林徽因的建筑学事业的足迹。从我们现在掌握的资料来看，仅从 1930 年到 1945 年间，林徽因与梁思成在中国的黄河南北、长江两岸的大地上，亲临河北、山西、北平等 15 个省市的 200 多个县，考察了各地上千座古建筑物；1936 年夫妻双双共同登上北平天坛祈年殿的屋顶，开创了女人把皇帝祭拜上天的神圣殿堂踩在脚下的先例。他们对许多古建筑物作了测绘，写出论著，从而开始、创建并发展了中国前所未有的建筑学科，其成就之卓越、学术之精深，对文物保护所起到的巨大作用，都得到了中国和世界建筑学界的共识与敬佩。

当我通过各种论著、多篇文章，对林徽因、梁思成所考察研究过的上千座的其中有几百年甚至上千年的古建筑物产生了可阅读而不可仰望、更不可亲临现场的敬畏感的时候，有文友告诉我：你虽然无法去全国各地观赏林徽因、梁思成所考察研究过的古建筑物，但你却完全能够去瞻仰这两位建筑学大师在他们一生中唯一亲自建筑并居住过的一幢房屋，并且那房屋就坐落在你的身边，屹立于你的眼前……

这真是让人喜出望外！原来林徽因、梁思成的人生轨迹与建筑学、文艺创作的某些珍贵的遗留，并非都是那么远在千里之外而遥不可及，他们有一段已经远逝了的历史，依然留存在我们昆明市的同一片蓝天白云之下，同一条静静奔流的盘龙江边，同一个声名远扬的龙头村里，那就是被昆明市政府于 2003 年 5 月依法公布为市级文物保护单位的“梁思成、林徽因旧居”。

可是，拜访梁思成、林徽因旧居的愿望，却被各种原因把时间的距离拉得很长。经过许久的期待，终于在昆明市盘龙区宣传新闻中心的安排下，在今年初秋的一天得以实现。当我们驱车来到龙头村棕皮营，仿佛是投身于梦醒的城市里的乡村或正在寻梦的乡村里的城市，虽然梁思成、林徽因旧居作为市级文物保护单位已有 8 年，相当于抗日战争的时日，但漫长的岁月过去，我们眼前看到的，除了镶嵌在大门右侧围墙上那块雕刻着“梁思成林徽因旧居”的碑石，连块说明详情的碑都还没有树立；门前墙外是一片残砖乱石，几丛杂草蔓生。环顾周围，尽管东南西北都耸立着一幢幢新建的钢筋水泥高楼大厦，但“梁思成林徽因旧居”就凭着它那块“文物保护单位”碑石的文化力量，让房地产开发商拆迁者的庞大强力机械，未敢越过保

护范围半步，而只不过让肩并肩、胸贴胸的楼群遮挡了东方的朝阳或西边的夕阳，无法阻拦的只是南来北往或北吹南刮的一阵阵冷风。还有那从阅读史料中得知的初建时“这里茂林修竹，田畴水塘，景色优美”的自然生态早已不复存在而无法不感慨万千。我不禁伏在门缝上窥视那被红色砖墙拥抱着的那片121.87平方米土地上平实素朴的旧居，依稀可见庭院里的绿树红花，偶尔还能听到三两声小鸟的啼鸣……

我正惶恐于友人说的，曾有拜访者要不找不到旧居，要不找到旧居而被锁在门外不得入内。幸好我们是事先联系安排好的。没等多久，一位中年人微笑着走到门前，掏出钥匙给我们打开了大挂锁，推开了两扇铁门；在跨进院内的那一步，在与这一步同时看到院内的生机盎然的景物时，说真的，我的精神为之一振。据介绍，开门者即守护者，是当年老房主的亲家的入赘孙女婿，名叫顾彪。只是出于对祖上和对梁思成、林徽因的尊敬与感情，顾彪从上个世纪八十年代起就住在这里，熟悉这里的一砖一瓦、一草一木，便指点着讲述着这座旧居敞开着的往事以及隐藏着的故事……

林徽因、梁思成之所以携全家来到昆明，那得要从抗日战争说起。1937年7月，正当他们在山西五台山发现唐代佛光寺为一千多年的古建筑而欣喜不已的时候，北平爆发了“七七卢沟桥事变”。当他们绕道急忙赶回北平北总布胡同3号家中，只见宋哲元部29军已在家门口挖了战壕，准备与日军大战一场。林徽因在当时由北平寄往北戴河给女儿梁再冰的信中记下了这段珍贵的史料：

“……我们这里一时也很平定，你也不用记挂。我们希望不打仗事情就可以完；但是日本人要来占北平，我们都愿意打仗，那时候你就跟着大姑姑那边，我们就守在北平，等到打胜了仗再说。”信刚发走，中国守军就悄悄地撤走了。7月28日，日军占领北平。一天，落款为“大东亚共荣协会”的请柬送到家中，邀请梁思成、林徽因出席一个联谊会议。林徽因把日本人的请柬撕碎了。几天后的一个清晨，他们全家带着简装的行李离开了日寇铁蹄下的北平……他们乘车乘船又乘车，几经辗转，经天津越过大海到烟台再到潍坊转济南；又从济南经徐州、郑州、武汉，于9月中旬到达长沙。这时从北大、清华、南开等大学南下的教授们也都聚集在长沙，准备南行前往昆明。就在11月下旬的一天下午，日军第一次轰炸长沙；炸弹摧毁了他们暂住的楼房，一家人逃跑中，又有一颗炸弹落在身边，幸好没有爆炸，才得以幸存。四处无居所，便和北平老邻居金岳霖住进长沙圣经学院。就在那硝烟未散的几天中，北平文化界著名人物沈从文、曹禺、张奚若、杨振声、闻一多、朱自清、孙伏园、萧乾等又与林徽因、梁思成欢宴聚谈，但在日机轰炸下的长沙，已没有北平“太太沙龙”的气氛了。长沙当然不能久住。11月底，梁思成、林徽因一家老小五口人，乘上公交客车取道湘西前往昆明。一路上行行停停，从常德到沅陵，还抓紧时机浏览了城西北山坡上的

梁思成、林徽因、金岳霖等在昆明西山脚下一农户家中合影
前排左起：梁从诫（梁思成之子）、周如枚、周如雁（周培源大女儿、二女儿）

唐代建筑龙兴寺；接着又前行从辰溪、怀化到晃县，在这湘黔交界的边地，林徽因患了肺炎，高烧不止，医治半月后病情才得以好转。这次重病，埋下了林徽因后半生肺结核的病根。接着便抱病乘车过贵阳、安顺、镇宁、普安，进入云南的富源，经曲靖，终而到达此行的目的地昆明……

一路上，林徽因都画了详细的地图，教女儿梁再冰辨认牢记；这才留下了当年的行程记录。之所以把林徽因、梁思成一家人从1937年8月离开北平到1938年1月到达昆明的旅途作上述简略介绍，只不过想说明一点：他们含辛茹苦，饱经忧患，到达昆明真不容易啊！昆明人应该牢记。然而昆明人更应该永志不忘的还是林徽因、梁思成在昆明的三年时光……

林徽因和她母亲、梁思成、女儿梁再冰、儿子梁从诫一家五口人刚到昆明时，借住巡津街9号，名为止园的前昆明市长在盘龙江边的一座旧宅，倒也宽敞宁静。但不久主人将房屋收回他用，林徽因一家便迁到翠湖边租房居住。这时沈从文、杨振声、萧乾、金岳霖等也住到了翠湖边离西南联大不远的北门街上蔡锷将军的旧居；还有李公朴开办的北门书屋；这些场所又成了文友们聚谈相会的沙龙。这些日子的生活，使林徽因久久难忘，在她后来回到北平写的几首诗中都留下鲜明的记忆。比如发表于1948年2月《经世日报·文艺周刊》第58期上《昆明即景》中的《小楼》，便是写邻居“张大爹临街的矮楼，半藏着，半挺着，立在街头，瓦覆着它，窗开一条缝，夕阳染红它如写下古远的梦”；写顺城街的《茶铺》“这是立体的勾画，描在这里许多样脸，在顺城脚的茶铺里，隐隐起喧腾声一片”；再如发表于1948年5月《文学杂志》第二卷12期的《对北门街园子》：“别说你寂寞；大树拱立，草花烂漫，一个园子永远/睡着；没有脚步的走响。你树梢盘着飞鸟，每早云天/吻你额前，每晚你留下对话/正是西山最好的夕阳”……

可惜作为抗战大后方的昆明，林徽因在这些诗中所描绘的平静生活，没有持续多久，便被日军的飞机在1938年9月28日第一次大轰炸中，用硝烟和弹片破坏了。正如当年西南联大学生汪曾祺写的《跑警报》那样，人们一听见警报声从市中心的五华山响起，便放下一切跑往郊外田野或山林躲避轰炸。于是，与其躲躲，不如外迁。先后相继有吴文藻、冰心夫妇；沈从文、张兆和夫妇以及费孝通等迁往南郊呈贡；闻一多全家、朱自清全家迁往北郊；而由傅斯年、顾颉刚、冯友兰、杨振声等主持的中央研究院历史语言研究所则迁至龙头村宝台山的弥陀寺；研究院拥有的大量历史语言学术图书资料也一同搬到弥陀寺；大殿成为当时中国最完整的文史图书馆。而这些图书资料也是梁思成、林徽因、刘敦桢所领导的中国营造学社必须依靠使用的，为便于建筑学研究的需要，他们便随之迁到龙头村邻近的麦地村兴国庵内……

兴国庵我们也曾进去拜访过。从石碑上铭刻的“大清嘉庆三年冬吉住持”得知庵建年代。这是土木结构建筑，占地面积 446.5 平方米。经火灾重建后，现更名为“兴国禅林”。因为中国营造学社在庵内办公居住过，虽然至今香火依然兴旺，也被公布为盘龙区重点文物保护单位。当年庵内最大的娘娘殿，也是营造学社的办公室，临时搭建的绘图木板与供奉香火的案头摆在一起，诵经声在烛光闪闪中悠悠飘落。林徽因一家就住在大殿旁的一间泥土地的小屋里，难耐阴暗潮湿，便洒些石灰吸水。学社的其他成员和眷属，也挤在庵内的几间小屋里。就这样凑合着住了半年多。其间梁思成结识了龙头村里的李荫春先生。李先生是位国语教师，早在 1919 年就与苏鸿纲、徐嘉瑞等文人创办了昆明私立求实中学；在文化教育界享有盛名。李先生在兴国庵看到梁思成、林徽因一家老小居住的艰难处境，便乐意把他家后院的一块园地借给梁林夫妇建造居住的房屋；以他们走后房屋便归他所有为条件。双方协商君子协定，取代了世俗的

此梁思成、林徽因建造的正房与附属房

梁思成、林徽因正房，
孩子们常来游玩。

文字契约。于是，1939 年 5 月，梁思成、林徽因这对踏访、考察、研究过上千座中国古代建筑物的夫妇，在龙头村中的棕皮营、金汁河畔的古树旁，开始了由他们自己设计绘图，自己购买材料，有时甚至自己当小工建造的第一幢也是最后一幢住房……

历史事实证明，抗日战争时期在昆明工作过的上百位文化名人，他们都是租借民房或寺庙暂住栖身的。而唯一自己出资并动手建造住房的，便只有梁思成、林徽因。也许与他们夫妇平生从事建筑学研究有关？或者是出自于他们夫妇对生活的热爱、对人生的信心、对家庭的关怀、对抗日战争胜利时日的坚忍期待？而且他们夫妇当时的经济收入微薄，加之抗战时期物价飞涨，在建造过程中，他们夫妇“不得不为争取每一块木板、每一块砖坯，乃至每根钉子而奋斗！”直到房屋建成，花费的钱财已超出原先预算的两三倍，不仅耗尽了所有的积蓄，还欠了许多债务。当时林徽因在给友人的信中写道：“现在我们已经完全破产，感到比任何时候都惨。米价已涨到一百块一袋，我们来到的时候是三块四，其他所有的东西涨幅差不多一样。”这种生活困境，直到 1940 年 9 月，收到美国汉学家费正清夫妇汇给林徽因治病用的 100 美元支票，才得以还清了建房的借款……

此时，面对 72 年前建造在李荫春家土地上的而今已成为“昆明市市级文物保护单位”的“梁思成、林徽因旧居”，我心里仿佛有许多话想大声地对“旧居”说，但一转念，我改而轻声地说出了：“梁思成、林徽因你们好！”

在龙头村民居建筑“一颗印”的房群中，梁思成、林徽因自己设计建筑的这座土木结构平房，确实与众不同。青瓦白墙，紫漆门窗，80 平方米的三间正房坐西向东，一棵开着黄花的槐树，一棵挂着红果的桃树，一棵披着绿叶的柏树，用它们的枝枝叶叶抚摸着低矮的房檐；房顶的青瓦犹如倾斜的天空。在主房的对面建有一排稍为窄小的坐东向西的附属房，也是三间，南边的那间住保姆，中间的那间为厨房，其间伸出一堵风火墙，阻隔着北边的那间柴房，以防范火灾。主房与副房之间留有一条通道，自然形成长方形的小庭院；有狗尾草随意生长，蒲公英竞相开放，倒也悠然成为风景。我们分别从主门侧门走进住房，东西北面各有木格长窗，采光明亮。靠北边的那间较小，为林徽因的母亲领着他们 11 岁的女儿梁再冰居住，正中的那间较大，为梁思成、林徽因领着他们 8 岁的儿子梁从诫居住；两室之间有内门相通，便于照应。靠南边最宽敞的那间作客厅，为友人们相聚畅谈的场所。最具特点的是吸收了西方建筑的模式，在客厅的西墙下修造了壁炉，寒冷时便投燃柴炭取暖；需要留意的是两间住房和客厅都安装了松木地板，屋里不再像兴国庵内的泥土地面那样潮湿了。对这座房屋，林徽因理所当然地充满了感情。她在给友人的一封信中曾经这样写道：“有些方面它也有些美观和舒适之处。我们甚至有时候还挺喜欢它呢。”

不过，我们此时所看到的是，室内没有梁思成、林徽因遗留的或征集得来的任何文物资料的陈设，总是显得有些空寂或失落。但有顾彪满怀深情地用龙头村乡民的方言，像博物馆的讲解员那样告诉我们说，这座土木建筑的平房，1939 年中动工，经过半年多施建，于 1940 年 2 月春节前入住。但这座花费巨大又称心如意的新建房屋，梁思成、林徽因一家人只居住过 9 个多月。这是由于日机对昆明的狂轰滥炸，已不太安全，国民政府指示中央研究院历史语言研究所、中央博物院等科研院所再次往大后方的大后方迁移。为了利用史语所的图书资料，中国营造学社也如前一样跟着史语所转移去四川宜宾的乡下李庄。林徽因带着母亲和儿女乘坐史语所提供的大卡车，于 1940 年 11 月 29 日驶离昆明。梁思成因为行前突然生病高烧不止，便留下来医病。由于西南联大在四川找不到适宜的地点搬迁，只好继续留在昆明，金岳霖便照旧住着他的“耳房”；后来陈梦家也从城里搬来住进了梁思成、林徽因的房屋。直到抗战胜利，西南联大北迁，这座房屋才遵照当初的协议，无偿归属土地主人李荫

春所有。此后，这座房屋旁的大块空地便建成私家花园，成为小有名气的棕皮营花园。解放后的很长时间内，园林与房屋一并被生产大队卫生所使用。改革开放有了新政策，这才物归原主。1982 年房主李先生去世，他儿子在北京工作，无直系子女接收，便请亲家代管。2003 年被市政府公布为市级文物保护单位后，对外表做过必要的修缮，就是我们现在看到的这般模样了……

这么一讲，这座房屋的历史就颇为清楚了。想想，林徽因、梁思成离开他们所建的这座至亲至爱的房屋已有 71 年，其间又经历了这么多的周折，能完整地把房屋保存下来也就十分幸运了。周围有多少古代的“一颗印”等民居建筑，都早已灰飞烟灭，变成一座座高楼大厦了。所以当我走进这座房屋，仿佛仍感觉到林徽因、梁思成的音容笑貌，像一幅幅水墨画张贴在墙壁上；林徽因、梁思成的气质精神，依然在旧居里飘逸闪耀。我虽然是第一次进入这座“旧居”，但似乎已在梦中来过。我不禁伸手去抚摸墙壁，抚摸房门，抚摸窗棂，抚摸壁炉，甚至弯下腰去抚摸地板；然后又抬起头来抚摸木柱上的一颗生锈的铁钉……我说不清我的抚摸是刚才问候林徽因、梁思成的延续呢，还是想在旧居里寻觅当年林徽因写下的那些优美的诗句，想象当年梁思成在这里绘下的那些珍贵的古建筑图案……

当年，无论林徽因在麦地村兴国庵或龙头村这座新建的房屋里工作或生活，都是十分辛苦劳累的。这里是远郊农村。那时没有电灯，点的是菜油灯；没有自来水，用的是从水井里提到瓦缸里储存的水；没有煤气焦炭，烧的是煤灰掺沙土合成的小煤球；没有电话，不是写信就得靠走路传话。林徽因为了增加收入，常常要走半天路、翻三四座小山头进到城里为云南大学讲授英语；回来还得买些物品食品挂在肩上；搬到这座新建的房屋以后，每天来回往返于龙头村住所到麦地村兴国庵的乡间小路。不过，林徽因走在金汁河的堤岸上，看古老的柏树、桉树在风中起舞，听河里的浪花从松华坝流向滇池吟唱的山歌；有时兴趣来了，还会走到附近的瓦窑村里，蹲在土窑边，观赏那些刚出窑的陶器，与制陶烧陶的师傅畅谈而忘了要赶回家去烧火做饭。在这种清贫艰苦的日子里，林徽因的精神没有被压垮。就在开始动工新建龙头村的这幢房屋时，林徽因在兴国庵内写了一首新诗，寄托着她对抗日战场上的牵挂。那是发表在1939年6月28日香港《大公报·文艺副刊》上的《除夕看花》："新从嘈杂着异乡口调的花市上买来，碧桃雪白的长枝，同血红般的山茶花。着自己小角隅再用精致鲜艳来结采，不为着锐的伤感，仅是钝的还有剩余下！明知道房里的静定，像弄错了季节，气氛中故乡失得更远些，时间倒着悬挂；过年也不像过年，看出灯笼在燃烧着点点血，帘垂花下已记不起旧时热情、旧日的话。……月色已冻住，指着各处山头，河水更零乱，关心的是马蹄平原上辛苦，无响的刻画，除夕的花已不是花，仅一句言语哽在这里，抖战着千万人的忧患，每个心头上牵挂。"这样的诗句在72年后，在这幢房屋已建成又变为"梁思成、林徽因旧居"的房间里想起来，我忍不住沁出了泪水……可是当我想到林徽因也曾在兴国庵潮湿拥挤的小屋里写过的另一篇题目为《彼此》的散文时（发表在1939年2月5日《今日评论》第一卷第六期），我又禁不住为林徽因的坚强风骨而激动起来。她这样写道："……经过炮火或流浪的洗礼，变换又变换的日月，难道彼此脸上没有一点点记载这经验的痕迹？但是当一整片国土纵横着创痕，大家都是'离散相失……去故乡而就远'，自然'心婵媛而伤怀兮，眇不知其所蹠'……我认得有个人，很寻常地过着困难日子的寻常人，写信给他的朋友说，他感到无论如何在这时候，他为这可爱的老国家带着血活着，或流着血或不流着血死去，他都觉得荣耀，异于寻常的，他现在对于生与死都必然感到满足。这话或许可以在许多心弦上叩起回响，我常思索这简单朴实的情感是从哪里来的。信念？像一道泉流透过意识，我开始明了理智同热血的冲动以外，还有个纯真的力量的出处。信心产生力量，又可储蓄力量。”

我之所以引录林徽因在昆明郊区麦地村兴国庵写的诗文，只是想让我们了解一位柔美却又坚强、善良贤淑却又热血澎湃、真实可敬的林徽因。这就是她和梁思成为什么要在龙头村借地负债也要建造自己的住房的精神之所在。在长江、湘江两岸从炮声隆隆到太阳旗挥舞着步步进逼；从《义勇军进行曲》的歌声唱遍黄河南北到日寇刺刀戳向中华民众的胸口而让鲜血染红了南京的大地；林徽因此时在她的诗文中表达的是一种信心和这种信心产生的力量。为此，直到今天和今后，我们当然要重视“梁思成、林徽因旧居”保存着的市级文物所必然要显示出的文化价值；但是我们也要发掘、发现、发扬在抗日战争最为艰险、艰苦、艰难的岁月里，林徽因为什么还那样充满信心地不断写出情感燃烧、艺术精美的诗文？梁思成为什么还那样执着顽强地持续考察与研究祖国古建筑并写出了开创性的能够以古为荣、光耀千秋的学术巨著《中国建筑史》？就是在昆明期间，梁思成于 1938 年冬天便调查测绘了昆明和近邻的安宁以及楚雄、姚安、大理、丽江、鹤庆等地的古代建筑物约 50 余处，还考察了昆明的民居建筑；1939 年 9 月到 1940 年 2 月期间，梁思成和刘敦桢率领中国营造学社人员调查测验了四川、西藏 35 个县的古建筑达 730 多项。梁思成两次长期外出，林徽因则留守中国营造学社在古老的兴国庵、在自建的新屋里研究、整理梁思成他们的调查测验资料，还为云南大学设计了女生宿舍“映秋院”，等等。当我在“梁思成、林徽因旧居”的房间里走来走去的时候，我产生了某种想法：只有把物质的和非物质的文化遗产结合交融，不但“旧居”将会得到更加有效的保护，而且“旧居”也必将会为昆明历史文化名城增添更加辉煌的历史文化光彩。因此，我向陪同我们访问的一位有关领导说，如果像湘西凤凰县城的沈从文故居那样，将来能够对“梁思成、林徽因旧居”进行必要而又有可能的历史文化从形式到内容的充实与展览，那么这里肯定会成为昆明一个新的旅游文化亮点。我认为，文物保护单位的历史文化分量，绝不是文物保护的某个级别就能界定或限制的。从某种程度上讲，有的级别低的文物单位其影响甚至有可能超过有的级别高的文物单位。而“梁思成、林徽因旧居”的文物价值及影响，绝不是某某级别就能体现的。建筑当然是文化，是凝固了的艺术。如果“梁思成、林徽因旧居”，不是梁、林设计建造并且居住过，那么其建筑物本身的文化艺术就不会有现在如此璀璨夺目了。我们仅就“梁思成、林徽因旧居”的主人对中国营造学社所作出的重要贡献；以及与之相关的中国营造学社当时又对中国古建筑的考察、研究和保护所作出的贡献；这两者都可以认为是空前绝后的。这么一来认识，“梁思成、林徽因旧居”就不仅仅是一般的土木结构建筑物了，需要升华的是在这幢平凡的建筑物里所包容着的不平凡的历史文化内涵；梁思成、林徽因在日军轰炸昆明的战争危机之中，还那么沉着坚毅、不畏艰难的生活着，快乐着，奉献着，这种精神不是特别感人么？

而且，“梁思成、林徽因旧居”除梁、林主人之外，还有哲学大师金岳霖也在这里居住过，他扩建的“耳房”不仅在当时，就是现在也仍然是一道独特而又普通、迷人而又坦然的风景线。为了拓宽和掘深“旧居”的历史文化范畴，我随之走进“耳房”，去探寻金岳霖的故事……

为了认识“耳房”，我曾经粗略查阅过金岳霖的某些历史资料。金岳霖 1895 年 7 月 7 日出生于清朝从事洋务的一位三品官员的大宅中，1984 年 10 月逝世于北京，享年 90 岁。金岳霖 1914 年 19 岁时

图为金岳霖后建的耳房，比正房稍为矮小一些。

毕业于清华学校；次年公费赴美国留学；1920年25岁时获美国哥伦比亚大学博士学位。1921年赴英国留学，深受英国哲学家休谟、摩尔、罗素等的影响；在此期间还同时去德国、法国进修，可以说是欧洲主要各国哲学的博学之士。留学四年后于1925年回国，即就任清华大学逻辑学教授，开中国逻辑学教育之先例。第二年，金岳霖创办清华大学哲学系并任系主任；从事哲学教学六年之后，1931年还到美国哈佛大学进修短期又重回清华大学任教。此后，从1938年到1946年间在昆明任西南联合大学哲学系教授长达八年之久。抗战胜利后，西南联大撤销，清华大学从昆明搬迁回北平，金岳霖历任哲学系主任、文学院长；1952年全国六所大学即北京大学、清华大学、燕京大学、南京大学、武汉大学、中山大学的哲学系合并为北京大学哲学系，金岳霖任教授兼系主任；1956年调任中国科学院哲学研究所任研究员兼副所长；1979年任中国逻辑学会会长……

金岳霖一生从事哲学研究与教学，并有许多重要著作在国内外发表与出版。但他本人最看重的是三部巨著，即1935年被列入“大学丛书”出版的《逻辑》；被当年誉为“国内唯一具有新水准的逻辑教本”；1940年《论道》出版，获得国家教育部优秀学术著作二等奖；1948年哲学巨著《知识论》出版，获得学术界高度评价。晚年著有《罗素哲学》，逝世四年才得以出版。有评论家指出：仅凭金岳霖《逻辑》《论道》《知识论》这三部著作，就已经“使他成为体系精深、世界闻名的哲学家”了。清华大学哲学教授张岱年曾在《忆金岳霖先生》一文中引用他哥哥张申府的论述：“如果中国有一个哲学界，金岳霖先生是哲学界第一人。”接着张岱年还补充道：“金先生以严密的逻辑分析方法讨论哲学问题，分析之精，论证之细，在中国哲学史上，可谓前无古人。”清华大学文学院院长冯友兰则说，金岳霖在中国现代思想史上开创了“三个第一”：“中国第一个真正懂得近代逻辑学的人；中国第一个懂得并且引进现代逻辑学的人；使认识论和逻辑学在现代中国发达起来的第一个人。”

就这么一位中国近代史上的哲学大师金岳霖，怎么会成为“梁思成、林徽因旧居”的“耳房”呢？这首先得从1921年说起。这一年徐志摩、金岳霖都在英国伦敦留学，他们是好朋友。如前所述，其间林徽因跟父亲林长民也在伦敦。他们就此而互相认识，互有好感。1931年11月徐志摩因乘邮政小飞机从南京赶回北平聆听林徽因用英文演讲中国古建筑而在济南附近撞山遇难，林徽因悲痛至极，金岳霖是了解而钦佩的，因为从那时起，金岳霖与梁思成、林徽因一家同住北平北总布胡同3号一座四合院里。只不过林徽因全家住前院，是大院；金岳霖一人住后院，是小院，另有旁门出入。那时金岳霖在清华大学任教，清华园也有宿舍，在清华上课时就头天从城里去学校，第二天上课。不上课时，金岳霖就住在北平城里写作，一般除早餐外，中、晚都会去林徽因家吃饭。因为金岳霖是单身汉，不便开火做餐。如此一直到1937年“七七事变”。在长达六年的时日里，林徽因家成了北平文化名人聚会的沙龙而被称为“太太的客厅”。睦邻而居的金岳霖与林徽因此时产生了恋情。这段“爱和友谊”的往事是林徽因逝世多年后，梁思成讲给他的第二位夫人林洙并由林洙写进书里公开出版而广为人知的。梁思成说：“……可能是1932年，我从宝坻调查回来，徽因见到我时哭丧着脸说，她苦恼极了，因为她同时爱上了两个人，不知道怎么办才好。她和我谈话时一点不像妻子和丈夫，却像个小妹妹在请哥哥拿主意。听到这事，我半天说不出话，一种无法形容的痛楚紧紧地抓住了我，我感到血液凝固了，连呼吸都困难。但是我也感谢徽因对我的信任和坦白。她没有把我当成一个傻丈夫。怎么办？我想了一夜，我问自己，林徽因到底和我生活幸福，还是和老金在一起幸福？我把自己、老金、徽因三个人反复放在天平上衡量，我觉得自己尽管在文学艺术各方面都有一定的修养，但我缺少老金那哲学家的头脑，我认为自己不如老金。于是，第二天我把想了一夜的结论告诉徽因，我说，她是自由的，如果她选择了老金，我祝愿他们永远幸福。我们都哭了。过几天徽因告诉我说，她把我的话告诉了老金。老金的回答是：‘看来思成是真正爱你的，我不能去伤害一个真正爱你的人，我应该退出。’从那次谈话以后，我再也没有和徽因谈过这件事，因为我相信老金是个说到做到的人，徽因也是个诚实的人。后来的事实证明了这一点。所以我们三个人始终是好朋友。”

我之所以抄录梁思成的这段真诚的自白，是因为除了梁思成自己，任何友人或作家都不可能把金岳霖与他们夫妻间的关系说得如此真切和透彻。从1932年初到1937年8月，长达五年间他们前院后院的邻居、中餐晚餐的同桌、周末假日的聚谈，相互间没有诚实、信任、道德，能维持好朋友的关系吗？美国友人费正清的夫人费慰梅都说老金“实际上是梁家后来加入的一分子”。但他们爱情与友谊泾渭分明，道德底线坚如真金。

1938 年到达昆明后，西南联大的教授们大都住在翠湖附近，因为那里离西南联大、云南大学校址不远。梁思成、林徽因一家住北门街时，金岳霖住处离他们家不远。那时，金岳霖最驰名于师生间的故事是，他饲养了一只老公鸡，有空便抱着公鸡出去与昆明的小朋友们斗鸡玩；那只老公鸡简直成了他的亲密好友，还常常跳到饭桌上与他一起共餐，伸出长脖子到他的碗里啄饭吃……

1940 年初春，金岳霖与一些朋友从城里到龙头村梁思成、林徽因刚建成的新屋聚会。金岳霖很自然会想起北平两家人同住北总布胡同前院、后院的那些日子。但此时新建成的房子只有三间，没有金岳霖的栖身之地。这当然难不倒建筑学家梁思成。他拉起金岳霖走到新房的外头，当即商量决定在南边加盖一间比正房稍为矮小一点的“耳房”。而且很快建成后，金岳霖就从城里搬来入住了。原先我以为“耳房”是在门外另开门户，像北平的北总布胡同的前院、后院那样各有出入通道。但这间“耳房”只在自己的东西南墙上各开三个小窗，房门却是从里边开，连着梁思成、林徽因家的客厅，简直就像是一只灵敏通窍的“耳朵”了。对此，林徽因当时给远在美国的友人费正清的夫人费慰梅的信中写道：“我们现在住在离昆明城 8 英里的中等规模的村子尽头新建的一所三居室的住宅里。它周围的风景还不错，没有军事目标……春天里老金在我们的住宅尽头处加了一间‘耳房’。这样整个北总布胡同集团现在就齐了，但天知道能维持多久。……日本鬼子的轰炸或歼击机的扫射都像是一阵暴雨，你只能咬紧牙关挺过去，在头顶还是在远处都一样，有一种让人呕吐的感觉。可怜的老金，每天早晨在城里有课，常常要在早上五点半从这个村子出发，而还没有来得及上课，空袭就开始了，然后就得跟着一群人奔向另一个方向的另一座城门、另一座小山，直到下午五点半，再绕许多路走回这个村子，一整天没吃、没喝、没工作、没休息，什么都没有，这就是生活……”

尽管“大后方昆明”常常处于日帝飞机的炸弹轰炸、子弹扫射之下，生活如此艰辛，可是在小小的“耳房”里，金岳霖照样睡觉，读书，写作，按其生活哲学怡然自得地生活着。《论道》这部书就是在“耳房”里修改定稿并于1940年出版的。对这部书，冯友兰认为是新理学的重要著作：是“现代化与民族化融合为一，论道的体系确切是‘中国哲学’，并不是‘哲学在中国’。”金岳霖在写《论道》的同时，也就开始写作构建新儒学体系的《知识论》了。金岳霖曾在“自述”中写道：“花时间最长，灾难最多的是《知识论》那本书。这本书我在昆明就已经写成。那时候日帝飞机经常来轰炸，我只好把稿子带着跑警报，到了北边山上，我就坐在稿子上。那一次轰炸的时间长，天也快黑了，我站起来就走，稿子就摆在山上了。等我记起回去，已经不见了。只好再写。一本六七十万字的书不是可以记住的，所谓再写只可能是从头再写新的……”这部“新的”《知识论》，金岳霖也是在“耳房”里开始“再写”的。请看，在金岳霖一生中最重要的三部哲学著作，就有他较为满意的两部著作与“耳房”存在着密切的“血缘”关系。但过去人们也许并不太关注“耳房”为金岳霖的哲学著作所提供的良好的写作环境，包括住房与精神两个方面的条件。然而这也是认识“梁思成、林徽因旧居”的历史文化价值所不可或缺的内容。以往不少人士往往感兴趣于在正房与“耳房”之中同住一屋的金岳霖与林徽因的“爱和友谊”的关系。是的，金岳霖的“耳房”，与梁思成、林徽因的卧室之间只隔着客厅，他们说话的声音稍大一点便能相互听见。“耳房”成了聪慧的“耳朵”。有一封林徽因在1940年9月给美国朋友费慰梅写的信，可以说明他们之间的生活距离是何等的亲近。林徽因在信中写道：

> 亲爱的慰梅和费正清：读着你们八月份最后一封信，使我热泪盈眶地再次认识到你们对我们所有这些人的不变的深情……战争，特别是我们自己的这场战争，正在前所未有地阴森森逼近我们，逼近我们的皮肉、心灵和神经。而现在却是节日，看来却正像是对——逻辑的一个讽刺（别让老金看到这句话）。老金无意中听到了这一句，正在他屋里咯咯地笑，说把这几个词放在一起毫无意义。……

因为金岳霖教的是“逻辑”，林徽因给梁思成读信时，他在对面屋里听到便咯咯发笑，由此才又在信中添写了老金的反应。而老金与费氏夫妇也是好朋友，才使此信洋溢着亲切的情趣……从中也可以看出，金岳霖与林徽因的“逐林而居”的关系，正如他们的一位老朋友所指出的，是“人与人关系臻于最美最崇高的境界”。说到金、梁、林三人之交，当年梁思成就曾经对旁人说过：“我们三个人始终是好朋友。我自己在工作上遇到的难题也常去请教老金，甚至连我和徽因吵架也常要老金来‘仲裁’，因为他总是那么理性，把我们因为情绪激动而搞糊涂的问题分析得一清二楚。”

在“梁思成、林徽因旧居”的“耳房”里，联想金岳霖与林徽因、梁思成之间的“爱和友谊”，这是自然而然的事情。令人感动的还有一件事。有一年，时值初夏，金岳霖在北京饭店包厅请客。友人们来后都不知老金为什么请客。这位年近九旬的老金，在宴会开始的时候，站起来举起红葡萄酒，这才宣布理由：“今天是徽因的生日……”在林徽因逝世 20 多年后，老金依然清楚地记得林徽因的生日是 6 月 10 日，并宴请友人共同纪念，令主客一起感动。虽然爱已成往事，但情却依旧与日俱增。不久之后，老金安然离世，不无遗憾的是，他在生前终于为林徽因的生日尽了最后的心愿。金岳霖一生未娶。梁思成去世后，金岳霖与梁从诫同住，晚年由从诫照顾生活，比上世纪三十年代在北总布胡同住前院、后院还要亲密无间，也算享了梁思成、林徽因儿子的福……

怀着对梁思成、林徽因、金岳霖的敬仰之情，我走出“旧居”，走出“耳房”，却走不出在这四个房间里发生的那些应当铭记、值得深思的往事。我此前读过的那些有关的诗文图书资料，更增添了鲜明的记忆。窗外门外的庭院里，依旧花开花落，草青草黄，依旧跟着日月的轮回进行着自然界的轮回。然而自古以来都有一个不变的规律：物是人非。我们只能踏着林徽因当年留下却已模糊了的脚印，走在庭院的小径上。走出几步，我回头看了看旧居的厢房，中间的厨房里是储水的大瓦缸；据说，当年的林徽因就是从大瓦缸旁边，拎着小木桶，从那里再经过这里，才走到花园里的水井汲水的。瓦缸与水井相距不远。我们跟随顾彪走去，在没有见到水井的时候，首先闻到了一阵桂花的清香。抬起头来，只见一棵古老的桂花树站在围

梁思成、林徽因旧居庭院里的百年古树、百年古井。

墙边。再一看，那眼水井就在那棵桂花树下。来到桂花树和水井之间，顾彪拍拍桂花树，转身又拍拍水井，显得兴高采烈地说："老人们讲，这是百年古树，但年年照常开花，就因为它一直站在百年古井旁边，根须从不干渴。"桂花树果然繁茂旺盛，那细小的金色花朵掩映在绿色的枝叶间，如同夜空里的点点星星。只是枝干上挂着十几只瓦罐，是在老树上嫁接新苗，以便移植，让古树多子多孙。我伏身井圈，只见井水透明如镜，闪耀着蓝、青、黑、白的色彩，漂浮着细碎的金桂花瓣；当然这水井也曾投映过林徽因的身影，笑容，汲水的木桶，还有她瘦弱的双手……可以看出这高出地面的井圈，是后来罩在旧井圈上面的，原先的井圈虽然是花岗岩雕凿而成，石质再坚硬也经不住岁月的打磨，井圈周围已被提水的柔软的绳索勒出了一道道深痕。我伸手下去摸了摸，仿佛这不是创伤的疤痕，而是汲水人欢快的记忆。遥想当年，到这古井里提水的，肯定不会是母亲，因为她老；不会是梁思成，因为他有腰伤残疾；也不会是女儿"宝宝"或儿子"小弟"，因为他们还小；那就必然是林徽因与这水井打交道的次数最多了。因此，这井圈上的一道道深痕，不就是林徽因在井边洗衣洗菜，或是从井里提起一桶桶水走回厨房去煮饭烧汤或烧开水而增添或加深的劳动记录吗？顾彪说，那时龙夫村还没有自来水，而村子之所以被取名"龙夫"，就是因为这里有"龙"，常年喷涌泉水，水质又清又甜，直到今天，这古井里的水还可饮用……

站在桂花树下、水井旁边，我突然产生了灵感。记得我曾经在北京金水桥头仰望过国徽、在天安门广场仰望过人民英雄纪念碑、在八宝山革命烈士墓园里拜谒过林徽因的坟墓，那时我几次萌想过为林徽因吟诗献辞的激动，但总觉得当时即便写了也是不如林徽因的作品，不要献丑吧！此时我觉得我写得再不好也要借桂花树和水井来赞美梁思成与林徽因了。我当即在小采访本上写下了两行诗句：

一身金桂飘清香，
满井龙泉映时光。

写毕，我还想起当年金岳霖也曾为梁思成、林徽因夫妇撰过一联：“梁上君子，林下美人”，不也被笑纳了吗？我写的这两句诗，借百年古树古井抒情，想必梁思成、林徽因也会接受的吧？

在即将告别“梁思成、林徽因旧居”的时候，我在庭院里默默地站着、想着：去年，为了铭记梁思成在二战期间为保护奈良古都免于被美军轰炸所作出的重要贡献，日本人在奈良树立了梁思成的雕像；今年，为了纪念梁思成110周年诞辰和梁思成在中国古建筑学研究与教学的高度成就，清华园矗立起了梁思成的雕像。那么我想，我们昆明市盘龙区是否也可以像日本奈良古都，像清华大学那样，在“梁思成、林徽因旧居”——这唯一由两位建筑学家亲手建造的故园里，树立起梁思成、林徽因夫妇的雕像，并在他们身旁也树立起哲学家金岳霖的雕像呢？让他们永远屹立在“旧居”，守望着他们生前在这里共同度过的那段珍贵的龙泉时光！

原载《中国作家》2012年第7期纪实版

汪曾祺的白莲花

按节令进行曲的节拍，立夏前几天，昆明终于在久旱之后听到暮春的雨点、雨丝、雨柱、雨浪弹奏的交响音乐。于是，我把欣喜的目光从汪曾祺二十九年前写的《昆明的雨》中，移到了翠湖，移到了大街小巷的高楼或矮屋。怀念过去与观赏现实，仿佛那一棵棵绿树、一蓬蓬红花、一朵朵菌子、一粒粒杨梅，都从汪曾祺散文的字里行间幻变而出，显得久别重逢般的可亲可爱。也就自然而然地

汪曾祺与张昆华 1997 年 1 月 13 日在昆明佳华大酒店圣诞树前合影

由汪曾祺“我想念昆明的雨”的情景里转而想念起汪曾祺来。

因为今年5月16日是汪曾祺逝世十六周年纪念日。昆明人完全可以把汪曾祺作为乡亲缅怀。这位来自异乡的乡亲生前曾经在《昆明的雨》《翠湖心影》《泡茶馆》《观音寺》《觅我游踪五十年》等散文名篇中为昆明留住了鲜明的自然环境与独特的人文风情。他还在文中赋诗表达心中的眷恋与思念：“羁旅天南久未还，故乡无此好湖山。长堤柳色浓如许，觅我游踪五十年。”

汪曾祺1920年农历正月十五日即元宵节傍晚上灯时分出生于江苏省高邮古城的一座书香门第老宅里。在高邮上完小学、初中，当他就读高中三年级的江阴县城沦陷在日寇铁蹄之下，便含泪挥手告别故乡，先后辗转上海、香港、越南海防、云南河口等地，于1939年9月到达当时被称为大后方的昆明，考入西南联大中文系。在昆明读书四年，又在市郊观音寺中学教书三年，直到1946年9月离昆明赴沪。他在《觅我游踪五十年》中写道：“我在昆明呆了七年。除了高邮、北京，在这里时间最长，按居留次序说，昆明是我的第二故乡。”

汪曾祺在“第二故乡”昆明西南联大上学时，就居住在翠湖周边。他亲切而形象地把翠湖描绘为“昆明的眼睛”，并说：“没有翠湖，昆明就不成其为昆明了。”他最初寄住在青莲街同济大学附中的宿舍。不久便搬到若园巷二号。他在散文中记述道：“房东是一个上了年纪的寡妇，她没有儿女，只和一个又像养女又像使女的女孩子同住楼下的正屋，其余两进房屋都租给联大学生。”令人当时难以预料而后来又是事实的是：四位房客大学生，同住一屋的汪曾祺成为文学大师，王道乾去法国入了党，成为专译马克思主义理论的翻译家；同住另屋的何炳棣、吴讷孙，后来移民美国，前者成为历史学家，后者成为美学家、美术史家，可见西南联大人才济济。吴讷孙还写了一部反映西南联大生活的长篇小说《未央歌》，在台湾多次再版；1987年汪曾祺出访美国时，老同学意外相见，吴讷孙还送了一本《未央歌》给汪曾祺；两人兴趣盎然地谈起了女房东家院子里的那棵缅桂花树，在春雨中散发出阵阵清香。汪曾祺还说，有一年春节，吴讷孙写了一副春联贴在大门上，上联“人斗南唐金叶子”，下联“街飞北宋闹蛾儿”；说罢，在回忆青春岁月中爆发出老年人少有的哈哈大笑……

此后，汪曾祺由于穷困，不得不从若园巷二号搬到民强巷五号，只不过是因为租金稍便宜一些而已。汪曾祺搬住新房东王老先生家的东屋里，没有床，便睡住在一个高高的一尺多宽的条几上；“……被窝里面已不知去向，只剩下一条棉絮。我无论春夏，都是拥絮而眠。”他在回忆当年的散文中这样写道：“我在民强巷时的生活，真是落拓到极点。一贫如洗。我们交给房东的房租只是象征性的一点，而且常常拖欠。昆明有些人家也真怪，愿意把闲房租给穷大学生住，不计较房租。这似乎是出于对知识怜惜心理。”汪曾祺记得，有一天饿得躺在条几上，是同学朱德熙夹着一本字典来叫他起床，到街上贱卖了字典，才有钱吃了一顿早饭。物质生活如此残缺，但精神生活却不贫乏。在汪曾祺记忆中，房东家的大门上刻着一副对联：“圣代即今多雨露，故乡无此好湖山。”他每日出入大门，眼看心记，明白这是房东借用前人旧记抒发自己今日情怀。他虽不同意当时即“圣代”，也不明确上联来自何处，但却知晓下联出于苏东坡诗句。所以，几十年后，汪曾祺重返昆明，便轻车熟路地以当年房东借苏东坡诗句的手法，也借此句来写进自己的诗中，用“故乡无此好湖山”表达“昆明的湖山是很可留恋的”。

汪曾祺步入老年后，怀念昆明的情感日愈缠绵。他在一系列的散文中，写了缅桂花树、尤加利（即桉树）、仙人掌、木香花、叶子花、白茶花；写了酸角、拐枣、杨梅、宝珠梨、丁丁糖、花生米；

写了青头菌、牛肝菌、鸡枞菌、鸡油菌；写了翠湖的多孔石桥、圆圆的小岛以及堤岸上的柳树："柳条拂肩，溶溶柳色，似乎透入体内。"所以，他在借用苏东坡"故乡无此好湖山"之后加写了自己的诗句："长堤柳色浓如许。"但使我感到迷惑不解的是，汪曾祺在翠湖边居住过四年多，还常去湖畔的省图书馆看书，常在茶馆里喝茶，十分熟悉那里的树木花草，但他为什么就没有写荷花呢？而生他养他的故乡高邮则是荷花铺天盖地的世界，如果他在昆明翠湖见到荷花，肯定就会触景生情，倍感亲近而大书特书的。后来，汪曾祺在1984年5月9日写的散文《翠湖心影》中回答了这个疑问："翠湖不种荷花，但是有许多浮莲。肥厚碧绿的猪耳状的叶子，开着一望无际的粉紫色的蝶形的花，很热闹。"这就是昆明人叫的水葫芦。

我相信汪曾祺"翠湖不种荷花"的记忆。但是就在汪曾祺1946年8月离开昆明后的几十度春夏岁月中，不知是从哪年哪月起，翠湖种植了莲藕，开放了一朵又一朵彩云般的莲花，取代了大片大片的水葫芦花。漫长的光阴一直延绵到1987年4月，在汪曾祺离别"第二故乡"四十一年后才得以重返昆明。他是参加中国作协组织的作家代表团前来渴望已久的云南进行访问采风活动的。我们在座谈会上相遇相知。此时的汪曾祺虽然已是六十七岁的老人，但谈起他十九岁初识的昆明，那刻满皱纹的脸上却绽放了年轻的容光。我们从西南联大说到青莲街、逼死坡、甬道街、若园巷二号、民强巷五号以及翠湖里的石拱桥……由于我读过他三年前写的《翠湖心影》，便告诉他："翠湖依旧，杨柳常绿。只是在你离昆后的某个盛夏，翠湖梦醒般地开满了半池荷花……"

不难想象，从出生到长大，故乡高邮的荷花一直伴随着汪曾祺的青春年华。此后他长年生活在被他爱称为"昆明的眼睛"里，翠湖肯定又成为他"第二故乡"风景中最难忘的风景。如今，像高邮那样，翠湖也有荷花开放，这不是可以让汪曾祺的故乡情结锦上添花吗？为此，我很想约他去看看翠湖荷花。但由于作家访问团的行程时间安排很紧，当时未能如愿。直到汪曾祺他们首游武定狮子山，又赴别地采风返回昆明，正津津乐道于明朝建文皇帝是否真正落发为僧出家狮子山正续禅寺的历史传说时，我们终于挤出了一小点空隙时间，在夕阳悠悠沉下西山之际，匆匆赶赴翠湖。我们忙不能去寻访汪曾祺十分思念的当年居住过的同济大学附中旧地以及若园巷二号、民强巷五号民房是否依然在世，便径直来到翠湖东门一侧的荷塘边。手扶栏杆细目远眺，只见湖面上新生的一片片荷叶，在晚风中洋洋得意地挥手摇晃，犹如一朵朵舞蹈的水波；又见一只只紫色的燕子穿破暮霭飞翔，让尾巴洒下一声声啼鸣……可是，心急也难获近利，我们上下左右地寻觅，都没有发现一枝莲花。确实令人茫然，深感惆怅。汪曾祺摇摇头，叹口气说道："昆明春天来得早，而莲花最早也要到夏天才开放呀……"我们只好沿着湖岸漫步。来到一棵古老的桉树下，汪曾祺伸手拍拍树腰，说他当年曾倚靠在这儿阅读沈从文老师写的小说《边城》；来到一棵百年合欢树下，汪曾祺抬头看了看枝叶间的粉红色花朵，说他当年曾约会西南联大外语系女生施松卿，俩人肩并肩地坐在树下一起诵读徐志摩和林徽因写的爱情诗……暮色渐渐苍凉，华灯悄悄明亮。虽然没有看到翠湖的荷花，但我却在汪曾祺的眼里看到了闪亮的泪珠，那泪珠就像是他心中的荷花……

怀着依依不舍的乡情，汪曾祺飞离难以分别的昆明返回北京。相隔四年之后，1991 年 4 月，也是早春时节，汪曾祺参加中国作协副主席冯牧率领的作家代表团去玉溪出席"红塔山笔会"。来也匆匆，去也匆匆，昆明只不过是路过的驿站而已，但汪曾祺却在其间亲笔署签"十五日夜走滇境"的采风团文集书名并写下了散文《觅我游踪五十年》，重现了这位七十一岁的耄耋老人记忆中的昆明往事。

只要期盼，便有希望。六年之后，也就是 1997 年 1 月，昆明温暖的冬天，汪曾祺参加中国作协副主席高洪波率领的作家代表团再一次去玉溪出席“红塔山笔会”。会后返京前在昆明稍事停留。1 月 13 日下午，我去作家代表团住宿的佳华大酒店拜访汪曾祺。新年喜庆的气氛还未消散。我与汪曾祺在酒店大堂的圣诞节小屋和圣诞节灯树前合影留念。笑谈中，我特意提起他去年即 1996 年夏天赠我的国画《门外野风开白莲》。我说，那绿叶相拥的白莲花，真是越看越美，堪称文人画中的精品。他微笑着连连摆手，并解释创意：之所以画白莲花送我，是为了弥补十年前我们去翠湖看荷花而荷花尚未开放的遗憾……

十年不忘荷花梦！可见汪曾祺重情重义，侠骨铮铮。感动之余想作回报。第二天中午，我从家里带来装裱好了的《门外野风开白莲》，在红河酒店的宴席前当众展开，让文友们观赏。三片荷叶，四

汪曾祺赠张昆华国画《门外野风开白莲》。

朵莲花，两枚印章，还有“门外野风开白莲昆华道兄丙子夏汪曾祺”十七个题画签字，赢得诗人、作家们的热烈掌声和由衷赞叹！有人还趁机向汪曾祺求赠字画。汪曾祺高兴得连连点头应允：“回京再说，回京再说……”我珍惜不已地卷起画来，经高洪波当场提议，汪曾祺欣然提笔在画轴上作了题签：“汪曾祺白莲 1997 年 1 月 14 日昆明。”我握画鞠躬，满怀谢意地说：“汪老，虽然十年前陪你去翠湖看荷花，由于节令尚早未能如愿。现在仍是冬天，翠湖荷花的芽苞仍深藏泥层里。但是你送我的这幅画，那一朵朵白莲花，却是无论任何季节都在开放，而且永远不会凋谢……”

然而令人深感悲痛的是，汪曾祺 1997 年 1 月第 5 次来昆明，不幸成为他生命中对“第二故乡”的最后访问。汪曾祺从昆明飞回他“第三故乡”北京四个月后的 5 月 16 日，因突发急病而与世长辞。前些日在春风春雨中，怀念与感恩之情引领我去翠湖寻访汪曾祺的踪影。那棵被汪曾祺倚靠着阅读沈从文老师写的《边城》的古老的桉树，依然用青枝绿叶散发着淡淡的芬芳；那棵倾听过汪曾祺与恋人施松卿共同诵读徐志摩和林徽因的爱情诗的百年合欢树，依然用年年盛开的粉红色花朵洋溢着迎春的气息；那刚刚积蓄了雨水的翠湖依然荡漾着碧绿的荷叶，发出飒飒的声响，仿佛在告诉我：再过些时日，那一朵朵荷花肯定会昂首开放，就像汪曾祺在《门外野风开白莲》中所画的那样，为翠湖，为昆明增添美丽的风采！

原载《云南日报》2013 年 6 月 16 日；又载《边疆文学》2014 年第 1 期；又载《文学界》2014 年第 1 期。

遥祭程十发

在雨中的梧桐树下，得知国画大师程十发先生于7月17日18时58分在上海华东医院辞世归天，顿时不禁黯然神伤，分不清是天上的雨水还是眼里的泪水在脸上不停地流着，抹不去的雨泪或泪雨犹如抹不去的哀思与记忆。

半个世纪以来，我一直心存愿望，很想登门拜访程十发先生。这是缘起于1957年，那时我在昆明军区文化部做《部队文艺读物》编辑工作，自然与画家们有密切交往，也就很注意画坛动态。听说国家文化部组织了一批画家到云南边疆民族地区深入生活，进行写

程十发为张昆华发表于《萌芽》1960年7月号的长诗《佧佤人的歌》作的插图。

程十发为张昆华发表于《电视·电影·文学》1983年第3期的长篇小说《天鹅》作的插图。

生创作，其中就有以国画《歌唱祖国春天》而荣获全国第一届青年美展一等奖的程十发。那些年连队俱乐部普遍摆放着好几本程十发创作的诸如《野猪林》和《葡萄熟了的时候》等连环画，战士们很爱阅读。不久又看到了程十发根据西双版纳傣族民间长诗改编创作的连环画《召树屯和喃诺娜》以及《泼水节》《小河淌水》等优秀绘画，这大概是当时除黄永玉的套色木刻《阿诗玛》之外最早反映云南少数民族生活的一位很有成就的上海画家。接着，程十发又以《儒林外史》插图荣获1959年莱比锡国际奖，以《孔乙己》荣获全国连环画绘画奖。我心中自然对这位名画家产生了崇敬之情。

两年多后的一种缘分把我和程十发绘画的神交变为现实。那是1960年7月，上海《萌芽》杂志发表了我的一首长诗《佧佤人的歌》，编者在作者名字之前特意加了“云南边防军”以示身份。给这首长诗增光添彩的是两幅插图，第一幅是一位身背婴儿的佤族妇女手持木杵在舂米，一只鸟儿从旁边飞过；第二幅是佤族群众挥舞鲜花，吹着牧笛欢迎佧佤山刚刚修通的公路上行进着的车队。令人想不到的是在画下的括号内印着五个小字：插图：程十发。欣喜之情真是不亚于见到了画家本人。

当时并不知道我与程十发先生的文学绘画缘分已经结束或只是开始。历经二十一年的种种运动磨难之后，《萌芽》杂志于 1981 年创办增刊《电视·电影·文学》大型杂志，创刊号上发表了我写云南怒江傈僳族生活的第一部长篇小说《魔鬼的峡谷》，责任编辑对我说，这部长篇由于时间紧迫来不及插图，等你下一部小说写得比这部更好，我们不但发表，还要请大画家为你插图。我想，这位大画家会是谁呢？

经过两年的刻苦努力，我写出了反映西双版纳傣族生活的长篇小说《眷情》寄到了《电视·电影·文学》编辑部。主编哈华认为比《魔鬼的峡谷》确实写得更好，决定很快发表，不但同时请北京《文艺报》评论家刘锡诚写了评论，还配发了几幅精美的插图。收到《电视·电影·文学》1983 年第 3 期刊物，迅即翻阅着插图，一直到末尾才看到了“插图：程十发”这十分普通的署名。但我却被这不普通的谦虚精神震撼着心灵。而且编辑还有信说明，在请画家为小说插图的过程中，程十发先生看了小说大为赞赏，不但精心作了插图，还建议题目改为《天鹅》，并为之题写了书名。说真的，我那时来不及看自己的作品，而是快速地看着程十发先生书写的“天鹅”，看着插图中的人物、山水、花鸟，仿佛看到了画家在西双版纳傣族村寨访问的身影……我即写了信寄到上海去表达对编辑和程十发先生的衷心感谢。

两年后，由《萌芽》主编、重庆出版社出版的我的小说集《爱情不是狩猎》，不但收录了程十发先生原先为《天鹅》所作的插图，编辑还特意请程十发先生为其中的《情敌》新作了两幅插图。这部小说集由主编哈华写了序言《遥寄云南边防线上的年轻朋友》，此后《人民日报》于1986年1月27日发表这篇序言时改题为《风光美与心灵美的交融》；我以为这不但是对小说的评论，也是对程十发先生插图的赏析。这更增加了我对画家的感激与渴望能亲自到上海拜访他一面的愿望。然而这一愿望终未能实现。

后来从上海友人处得知先生身患不治之症，我写信去表达问候与祝愿。先生1921年4月出生于上海松江，以八十六岁高龄逝世。数十年来先生致力于"取古今中外法而化之"的中国画创作，长期担任上海国画院院长，不仅绘画、书法独树一帜，成就卓越，而且为人楷模，德高望重，被海内外尊称为国画大师。早在2005年中国嘉德四季三期拍卖会上，程十发先生1957年创作的《召树屯和喃诺娜》就以1100万人民币成交，不但创下他个人作品拍卖的最高纪录，同时也创下了全国连环画原稿拍卖的最高纪录。当然这也表明以云南少数民族题材为绘画的作品是如何地受到关注与欢迎。在今年的另一次拍卖会上，程十发先生1981至1982年创作的《补衮图》又以286万元的高价成交。由此可见先生的人生价值与艺术价值。

两年前，当先生病重卧榻，双手抚摸着云南特意为他出版和敬赠的《程十发画云南》画册，久久地欣赏着，如若旧地重游，旧情新发，激动不已。先生说，他在上海剑河路自家的"三釜老屋"里没有留下什么遗憾，在漫长的一生中也没有留下什么遗憾；如果说还有什么遗憾的话，那就是想再去一次云南访问的愿望未能成行……由此可见先生对云南的深厚而恒久的感情。

如今程十发先生为我的诗歌、小说所作的几幅插图以及留给我们的绘画云南的许多作品，变得更加无比的亲切和珍贵了。这些绘画精品说明先生不但重访着云南，而且已经把他的人生和艺术永远地留在了云南。

2007年7月20日于昆明

原载《春城晚报》2007年7月21日；又载《人民日报》2007年8月11日；又载上海《文学报》2007年8月23日。

雷漫天人生如琴

漫天雷声曾经在云南高原上随风飘荡。这位小提琴家如雷贯耳的名字，由于生命的戛然消逝而使琴声袅袅消失；无论是对生命或对琴声都已经从渐渐淡出到渺渺遗忘。还有谁记得雷漫天呢？

但是在他离世至今悠长的五十年间，你可能还会在某天寂寞的黄昏，在昆明某条古巷尽头的某个老茶馆的某个角落里，听到某几

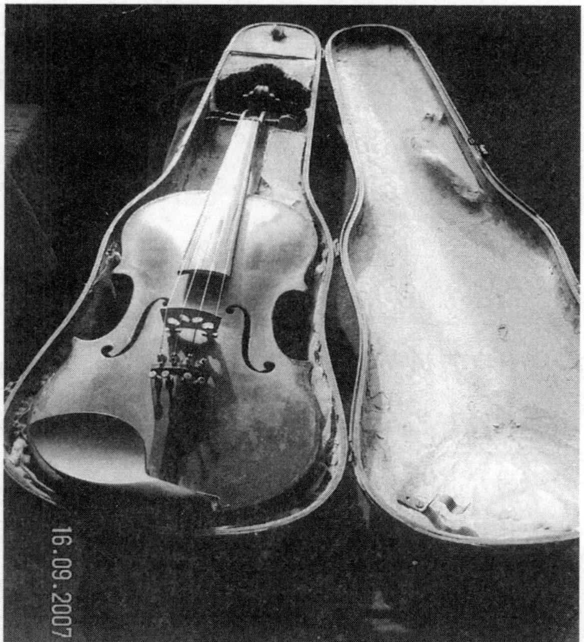

这就是雷漫天一生中唯一的遗物：法国小提琴，琴弦断过无数，琴盒已经破损，积存着岁月的磨难与烟尘……

位老人把一壶浓浓的绿茶喝得褪色无味的时候，轻轻松松地谈起一些有味的话题，然后转变成沉重的话题。其中会有位老人用长竹竿烟锅头指指点点地说着，那个雷漫天曾经站在某张茶桌前或某把木椅后拉着他心爱的小提琴，专心专意地为茶客们演奏马思聪的《思乡曲》或法兰西的《马赛曲》；另一位老人则补充说，在雷漫天清幽绵延或悲壮豪放的琴声中，往往会有一位默默无言的女人端着敞开的小提琴盒来向茶客们要求赏钱……

记忆再好的老人也只能在记忆深处保存断断续续的雷漫天拉琴卖唱的身影而无法说出或吟出那些或优美或忧伤或激昂或低沉的琴声了。在雷漫天人生主要经历的上个世纪三十年代到五十年代末期的那些岁月，不像今天拥有这么先进而又普及的摄像、录音、制碟等技术设备，雷漫天和他的琴迷们也没能超越时代水平的局限而为他留下点录像或录音。那么总还有面对战国时代的宝剑而联想舞剑冲锋的勇士，也还有面对抗日时期昆明郊区的瓦房茅屋而缅怀在此栖息过的西南联大雄鹰般的教授吧？难道就没有雷漫天的一件遗物而让后人联想或缅怀那位落拓卖艺、贫病交加息声于小巷深处的小提琴家了吗？

古剑闪耀着勇士生命的光芒。故居蕴藏着文人生命的书香。那么小提琴家雷漫天的小提琴呢？

当年云南省政府所在地五华山的山脚，东边有座长城电影院，院旁有家长城茶馆；西边有座拜祭孔子的文庙，庙内有文化娱乐场所和茶室；雷漫天就常在这些个地方为大众吹口琴和演奏小提琴，那一首首昆明郊区的花灯小调或一支支广东乐曲，甚至还有欧洲各国几首名歌或几支名曲的吹奏使之赢得广泛声誉，群众把他称为“天才音乐家”。久而久之，雷漫天的琴声也传到五华山上时任云南省政府主席龙云的耳里，另一位颇有才学的廖新学的油画也映入龙云主席的眼里。这位求贤爱才、希望振兴滇边文化的武将决定将雷漫天、廖新学公费派遣至法国留学深造。于是1933年春天，这两位音乐绘画才子便沿着法国人修建的滇越铁路乘坐窄轨小火车从昆明出发经开远、河口出国，又经越南河内、海防再转乘海轮到达香港。在香港等候远洋海轮期间，同行的旅伴却与他分手走上了不同的人生旅途。

当然正如人们所知道的，廖新学赴巴黎学成归来成为云南第一位著名的油画家，至今他的作品仍具很高的艺术价值而被博物馆珍藏。可是雷漫天却为一件事的发生而没有远赴法国。要不他很有可能在巴黎那座艺术之都造就为学院派高雅的音乐家，而不会变成后来如人们所熟悉的混迹于茶馆卖艺的民间音乐家；这不仅是人生命运而且也同时是艺术命运的一种无意的不曾加以选择的选择吧！

那时正好有一支来自英国伦敦的著名乐队在香港演出。雷漫天慕名前往剧场欣赏。音乐会散场后，雷漫天走进乐坛，声称自己的技艺要比英国乐队的小提琴手拉得更好。乐队指挥不知是出于维护自家的声誉，或是想让这位自吹者丢丑现眼，竟摊开双臂邀请雷漫天当场演奏。雷漫天虽然身穿中国式的中山装，却以绅士风度从英国乐队小提琴手里接过小提琴，微微弓身行礼之后，便挥弓搭弦跳跃几个音符，随即正式拉起了捷克音乐家德沃夏克访问美国时谱写的《自新大陆》……这是一首忧而不伤，痛而不怨，深而不重的思乡曲，与马思聪的《思乡曲》相比，又是另一种风格，但却更适宜欧洲人欣赏，特别是远离伦敦来到香港的乐队，几乎被感动得人人都流下眼泪……

应该说，是德沃夏克的这支名曲和雷漫天的倾心演奏，这两者的艺术力量共同征服了英国乐队。乐声未息便获得英国乐队和围观听众的喝彩掌声。乐队指挥兴高采烈地邀请雷漫天参加他们在香港的演出活动，并愿付与高薪待遇。

雷漫天高兴得忘乎所以。一是穿棉布中山装的云南人受到穿燕尾服的英阔佬的赞赏；二是在昆明穷酸穷怕了，现在既得英镑又能与大英帝国显赫的乐队同台演出，便立即答应，未经请示龙云主席就留在了香港。雷漫天的无纪律无政府行为，惹得被尊称为云南王的龙云颇为生气，便取消了雷漫天公费留学法国的决定。当英国乐队按计划结束在香港的演出活动，雷漫天便也失去“首席小提琴”的身份。身穿黑毛呢西装的雷漫天在海港码头上高举起小提琴为英国乐队的艺友们送行，泪眼迷蒙地眺望着巨型轮船驶向大海深处，才觉得海风越来越大，越来越冷，前程渺茫……

雷漫天手里的那把小提琴是唯一能够温暖他身心的伴侣，是他用英国乐队给他的酬金在香港购买的法国小提琴。虽然不能赴巴黎留学，只有靠法国小提琴的声音来安慰自己并向别人夸耀了。可是雷漫天在英国人统治的殖民地香港的花天酒地生活，并不是那么好混的，不久便带着影响他此后人生的某些不良习气，结束了那段光彩而又灰暗的香港生活回到昆明。

昆明毕竟是雷漫天的故乡。昆明人从战国末期的庄蹻入滇开始，便有包容四面八方的广阔胸怀。何况这位从昆明走出去，又走回昆明的小提琴家呢？因而雷漫天在昆明的演艺生活真是如鱼得水。他虽不能穿着燕尾服步入法国人的舞厅，也不能佩带短剑、腰挎手枪走进军阀高官们的大雅之堂，但他却可以时而穿着西装，时而穿着中山装，自由地在任何地方给任何听众演奏小提琴，从而获得掌声和投来铜钱、铜板甚至是银元、美金的声音……

再说十多年后的某一天，雷漫天仿佛是耍魔术似的突然摇身一变，昆明人看见他不再穿以前穿的那种蓝布中山装，也不再穿过去穿的那种黑毛呢西装了，而是身穿崭新的草绿色军装，头戴缀着红色五角星的军帽，左胸佩着“中国人民解放军”胸章，成为解放军四兵团十三军政治部所属的文工团的一名团员了。雷漫天身份的改变，不能不说点有关的背景。上个世纪五十年代初期四兵团解放云南后，根据兵团司令员陈赓将军的指示精神，军队要大量广泛地招收文艺体育人才入伍，以提升这支英勇善战的军队的文化素质。雷漫天这位曾经在街头拉着小提琴演奏贺绿汀《游击队之歌》和冼星海《我们在太行山上》、郑律成《延安颂》等乐曲欢迎陈赓将军率领部队入城，又在文庙、近日楼、金马碧鸡坊等地为群众娱乐活动拉琴演奏的“天才音乐家”，自然引起了解放军部队文艺单位的关注。再说雷漫天的时来运转，既是碰到了天翻地覆的社会更新，又是碰到了好人发了善心。上个世纪四十年代末期，接替龙云主席主政云南的是卢汉将军。卢汉将军顺应大势率部起义，云南和平解放。这一和平解放，不仅使云南百姓免遭战祸，也使云南军队转危为安；特别是那些高级将领因弃战而得福。当年曾在龙云主席麾下任师长的龙泽汇，此时是卢汉将军部下一位军长。在收编卢汉将军旧部为暂编十三军时，龙泽汇将军被任命为军长。不久暂编十三军与解放军正规军十三军合编，龙泽汇任副军长。从龙云时代到卢汉时代，龙泽汇都是一员文武双全、名声显赫的名将。龙泽汇的上司和部下常常在他面前提起的音乐家雷漫天，他当然也有所闻并亲自听雷漫天演奏过小提琴乐曲。对于这位十多年前辜负了龙云主席好心栽培而流落街头卖艺为生的音乐家，龙泽汇将军也深表同情。此时上世纪五十年代初期正当龙泽汇春风得意之际，当雷漫天找上门来求情，请龙泽汇军长保举他参军，给他一条新生之路，这位儒雅善良的武将便向十三军首长作了推荐。有雷漫天的音乐才艺和社会名气，再加上龙副军长的说情，雷漫天就背着“旧社会流落街头、受苦受难的艺人；其历史既不十分复杂、也不十分清白”的鉴定而顺利参军，并且一入伍就给予正营级待遇，仅在文工团长和政委之后，其生活简直是一步从地狱跨上了天堂。那时十三军军部驻扎在军事、交通重镇开远；雷漫天也进入到他的人生之旅和艺术之旅的重镇。他不仅一改老琴奏老调，而且还努力学习新曲，演奏革命音乐，同时还热情帮助新人。当时十三军文工团有一位年轻的小提琴手名叫聂丽华，是音乐家聂耳的亲侄女。领导很想着力培养聂丽华，让她很快成才。于是就指定雷漫天收聂丽华为特别学员，在小提琴演奏上多加指导。雷漫天都尽职尽责地当起了老师，并因此而受到文工团长的表扬……

我虽然小时候在近日楼前的花坛边，由祖父抱起来骑在肩膀上看过雷漫天演奏小提琴时的热闹场面，也听说他拉的是昆明人爱听的花灯小调，但并不懂音乐，更不懂外国的小提琴与中国的胡琴有不尽相同或很不同的艺术魅力，只是凭感觉判断那个音乐好听不好听。记得在抗日战争时期，有一次日本的飞机来轰炸昆明，祖父背着我在郊外黄土坡跑警报，呜呜的警报声中，看见一位瞎子不跑，就坐在路边的大石头上拉着胡琴，也不管警报响不响，飞机丢不丢炸弹，一直在拉着，那琴声如泣如诉，凄惨哀伤。祖父说，听那琴声真让人肝肠欲断。如此对比之下，我也说不明原因，小时候总觉得胡琴声让我感到害怕，因而更爱听雷漫天演奏小提琴。每次出去在茶馆或街头一看见雷漫天在拉小提琴，就会拽着祖父的衣角停下来，看着，听着，那琴声更多是逗乐，让人高兴，又好玩。用今天流行的话来说，我小时候就是雷漫天的琴迷“粉丝”了。

当然我对雷漫天上述身世和故事的了解，更多的是在我长大后于 1951 年参军到部队里的那些年代。我所在的三十九师，是十三军下属三个师的部队之一。师部先驻扎宁洱后前移思茅。师文工队的不少队员和师宣传文化科的一些干事就是从十三军下派的。比如拉小提琴的聂丽华以及上世纪四十年代就用笔名音朗发表过不少诗歌的曾经在昆明学生运动中颇有影响的诗人李广学等等，都比较了解雷漫天。因而我常常听到战友们讲述雷漫天的身世和故事。因为雷漫天是演员，像今天的公众人物那样，自然成为人们的话题而广泛流传。

然而好戏还在后头。雷漫天大显身手、大出风采的是参加云南军区、四兵团的文艺演出代表团出席了1954年西南军区在重庆举行的文艺会演，他表演的小提琴独奏大受欢迎和好评，从而一举夺得优秀节目二等奖。这当然不仅仅是由于雷漫天的技艺，更重要的是当时军队的领导渴贤爱才，只要你有一技之长并为部队官兵作出有益贡献，都会爱护你，重用你。雷漫天正是这样的人物而在军队良好的环境里获得了良好的声誉。完全可以认为，雷漫天在十三军文工团当解放军的那几年，是雷漫天人生和艺术的黄金时期。那时无论从军队到地方，很多人都知道雷漫天这位乐坛风云人物。

我童年时代对雷漫天的印象，毕竟太遥远了，似乎是一种依稀的梦境；而在部队听到的有关雷漫天的那些传说故事，又恰如天空的云彩，美好却不可捉摸。雷漫天真正在我心中留下深刻印象，是在1954年夏天，也就是“雷漫天小提琴热”最热的时候。那时我由三十九师借调到云南军区疟疾防治医疗总队，在疟疾流行比较严重的思茅、西双版纳等地的驻军工作了一年后，被集中到昆明进行短期的业务总结和提高培训。一天晚上，我们从圆通寺旁的军营列队出发，步行到国防文化宫观看文艺演出。对我们这些从边防部队远道而来的医务人员，那台晚会的节目可以说是个个精彩，但是就全场来说，鼓掌次数最多、鼓掌声音最响的还是雷漫天出台演奏小提琴这个节目。这也许与部队中流传的雷漫天与龙云主席、龙泽汇军长的故事有关，也许与昆明街天流传的雷漫天与平民乐坛的故事有关，当然更是与西南军区文艺会演中雷漫天获奖载誉的故事有关吧。

但不管怎样说，那天晚上雷漫天的小提琴演奏受到了特殊的欢迎，请他奏了一曲再奏一曲；而他所演奏的乐曲又主要是西南军区文艺会演中的诸如《歌唱二郎山》《藏胞歌唱解放军》等歌曲，特别是他本人的获奖节目《从开远到昆明》等久闻其名而平时又听不到的优秀节目，让观众听众大开眼界，大饱耳福。

此后不久的一天晚上，我和战友们沿着滇越铁路乘坐小火车军用专列从昆明南站起程奔赴十三军军部驻地开远。一节车厢又一节车厢都坐满了军人。这些部队的调动，是否与我军支援越南正在进行的抗击法国殖民者的解放战争有关呢？车厢里开始是部队之间相互拉歌赛唱，一首抗美援朝的《志愿军战歌》连着一首苏联的《共青团员之歌》，此起彼伏的歌唱盖过了列车出站时的广播声。车行不久便发现有军队文工团同行，于是便转移拉歌目标，欢迎边纵游击队入编正规军的女高音歌唱家李真唱过《苗家山歌》又唱苏联的《喀秋莎》；接着又欢迎雷漫天演奏小提琴。雷漫天兴高采烈地站在车厢走道上，恭恭敬敬地给大家敬了军礼后，便举起小提琴，先用琴弓在琴弦上弹跳了几下，这才报节目说：我给同志们演奏《从开远到昆明》。话声未落便赢得一阵“好啊好啊”的欢呼声和掌声。当列车开始加速不断地将城市的灯火渐渐抛远，在列车铿铿锵锵的有节奏有规律的行进声中，雷漫天时而用琴弓时而用手指时而用嘴唇在琴弦上拉着弹着吹着，用音乐巧妙地模拟列车呜呜的鸣响汽笛，演绎着列车驶过铁桥、出入隧道、缓慢地爬坡、快速地下坡、左右倾斜弯行以及进站稍停又出站继续前行的种种实况声音，他那惟妙惟肖的生动的音符和以假代真的音乐旋律与列车行驶时发出的声音，融会，交响，有时辅以脸上的表情和身体的动作，简直让人感到小提琴仿佛变成了列车，而列车又变成了小提琴；无论是列车或小提琴，在雷漫天的手里和心上，都任其随意传神，任其形象逼真地把听众带入了他所创造的情境之中。此外，雷漫天演奏小提琴的方式方法和姿态姿势，又全是出自个人的独创而尤显独特，是其他人想学也无法学会的。比如，在演奏进行当中，他时而把琴身置放在脑后或背在背上，像敦煌壁画中的飞天那样反弹琵琶，他来个反拉小提琴；让你意想不到的是，他时而又用双膝夹紧弓把，用琴弦去摩擦发音，来他个拉者和被拉者的串位；尽管动作怪异而引人发笑，但小提琴演奏出的音乐却依然优美，十分动人……

据说，雷漫天的小提琴曲《从开远到昆明》，最早是由美国的一首《火车进行曲》演变而来。由于雷漫天比较熟悉滇越铁路的实地路段并据此作了改编，特别是用旋律再现列车行进的音响，从而发展了原作，无论从乐曲和演奏上都有创新并被群众接受，因而也就没有内行的音乐人出来计较了。而且乐曲也会因演出场地不同而不尽相同。那晚上有位曾经在国防剧院听过演奏的战友在听列车上的演奏时，就悄声告诉我，这是雷漫天临时添加的即兴演奏。我当然无法进行比较，只觉得演奏不但声似而且形似神似，这种身临其境的艺术效果，当然是在室内舞台上所无法获得的听觉与视觉结合的感受。

我是在列车的行进声中和雷漫天的演奏声中，慢慢地挤过人群去接近他的。记得小时候我骑在祖父的肩膀在近日楼前的人群中听雷漫天演奏时，见他是满头黑发；如今虽然戴着军帽，但鬓角已露白发；而且那豆大的汗珠一颗颗沿着脸颊滴落下来……在晃动的列车上又如此认真地演奏，雷漫天太累了。据说雷漫天在列车上演奏《从开远到昆明》这支乐曲，只要不到终点站，他还会根据列车的行进而继续演奏下去；列车的声音不怕重复，雷漫天的琴音也不怕重复。就在此时列车驶到一个中途站暂停下来，有位文工团员就说："这小站是列车的休止符号，老雷的演奏也该有休止符号，休息休息了！”大家也就欣然响应。雷漫天在一位战友让出的座位上坐下来休息，把小提琴也搁在腿上休息。他喘着粗气，伸手从挎包里掏出军用毛巾擦汗时，我出于仰慕和好奇，对他说：“我很想摸摸你的小提琴！”他微笑着把小提琴递给了我。我激动地握着琴，用手指在琴弦上弹拨了几下，发出“多多多多多多……”的琴音，也就是那个年代的部队每天必唱的《解放军进行曲》的第一句起音：“向前向前向前……”我把耳朵贴近琴厢，还听见回音如缕，感到心满意足，把琴还给他，并向他敬了个军礼，表示感谢！我本想告诉他，我小时候在昆明街头听过他演奏小提琴；但一想，他如今何等风光，又何必再提他卖艺流浪的心酸往事呢？

我们的列车在黎明时分驶达开远车站。站台上简直成了绿色军装流动的江河。雷漫天背起背包，左手拎着他心爱的小提琴，下车后很快便入列归队，消失在整齐的一二一、一二一协调步伐的行进声中。我望着雷漫天军人与小提琴家复合的身影，从心里暗暗升起一种敬佩的感情。

与雷漫天在从昆明到开远的军用专列上相遇并面对面听他演奏《从开远到昆明》，是我军旅生涯的一段美好记忆。此后的两三年间，我作为云南军区疟疾防治防治总队的人员和三十九师司令部的文化教员，足迹遍及部队防区的思茅、西双版纳、澜沧、西盟佧佤山等地的国境线上，就再也没有机会听到雷漫天的琴声了。直到炎热难熬的1957年夏天，大军区即昆明军区文化部的作家们被卷入深重而痛苦的反右派斗争的漩涡中，《部队文艺读物》缺乏编辑人员，由于我正在师里做建军三十周年革命回忆录《星火燎原》的采写工作，有一定的编辑经验，加上我被部队称为“战士出身的小诗人”，便直接被军区文化部调到编辑室工作。那时的反右派斗争热潮不断加温，简直比高温天气还热，小会连大会，揭发加批判，成了闻不到硝烟的你死我活的另一种战争。白天让你感到异常紧张，晚上让你觉得紧张异常。与我同住国防文化宫四号楼一间套房的白桦和邻居彭荆风、林予等就被逼得白天黑夜的开会或写检查写交代。我从边疆部队刚调上来，没有在整风时给党提过任何意见，就用不着检查自己或揭发别人，晚上有空就去看电影。那阵子昆明正举行印度电影周，大小电影院都在放映《流浪者》《两亩地》。一天晚上我到过去叫长城电影院而已改名为人民电影院的影院看《流浪者》，这是部载歌载舞的故事片，男女主人公唱的歌曲特别感染人。散场后出来路过长城茶馆，听到有人在用小提琴演奏《流浪者》插曲《拉兹之歌》，探头一看，演奏者边拉琴边唱道："到处流浪，到处流浪，命运叫我奔向远方，奔向远方……"我走进茶馆边听边看，演奏者头发花白，满脸皱纹，眼袋下垂，一副衰老病态模样；上身穿着暗蓝中山装，下着绿色旧军裤，脚上穿的军用胶鞋已破绽，大脚拇指露在外边；那样子比印度电影里的拉兹还更加落魄破败。我轻声问旁边一位喝茶的老人：那是谁？老人伸出大拇指回答说：大名鼎鼎的乐坛怪才雷漫天呀！

怎么？是雷漫天？我一时有点目瞪口呆。再仔细一看，仍然不敢确认这就是雷漫天。那位在军用专列上演奏小提琴曲《从开远到昆明》的雷漫天就是他吗？三年前雷漫天作为十三军文工团的一名正营级革命军人，拉琴时多么地意气风发，神采飞扬，受人欢迎，令人尊敬，而如今却怎么会在茶馆里卖艺谋生，走上穷途末路了呢？此前对雷漫天的事已有风闻，但如今却是眼见为实，不禁感叹不已：如果他当年好好听龙云主席的话，赴法国留学归来，不也像画家廖新学那样成为一位"家"了吗？如果他当年好好听龙泽汇将军的话，好好在十三军文工团里干，不也是一位深受广大官兵爱戴的军旅小提琴家吗？这一个又一个疑团从我的眼前掠过，而雷漫天依然在边拉琴边唱印度电影里的插曲：

命啊，命啊，
我的星辰，请回答我，
为什么这样残酷捉弄我？
到处流浪，到处流浪……

琴声和歌声在拖着哀怨的尾音中袅袅结束。这时从雷漫天身后走出一个中年女人，双手端着小提琴的琴盒到茶客面前要求赏赐，我虽然没有坐下喝茶，但我也听了他的琴声和歌声，顺手掏出一点钱轻轻地放在深沉的琴盒里。雷漫天可能不便走动，坐在原处不断地向施舍者说着：谢谢，谢谢……

刚才那位喝茶老人又对我说：你别看雷漫天穷馊馊的样子，但他却有穷艺人的骨气。他虽然经常在翠湖公园、圆通寺前、武成路上拉琴求施舍，但他从来不会向行人伸手乞讨。他说他不是乞丐，他只是以音乐艺术表演而苦钱谋生，这在香港大都市都习以为常……我听后只是点头，心里有许多话想说，但那时我说不出一句话来。

我在茶馆里虽然认出了雷漫天，可是雷漫天不可能认出我。从昆明到开远的军用列车上的那一幕，对我是一幅铭刻心中的油画，对雷漫天只不过是一晃而过的风吹。我那时没有穿军装，而是穿着一套用旧军装染成咖啡色的便服。何况当年火车上的短暂相见之后又阔别三年，雷漫天怎么会记得我是谁呢？因为我是搞文学编辑工作的，我常常注意一些小说中为加深记忆而复制细节的技巧。便很客气地借过雷漫天的小提琴，如同当年那样，用手指在琴弦上弹拨出“多多多多多多……”的乐音，也就是《解放军进行曲》的第一句“向前向前向前……”，又把琴厢贴近耳朵听了听余音之后，才把小提琴奉还雷漫天。可是我的苦心白白地浪费了。我重复三年前在从昆明到开远的军用专列上的那个文学细节，并没有引起雷漫天的回忆与联想；他甚至还有可能不知道这就是他曾经唱过多年的《解放军进行曲》的第一句乐音，而以为我只是随便拨拨琴弦的吧！看来他可能是因贫困、衰老、生病而变得有点昏庸了。在那种杂乱纷扰的茶馆里，我的心也感到杂乱纷扰，我相信即便是喝再好再浓的茶也不会淡泊清心了。当我转身想走时，雷漫天仿佛意识到什么，便双手把琴和弓递给我，微笑着说："同志，我看你刚才调弦，不想拉一曲么？"

我抱拳施礼，连声说："谢谢，我不会，不会。"但这时我一眼便看出还是那把小提琴，因为上边贴有原来的号码；可是弓已不是原来的那张弓了。这弓明显的是拉胡琴的马尾弓，不是平整宽带的提琴弓。雷漫天也真有本事，他能用胡琴弓拉小提琴的弦，而且还能拉出那么传神感人的提琴乐声来。见我带着疑问的眼神盯着弓，雷漫天便苦笑着向我解释说："前些日我生病住院，为了救命钱，我把弓卖给一位朋友了……"

我终于忍不住了，用同情的声音问道："你怎么不好好在军队上干呢？"

"唉，说来话长，都怪我，都怪我……"雷漫天边说边摇头，那目光显得哀怨忧伤，叹了口气又接着说："还是不说了吧，大概我只有卖艺流浪，流浪卖艺的命运吧！"

我不便像三年前那样向他行军礼，便伸出手与他握别，望他保重身体。我沿着正义路再拐顺城街走着走着，真想从记忆中找支歌来唱。但我唱不出。回到国防文化宫四号楼宿舍，时间已经很晚了，睡套房里间的白桦仍借着灯光在唉声叹气地写检查，我不再开灯，摸黑悄悄地躺在外间的床上；可是翻来覆去总是难以入睡，想着印度电影《流浪者》拉兹的命运，想着小提琴家雷漫天的命运，感到夏夜是不正常的漫长，夏夜是不该寒冷的寒冷……

第二天是地方和军队联合在云南省话剧团的剧场召开反右派斗争的批判大会。开会前我刚好遇到一位十三军文工团合编到昆明军区文工团的一位老战友。我说起昨晚上在茶馆见到雷漫天的情形，也想印证一下此前的种种风闻，便问他："雷漫天是不是与反胡风运动和肃反运动有牵连？"老战友十分肯定地说："没有没有。1954年的反胡风运动中，雷漫天说他看过胡风的诗，那是地下党员传给他看的进步文艺呀！也不会因此定他为胡风反革命集团的分子吧！"我又问："不是说他的历史复杂么？"老战友摇摇头说："不是不是。旧社会来的艺人，谁不复杂呀？问题是既复杂，又清楚。他那些历史，领导也了解，并不计较。"排除了那些年最看重的所谓政治问题，我渐渐摸到一点线索了。便又问道："那为什么把雷漫天作复员处理呢？"老战友也显得惋惜地叹了口气说道："主要是他在香港、昆明卖艺圈子染上一些坏习气，吸上了大烟。参军到十三军文工团后，领导很看重他的音乐才华，部队也很喜欢他演的节目；对他总是爱惜、保护、教育。可是他难改恶习，每次领了津贴有了钱后，不是出入于越南人开的咖啡馆、歌舞厅，便是在黑暗的小巷里消失了身影，而那些小巷又有人开设着地下烟馆，其行为不说也能明白。为了不在外产生恶劣影响，有损革命军人形象，部队领导让雷漫天在内部戒烟，给他改正的机会，有个戒烟的过程，还特许他到卫生所找医生要上点吗啡片以解急需。你知道，那吗啡片还是从国民党军队那里缴获来的美军急救包里装着的止痛用药品。可是雷漫天烟瘾一发，又不顾一切地跑出去了。加上雷漫天说他过不惯军队严格的生活管理和严肃的纪律约束，多次提出不愿当兵了。领导找他谈话，他总是说：'对不起领导，对不起部队！'看来实在难改也实在难留，不得不对雷漫天作了复员处理，还发了复员费。雷漫天回到昆明，也没单位要他，更没组织管他，又过上了那种生活。你说，他这不是自己毁自己吗？……”

话犹未尽，但喇叭呼叫大会开始，只好急忙入场坐下。领导讲过话后，一位反右斗士大步走上主席台发言，批判白桦发表在上海《文汇报》的散文《雪山是静静的吗？》。他的发言火力很猛，上纲上线，却无法以理服人。不知怎么的，发言者讲着讲着，看见坐在台下的白桦不以为然地微微一笑，便突然大声吼道：“看，白桦还在猖狂地发笑！”另外一群人也跟着高喊起来：“叫他站起来，站起来！”那时白桦坐在徐怀中和我的中间，把我俩也吓得不知所措。白桦站起来亮亮相之后，我拉了拉他的手袖示意他坐下。

那天下午本来按预定方案要军区的一位作家上台作大会检查。但这位作家宁愿保持文人和军人的尊严，选择了服安眠药自杀，也不愿去大会上受屈辱，受那些人的批斗。我刚刚读过他发表在《人民日报》副刊上的散文《将军》，那是歌颂军区政治部一位领导的；还看过他发表在《边疆文艺》上的文章《没有共产党就没有新中国》，这样优秀的作家，说他是反党反社会主义的右派，我怎么也想不通，幸好发现及时，把这位自杀的作家送到军区医院进行抢救，才幸免于难。我当天晚上一直守护着他，直到黎明时他苏醒过来，我才哭出声来！由此可见反右斗争的激烈和残酷，我也就没有心思去茶馆里听雷漫天演奏印度电影《流浪者》的插曲了。雷漫天虽然穷困，但他至少还比较自由。卖艺的流浪人，或许比右派分子还少点心灵上的痛苦吧？不久之后，反右斗争以某些人的伟大胜利和一批作家的纷纷落马而暂时告一段落。对失败者不知止境的劳动改造开始了。当军队的右派分子脱下军装，取消军籍下放到农场的时候，我也由于不但没有积极反右反而流泪同情右派，被军区退回三十九师，于1958年初春下放到西双版纳勐海驻军一一七团三营九连当兵，进行锻炼改造。那时正值边境一线反右倾大跃进，推行公社化，流窜在泰国、老挝、缅甸交界地金三角的国民党军队九十三师又一次反攻大陆，全面袭击边境，我所在的部队被调往孟连腊福一线，开始了另一种紧张艰苦的战斗生活，晚上被派到界碑附近伏击打仗。那时谁还有心思去想什么雷漫天、雷漫地呢……

直到1958年底，在那个野樱花盛开的冬天，为了向1959年建国十周年文艺作品献礼，昆明军区文化部发电报把我从西盟佧佤山前线作战部队调到昆明，担任《部队文艺丛书》编辑，我才得以重新回到文学工作岗位。这时思想感到轻松愉悦了。一天晚上去人民电影院看苏联电影《上尉的女儿》，这是根据俄国诗人普希金的长篇小说改编的，果然精彩。散场后又路过长城茶馆，看见那些熟悉的茶桌、茶椅和不熟悉的茶杯、茶客，不禁又想起当年在这里卖艺谋生的雷漫天。便进去打听。问了两位茶客都摇头说不知道。便径直去问老茶馆，他拎起茶壶给一位客人冲杯茶水之后，才轻声地说："雷漫天哪，怪可怜的。前些时去世了。"我又问："他老婆呢？"老茶馆有些感伤地说："那不是他老婆，是俟他同居的女人。亏那女人心肠好，雷漫天的后事，还是那女人料理的。以后连那女人也不见了……"我又问："雷漫天的那把小提琴呢？"老茶馆摇了摇头说："不知道。有好几位茶客也问过。早卖了吧。"

唉，一位声名远扬的小提琴家，一位人生足迹串联着两个时代的音乐家，一年前卖了原配的小提琴弓，一年后又卖了心爱的小提琴，从出卖琴声到出卖提琴，那一点点、一点点钱，还是没能保住生命。这大概就是雷漫天的命运！如今人亡琴逝，真是人生如琴，琴如人生。本来凡事都有始终。只是始终有不同的始终。而雷漫天的始与终，或许如人们所说的，既是意料之中，又是意想不到的人生悲剧。

似水流年。大概是出于偶然因素或由于必然因缘，我终于在四十多年后的一天，与雷漫天的小提琴不期而遇，并且还听见它的琴弦又发出美妙的声音，琴厢依然回响着泉水般流淌的共鸣。那天，曾在我家乡镇沅县任过县长、县委书记，后来又调到云南省教育厅任处长的李毓华打电话给我说，今天是中秋节，我们一起去省委党校看望张守芳老人，她已经九十多岁，恐怕来日不多了，见一面是一面。我说，你知道的，张守芳老人故乡的家，与我家邻居；她与我父母的年龄不相上下，只是从家族的辈分上，我们叫她守芳姐。是应该去拜望的。于是我们约好下午去……

说起守芳姐，虽然多年未见面了，但仍感到熟悉和亲切。记得我小时候在故乡县城案板井上小学时，便隐隐约约听大人们说过，守芳姐一直在省城昆明上学读书，还参加过地下党领导的学生运动，与某些神秘的进步人士来往密切，是位革命青年。云南 1950 年和平解放后，便正式成为省委党校医务室护士。不幸于 1957 年的政治运动中遭受冤枉。原因是有一次她给党校某领导打针时，由于心惧手抖而下针过猛，那位领导疼得大叫一声，后来就被那些反右先锋把这件小事上纲上线，说她是“以打针发泄对党的不满”，把她打成右派分子，下放到弥勒农场进行劳动改造。她丈夫怕受牵连，与她离了婚，守芳姐便孤身一人带着儿子小平在农场苦苦煎熬二十多年。党的十一届三中全会后才得以平反昭雪，落实政策回到省委党校。但这时她体弱多病，垂垂老矣！我和李毓华在上世纪八十年代中期曾去西山脚下的省委党校校本部看过她，闲谈中才了解上述情况。守芳姐说起她青年时追求革命，中年时饱经苦难，老年时安然度日，对那些过往云烟，总是看得那么恬淡平静，一笑了之。

与此相关的一件事，我在这里不能不提一笔。有位哲人说过：

世界说大也大，说小也小；有位作家写过：真是无巧不成书。守芳姐因为给领导打针而获难的那位领导，多年后也成为我的领导。前些年他要编辑出版一部诗集作为几十年总结人生的一个纪念。他把诗稿送给我，要我看后提点修改意见。我认真读完诗稿后去他家谈了些想法，他很高兴地表示接受。我还写了首读后感的诗歌敬赠予他，他不但收入诗集，还让一家报纸公开发表。由此可见我与他的关系不同一般。那天谈完诗集后，看他精神好，情绪也好，我便趁机说起守芳姐1957年因给他打针而当右派的事。他听后瞪大眼睛，先是大吃一惊，然后又冷静下来，难过地摇着头说："你不说起，我还真不知道这事。最后划右派时我未参与，因为我患肺结核病重，很长时间住院治疗。看来这事是下边干部搞的了。打针哪有不疼的？疼了哪有不叫的？怎么就成了反党呢？唉，荒唐呀！造孽呀！幸好作了平反昭雪，可让人家吃了二十多年的苦头呀！有机会请你转达我对守芳同志的道歉，深深的道歉……"我听后也很理解。怪谁呢？那场运动使很多无辜者受苦受难，守芳姐只是其中之一。好在都已成为过去。

下午，我和李毓华拎着两盒月饼来到党校职工在市里的宿舍区，找到了守芳姐的家。令人痛心的是，十多年未见面的守芳姐，已经风烛残年，而且双目完全失明。她用颤抖的双手轻轻地拍打着我和毓华，来回重复地喊着我俩小时候的乳名。守芳姐年轻时就与我母亲非常熟悉。我仿佛有一种被母爱抚摸的感觉。我忍住眼泪，说明来意，祝她全家中秋节快乐！守芳姐不无伤感地说："中秋的月亮再圆再大再亮，可惜也看不见了。不过看不见月亮心里也快乐，因为现在日子好过啦！"说到这儿，守芳姐估摸着她家人坐惯的位置指着说："瞧，儿子当了驾驶员，开汽车；媳妇是上海知青，有文化，孝顺；孙子就要上大学啦……我嘛，好在耳朵还能听电视，听音乐，听树上的小鸟叫，听儿子、媳妇、孩子说话，唱歌……”

看到守芳姐这么高兴，我就把不久前与那位爱写诗的领导为何见面，如何对她被错划为右派而表示道歉的事说了。守芳姐可能有些意想不到，愣了一下，沉默着，过了一会儿才说：“这倒是让我丢掉压在心上的一块石头了。原来我还以为是领导划我的呢，看来是错怪他了。你要有机会见到他，请代我说，谢谢他的道歉！”

还是守芳姐的儿子小平开惯车子会转弯，为改变话题就打岔说：“妈，平时您不是爱听我拉小提琴吗？趁两位叔叔来过中秋，我就拉他一曲您最喜欢的乐曲吧……”在小平去取琴调弦的时候，守芳姐说，她儿子少年时代在弥勒农场就跟张越叔叔学会拉小提琴，现在越拉越好，每次听儿子拉琴，都是晚年的一种幸福享受。守芳姐说到这儿，忍不住笑出声来，又特别认真地说：“告诉你们一个秘密，小平的这把小提琴，就是雷漫天的那把小提琴。前些时有人出几万块钱想买，小平都舍不得卖……”

什么？雷漫天的小提琴？我感到意外，更感到惊喜。我深知雷漫天的人生，也深知雷漫天小提琴的历史，完全可以称得上是名人的文物了！这时小平把小提琴摆在茶几上，指着贴在琴身上的编号标志；又翻来覆云地指着琴盒上的种种特征；然后肯定地说，这就是雷漫天用过几十年的那把小提琴！

我深信不疑，这就是雷漫天的小提琴。当年雷漫天未能跨过花天酒地的香港，没有如龙云主席所期望的赴法留学，但却在香港买了这把法国小提琴以慰心灵，以表心声。如今在雷漫天去世四十多年后，他心爱的法国小提琴竟然无声无息地现身，怎不让人想探秘其中的历史往事呢？我从小平手上接过小提琴观赏着，抚摸着，不知怎么的，我会突然联想起博物馆里的那把战国时代的武士使用过的宝剑，也会想起昆明郊区龙泉镇上那几间西南联大教授们住过的瓦房茅屋；而这把小提琴不正是雷漫天生前赖以生存、用以苦斗的武器，这琴弦、琴厢、琴盒不正是雷漫天死后的灵魂常来访问的场所么？几十年岁月流逝，虽然琥珀色琴身依旧，却已划着沧海桑田的痕迹。我还是仿照着上个世纪五十年代那两次——也就 1954 年在火车上、1958 年在茶馆里那样，用手指在琴弦上拨弹着“多多多多多多”，也就是《解放军进行曲》的“向前向前向前”的开头乐句，又把耳朵贴近琴厢听听回音，这才把琴还给小平。这个动作完全是一种艺术上的呼应或连接，只不过是一种记忆的再现。我没有说出这三次弹拨琴弦的故事和深层含意，要说则未免话太长，也不是适宜时机。给人的印象只是一般的随手弹拨几下而已。我请小平为他母亲拉上一曲，因为守芳姐正在兴头上，不要冷落老人那火花一闪的意趣。

小平左手把小提琴托起，琴底搭在肩头、右手举起琴弓、细眯着眼睛，便身心投入地在琴弦上拉了起来。这时我注意到小平使用的琴弓已不是 1958 年时雷漫天使用的那把二胡弓，而是新配的提琴弓了。老琴、新弓，小平奏出了琴声，充满深情，悠扬动人：

5 3 5 i · 7 | 6 i 6 5 — | 5 1 2 3 2 1 |

2 — — — | ……

这虽然是美国人奥特威作的名曲，但在中国老一辈知识分子中却颇为流传，极其熟悉。守芳姐用手指在琴盒上轻轻地打着节拍，跟着琴声唱道：“长亭外，古道边，芳草碧连天，晚风拂柳笛声残，夕阳山外山……”这就是李叔同重新填词后而改名的《送别》。

曲终歌停，小提琴被窗外照进的夕阳涂抹着耀眼的光彩；反射在守芳姐的脸上，那犹如久旱大地龟裂的皱纹，把老人刻画得比实际年龄还要显得苍老；只见从守芳姐深陷的眼眶里流出的泪水，很快被脸上的皱纹吸收干净，不会有泪珠落到地上。初唱的岁月，实在是走得太过于久远了。守芳姐唱得这么投入，这么深切，这么动情，使听者无不动容。我知道守芳姐与这首《送别》歌曲的填词者李叔同和这把小提琴的原先主人雷漫天差不多可以称为同时代人，最多只会小几岁。因此《送别》的歌声和琴声在她少女青春时期便入心的了。特别是唱到“天之涯，地之角，知交半零落”时，守芳姐心灵的颤抖似乎也把她脸上的皱纹抽动着，是歌声勾起她追昔的幽思，还是琴声引发她往事的伤感？也许两者都有吧，让这位饱经苦难折磨的老人发出了没有眼泪的泣声。刚才我还想了解一下雷漫天的小提琴是怎样流落到小平手里的经过，但话到嘴边又忍住了。好在小平不会转卖雷漫天的小提琴，此事以后再谈也不迟。为了转移守芳姐的悲情，我们就说些令人高兴的事情。我们说起故乡马夫田坡的橄榄树，说起茂庆文庙前的那棵老榕树；记得我和毓华小时候，守芳姐曾领我们去采过橄榄，去抓着老榕树的气根荡秋千，还比赛谁荡得最高最远。小平则在一旁用小提琴奏起我们家乡哀牢山彝族拉祜族跳三跺脚时的舞曲……

当我再一次有机会去小平家采访雷漫天小提琴的故事时，才得知守芳姐已经逝世归天了。小平望着母亲的遗像说，这是她老人家的嘱咐，她要悄悄地走，不让亲友为她悲伤。不知道，就以为她还在人间好好活着。小平边说边从柜台上端下小提琴，用湿毛巾擦去琴盒上的灰尘，打开琴盖，只见小提琴默默无声地躺着。说明小平是很久没有拉小提琴了吧？话又说回来，小平如果再拉李叔同的《送别》，母亲不在了，拉给谁听呢？

我拿出相机给雷漫天小提琴拍过照之后，就让小提琴摆在面前，让它也听听小平讲它的身世。这才了解到，雷漫天小提琴的命运，正如 1957 年雷漫天所演奏演唱的印度电影《流浪者》插曲所唱的那样：到处流浪，到处流浪……

弥勒农场是相对集中对右派分子进行劳动改造的大型农场。1983 年春天，《个旧文艺》举办文学笔会，邀请全国各地的作家如丁玲、陈明、蹇先艾、杨沫、茹志鹃、王安忆、白桦、李乔和我等与会。从昆明前往个旧途中，汽车从弥勒农场擦边驶过时，笔会主办者蓝芒当年就是在弥勒农场被劳动改造的右派分子。虽然二十多年过去，那时他已摘帽改正、平反昭雪多年，但望着农场绿油油的田野，他颇有感慨地说："每当经过这儿，仍然心有余悸，全身一阵阵发冷，连骨头都会疼痛……"而守芳姐和儿子小平就是在弥勒农场度过了漫长苦难的岁月。当然其中也有苦中作乐的愉快时光。比如小平就迷恋上小提琴的琴声。一个暗淡的黄昏，小平从放学回家的路上，偶然听到一阵凄美悲凉的琴声从一间低矮的小屋里飘出，便站在窗前倾听，又冷又饿的他获得一种心灵的共鸣……

羊群摇着尾巴回厩了，牛群哞哞地叫着回栏了，小平怎么还不回家呢？守芳姐呼唤着儿子的小名，顺路找到窗前，见小平呆呆地站着听琴。妈妈告诉儿子，那是她熟识的张越叔叔在拉《梁山伯与祝英台》。第二天晚上守芳姐就领着小平去张越家拜师学艺。张越同守芳姐一样，也是同病相怜的右派分子。至于张越为什么当的右派，他一直搞不清楚。但他却是一位出色的小提琴演奏家。他说他是糊里糊涂当右派，明明白白拉提琴。什么马思聪的《思乡曲》、贺绿汀的《嘉陵江上》、郑律成的《延水谣》等全都会拉，而且拉得入神传情，感人至深。他是在省级机关某处的交谊舞乐队拉琴，那些年代领导们都爱跳交谊舞；可能议论过某领导的舞姿吧。之前则是在十三军文工团当乐手。既然如此，守芳姐问张越可认识雷漫天？张越举起小提琴说：这把琴早先是雷漫天的。

于是，从张越的口里又引出一个故事中的故事。

张越被打成右派分子下放到弥勒农场进行劳动改造，时不时也利用难得的假期上昆明办点事。那是1958年冬天的一个寒夜。张越去人民电影院看了场苏联电影《幸福生活》出来，还小声哼着电影插曲《红梅花开》，向往着苏联集体农庄美好生活，谁知一抬头看见雷漫天在茶馆里拉琴卖唱，唱的是《莫斯科郊外的晚上》，虽然歌词乐曲表现的是老大哥的幸福，但雷漫天的拉琴唱歌已经是有气无力的了。毕竟是军队的战友，张越便上去往琴盒里投了点钱，坐在一旁等雷漫天拉完唱完了，才与他攀谈起来。此前张越也知道雷漫天从部队复员后，就在昆明的几个茶馆里流浪拉琴，卖唱为生。想不到许久未见，雷漫天已经更加苍老衰弱，满脸病态，步履难移。张越除了向雷漫天空空洞洞地说了句“多多保重”，还能再说什么呢？

又过了一个月，张越从弥勒上昆明办事，便专程去长城茶馆拜访雷漫天。可是一位老茶倌说，雷漫天病重卧床，已有多时没来演唱了。张越感到一阵心凉手冷。几经周折打探，终于找到雷漫天的住处。屋里乱七八糟，雷漫天躺在床上，那女人正在给他喂汤药。他那把心爱的小提琴放在枕边，琴身暗淡无光。雷漫天看见张越，仿佛回光返照般地有了点精神。他艰难地喘着气，时断时续地说着。张越等雷漫天说完，便也明白了他的心意。雷漫天没能去成法国留学，便想死后带着他的小提琴一起安葬在昆明郊外的荒山野岭。他一生为小提琴立命，一生为小提琴贫困，死后就让小提琴永远相伴。可是后来一想，小提琴有什么错？小提琴仍然有生命，应当继续为世人歌唱。雷漫天用嘴角努了努枕边的小提琴，又说，算是转让吧，随便给点钱就行了。

张越心想，龙云和十三军文工团已经为雷漫天开拓了另一种命运和另一种前程，可是他难改恶习，造成了人生悲剧，而如今一切都晚了。张越含着眼泪，伸出颤抖的双手，从那位女人的手里接过小提琴，再掏出身上所有的钞票、粮票，轻轻地放在雷漫天的枕边，放在原先放小提琴的地方。张越走的时候，左手拎着小提琴，右手举起来搭在额头上，郑重地向雷漫天行了一个军礼。这是雷漫天从老战友那里得到的最后一个军礼。张越看见雷漫天的动作，似乎很想还一个军礼，但他已没有力气举起手来了……

当张越再次来拜访雷漫天的时候，那房间早已换了主人。老邻居告诉张越，与雷漫天为伴的那个女人，把雷漫天送上山以后，便也消失了踪影……

自从知道那把小提琴的来历以后，小平觉得小提琴变得沉重起来。练琴时拉拉，再轻快的乐曲也会感到沉重。但是在练习雷漫天生前最喜欢拉的《思乡曲》和《马赛曲》时，便又感到十分的顺手，仿佛小提琴存有这两首乐曲的声音。那个年代守芳姐很穷，没能给儿子买小提琴。小平就向张越借来那把小提琴，又从木匠师傅处借来各种工具，找了最好的木料，仿照着自制一把小提琴。可是这活计绝不是小平能做的。汗水和鲜血洒在琴身上也无法让它发出美妙的琴音……

不久，中国大地爆发了“文化大革命”。弥勒农场的一个个右派分子都被当作一只只死老虎被批斗，除了学唱语录歌和革命京剧样板戏，谁还敢用小提琴拉靡靡之音？但那时农场里有很多人都知道张越有一把“反动分子雷漫天”留下来的法国小提琴。张越担心哪一天被红卫兵扫四旧扫到门上搜出来烧掉，那不太可惜了吗？就在这痛苦不堪的时刻，一天深夜，小平进了张越家。这一老一小相互道明了各自的担心后，小平请张越把小提琴卖给他。并认为小提琴放在张越家太显眼，迟早会出事，不如转移到他家。小平问张越要多少钱？张越说：5块钱！小平说：我家虽然穷，也不能给得太少。

张越伸出五个手指，坚定地说，他不能多要一分钱。当年他从雷漫天那儿买来时也只给过5块钱。多要了，就对不住雷漫天的英灵……说完，张越钻进床底下，把用麻袋裹着的小提琴交给了小平。小平从衣袋里掏出5块钱，放在张越的手上。然后把小提琴紧紧地抱在怀里，趁着漆黑的夜色潜回家里。老母亲堆放破烂的床下，便成了小提琴的藏身之地。

5块钱！多么沉重的5块钱！在上个世纪五十年代末期和六十年代后期，那5块钱对于雷漫天、对于张越、对于小平和他母亲那样贫穷的人来说，其价值是今天的5块钱的几万倍甚至上千倍了。难怪小平说，今天有人给他几万块钱，他都不愿出卖！这不是金钱所能衡量的。他深知雷漫天小提琴的历史，深知雷漫天的生命意义，这是与那个时代相联系在一起的。他也深知张越当年传琴授艺的高尚品德，深知雷漫天小提琴在“文革”中逃脱了扫四旧时的浩劫，那是老母亲费了多少心血才保存下来的啊！雷漫天小提琴仍然是一把小提琴，但这物质的小提琴已经修炼成灵魂的小提琴，是某种精神的象征，这是任何别的小提琴所无法取代的小提琴。

交谈中，不觉时光流逝，但见夕阳投射在雷漫天的小提琴上，把琴弦辉映得五彩斑斓。我这次不再像过去那样捧起来弹拨“多多多多多多”即《解放军进行曲》的第一句了，而是把琴递给小平，说：那年中秋节你拉过少年时代就迷恋的乐曲。今天，我想请你拉一曲雷漫天的《从开远到昆明》。小平笑了笑说，他不会，也不可能会。他只是乘坐小火车从昆明到开远的途中，听母亲说起过这支乐曲。母亲说，在那个年代，这是军人和广大群众都知道的名曲。可惜既没有录音也没有曲谱留传下来，已经随着雷漫天的去世而失传……

真是雷漫天的小提琴在，雷漫天的琴声已不再。这正如看见战国时代的宝剑而遥想古代武士，看见抗日战争时期龙泉古镇的瓦房茅屋而缅怀西南联大的教授们那样，看见雷漫天的小提琴而追溯雷漫天的人生和艺术，从中发掘出历史经验，让后人深思，借鉴！当然雷漫天的小提琴还可以演奏今天新的乐曲。

2008年7月于昆明

原载《大家》杂志2009年第1期

文学使历史大放光彩

彭荆风赴浙江绍兴鲁迅故乡参加中国作家协会第五届鲁迅文学奖颁奖活动，回到昆明后的11月22日，由云南省毛泽东诗词研究会会长吴海坤主办举行了一次聚会，内容有二：一是祝贺彭荆风八十二岁生日；二是祝贺彭荆风以纪实文学《解放大西南》荣获鲁迅文学奖。我认为这是在仰望彭荆风以耄耋高寿攀登上又一个文学高峰！

可以说是“双高”临门！那天的聚会上，由云南省老干部诗词协会常务副会长、云南省毛泽东诗词研究会常务副会长张承源撰写、云南师范大学教授程地超书写的条幅悬挂在生日蛋糕前，张承源用地道的四川话朗诵道：

金戈铁马桑榆情，
解放西南鲁奖荣；
果然鸿篇开胜境，

老兵风骨壮国魂。

与会的友人们发出一片热烈的掌声，激发了我的诗情，于是我当场便即兴作了一首诗献给我的老战友、老领导和文学引路人：

绍兴今夜月色好，
乌篷船上芦笙响；
荆风解放大西南，
鲁迅还乡颁鲁奖。

当然又是响起一片欢庆的掌声！友人们一听便明白我这首短诗中的含意。第一句是指彭荆风的短篇小说《今夜月色好》，上世纪八十年代曾受到冰心老人好评并荣获中国作协文学奖。（当时还没有设置“鲁迅文学奖”，此奖也相当于今天的“鲁奖”。）第二句是指彭荆风的短篇小说《当芦笙吹响的时候》，上世纪五十年代初期曾荣获西南军区最高文学奖，随即改编成故事片《芦笙恋歌》而成为经典电影。第三句显然就是指彭荆风刚刚荣获鲁迅文学奖的《解放大西南》。第四句是说中国作协在鲁迅故乡举行鲁迅文学奖的颁奖活动，仿佛是鲁迅也回到绍兴，其实是指鲁迅文学精神的还乡。

然后在《祝你生日快乐》的歌声中，彭荆风面对生日蛋糕，微闭双眼，默默地许了心愿，一口气吹灭了九支红蜡烛，在切割蛋糕分送各位文友时，我想：彭荆风刚才的许愿，一定又是继续攀登另一座文学高峰吧？他手头上还有三部长篇小说的初稿有待于修改完成！按风俗，各人的生日许愿，不会说出，只是深藏于心中，而成为一种力量。

我之所以吟出上述诗句，是有依据的。还在 11 月 9 日在绍兴举行鲁奖颁奖的晚会上，就有我的好友、上海文艺出版社荣获鲁奖的报告文学《震中在人心》的责编修晓林，当场就打电话告诉我，说，今晚天公作美，绍兴明月当空；颁奖会上放着电影《芦笙恋歌》的插曲《阿歌阿妹情意长》；彭荆风这位八十二岁高龄、历届鲁奖最年长的获奖者，在接受上海《文学报》记者金莹、张莹莹的采访时，回答说："文学就是我的生命。我一辈子无所追求，只是追求文学！"

因此可以说，我的那首短诗，是绍兴颁奖现场情景和意境的真实写照。我朗诵完，便当场在张承源打字复印的他那首诗的边上写下我的这首诗，交给了彭荆风的女儿彭鸽子……

聚会后我回到家里，从书架上取下彭荆风签名盖章送我的《解放大西南》。书还是一年前得到后便很快读完的那本书，但当晚在祝贺彭荆风八十二岁生日和荣获鲁奖之后，好像《解放大西南》变得更加厚重了！这也许是附和着我的感情吧！手捧着这部书，想得很多很多……

我怎能不感到《解放大西南》是如此的特别有思想分量和文学光彩呢？彭荆风 1929 年 11 月出生在江西萍乡，1949 年 6 月参加解放军时，才有十九岁半。参军后的第一天起，便随军开始亲历赣、粤、桂、川、黔、滇的解放战争历程。想想，在《解放大西南》这部书中，他留下了几万里征途上的几千万个脚印；他留下了酝酿六十年的两万多个日日夜夜；他留下了写作十二年并十易其稿、重达 27 公斤的手稿；在他八十二岁的人生长河中就有八分之一的心血倾注在这部 55 万字的作品中……

从以上数字便能证明，《解放大西南》确实是彭荆风宝贵生命中最宝贵的一部分！怀着敬意，我又从头翻阅起来，边看边产生了如下感想：

第一，《解放大西南》是历史和彭荆风的相互选择。我参军的上世纪五十年代初期，看过一本由云南军区政治部出版的《进军大西南》，是当年四兵团新华社军事分社社长、后任《光明日报》总编辑的穆欣在进军途中所写的战地通讯汇集，这当然是十分难得并具有新闻与史料价值的文本。几十年过去，我一直珍存至今。那时由此也引发我的一个企盼：何时能有一部全景式多角度地反映解放大西南战争的文学巨著出现呢？

中国三年解放战争博大宏伟的历史，我们从文艺作品中熟悉了以《保卫延安》为中心的西北战场；又在不少文学、戏剧、电影中分别通过《辽沈战役》而熟悉东北战场；通过《东进序曲》《柳堡的故事》《红日》而熟悉华东战场；通过《淮海战役》而熟悉中原战场；通过《平津战役》而熟悉华北战场……但是，我们有什么可以通过鸿篇巨制的文学作品或是壮怀激烈的电影来熟悉我们立足的西南战场呢？

而解放大西南的战场，是中国解放战争中最广泛、最复杂的战场，也是最后完成的伟大战争，没有大西南解放战争的最后胜利，便没有中国大陆的完全彻底的解放。毫无疑问，解放大西南的辉煌历史，在呼唤着与之相配的辉煌的文学。第二野战军、随后亦是西南军区司令员刘伯承、政委邓小平的副手张际春曾说过："我们只会创造历史而不会记载历史，但人们往往是从记载历史中去了解历史的。"这位解放大西南战场的主将之一所说的话是对广大指战员和文史工作者、文艺创作者发出的号召。记载历史人人有责，但却深深触动了作为解放大西南百万大军中的一员而且又是作家的彭荆风的心灵和情感。

像彭荆风这样既亲历解放大西南的征程而又有记载历史并且拥有文学创作实力的作家，不说别的兵团了，仅在陈赓将军率领的四兵团中就可以列举出许多著名的军旅作家来。可是，解放大西南的历史却选择了彭荆风；彭荆风也相应选择了解放大西南的历史。《解放大西南》这部纪实文学巨著，从写作到出版再到获奖，证明了历史和彭荆风的相互选择，不是偶然而是必然；不是侥幸而是幸运；为此，解放大西南这场战争、这段历史，在长久期待之后，终于看到了闪亮的文学光彩。从此，我们便可以在《解放大西南》记载的历史中，去了解历史了。

第二，《解放大西南》是历史和文学的相互辉映。我们都知道，在军旅作家中，彭荆风是以小说创作而成名而享誉文坛的。除前所述的《当芦笙吹响的时候》《今夜月色好》之外，尚有入选中学语文课本的《驿路梨花》以及在中央台连续广播的长篇小说《鹿衔草》等。但同时彭荆风又是以写作军事报告文学著称的能手。如《一将难求》《有争议的“巴顿”》《覆盖再覆盖》《秦基伟将军》等。我1953年3月在普洱三十九师图书阅览室与他第一次相见，就是当我正在阅读《解放军文艺》上发表的他的报告文学《拉祜族小民兵》时，他刚好偶然地走了进来，而惊喜地与该文作家结识，开始了他对于我文学上的引领。因此可以说，彭荆风既是小说家同时又是报告文学家。当他面对酝酿了几十年的解放大西南的丰富而珍贵的经历、记忆以及采访而得的史料资源时，是写成长篇小说还是写成纪实文学，曾使他犹豫不决。

对此，彭荆风说过：“在据有大量素材后，再采用虚构手法写成长篇小说，对于我这个写作小说多年的人来说，不会太难，但在形成小说结构、塑造典型人物的同时，必然要舍弃许多人物、事件；面对那样丰富多彩的史料，我很是舍不得；思之再三，决定还是采用纪实文学来写作。”

我们完全理解彭荆风在酝酿和写作中所产生过的犹豫并作出的选择与决定。因此，当我们阅读《解放大西南》时，既可以看作是

"历史教科书"，也可以看作是"文学欣赏书"。这部书，是历史，但又比那些历史著作更文学；这部书，是文学，但又比那些文学著作更历史；是以历史为血肉、以文学为灵魂的可读性很强的著作。

第三，《解放大西南》是历史和历史的相互补充。历史从来不只是一条线，而是多线条的；历史也从来不只是一种颜色，而是多色彩的。任何记载历史的文学，都想达到却又不可能达到多线条、多色彩。这是因为任何人都有其观察眼光和文学感知的局限性。所以我们才需要不断地回顾历史、搜索历史、发现历史、认识历史、记载历史。就以彭荆风来说吧！上世纪五十年代初期，他在西盟佧佤山边防连队当文化教员，他的小说便是反映驻守边防的战士与当地少数民族的鱼水相依的亲密关系。如《边寨亲人》《佧佤部落的火把》以及电影《边寨烽火》等。六十年代他便写了长篇小说《鹿衔草》等，依然是反映解放军民族工作队与深山老林里的苦聪人的现实生活。七十年代末到八十年代中期，由于他在反右和"文革"中遭受的冤案得以平反昭雪，焕发了他深入生活与文学创作的极大热情，接连不断地出版了长篇小说《断肠草》《师长在向士兵敬礼》《绿月亮》以及中短篇小说集《红指甲》《巫山一段云》等。上述以文学记载历史的小说的涌现，是与彭荆风本人是解放军部队作家的身份密切相关的。但彭荆风毕竟是1950年春天随军进入云南后便一直生活在这块土地上的作家，面对云南的当代历史，作为一位有良心有责任感的军旅作家，他必然会关注滇西的抗日战场和中国远征军的滇缅抗日战场。于是，他深入腾冲、龙陵等战地采访体验，埋头进入档案馆查寻史料，勤奋刻苦多年，写出了小说《孤城日落》和纪实文学《滇缅铁路祭》《挥戈落日》等。我曾幽默地说："看，一位共军的老作家写了这么多的国军抗日战争的文学作品，说明时代发展、社会进步、观念更新了！"我认为，从彭荆风的人生经历、文学实践证明：历史的本真或本真的历史是多线条、多色彩的；这样的历史是经得住记载，经得住文学反映的。从上述作品的写作和出版的时间上看，恰好与《解放大西南》的写作是同时进行的。所以彭荆风说，写作《解放大西南》“这十二年间，每年我都要用三四个月时间来修改，前后达10次，把书中600多个人物逐一描述、赋予他们的个性。这不断地增加删改，也是不断地加深我对那场大战的认识，从而能去粗取精，更趋完善。人生有限，在我六十年的文学生涯中，却有近八分之一时间在忙这一作品，虽然辛苦却充满了激情与愉快”。

文学记载生活，生活亦是历史。《解放大西南》让历史存活于这部纪实文学之中。无论对于中国解放战争的那场最后的大战，无论对于云南当代最重要的几个方面的历史，也无论对于八十多岁高龄的彭荆风的文学创作，《解放大西南》的问世，都可以说是历史和历史的相互补充，从而使历史的记载更加完整、更加真实，也表明文学能使历史更加光彩、更加感人！

2010年12月于昆明

原载《云南政协报》2011年2月9日

又载《金沙江文艺》2011年第7期

向昂美纳部落致敬

那年春天，我们在阿佤山采访。脚踏暖风留在山野的踪迹，时而抚摸如花似玉的红毛树叶，时而采摘酸甜如酒的紫草莓果；头顶云霞飘在蓝天的身影，时而捧喝清凉纯净的山泉流水，时而倾听布谷鸟飞越原始崖画发出的声声啼鸣……一天，同行考察民族文化风情的来自法国社会科学院的博士白诗薇小姐问我："请问，昂美纳部落在哪里？"

是啊，我们连日来起早贪黑地访问班洪寨、班老寨、南腊寨、湖广寨、翁丁寨、帕良寨等一座座佤族山寨——也就是当年的一个个部落，怎么就不见昂美纳部落呢？见我有些迟疑未能迅速回答，白诗薇博士便接着说："我来中国前，读过一部法文版的书：《在昂

《在昂美纳部落里》中文版、俄文版、法文版、英文版。

美纳部落里》，写得既精彩又深刻，很想去实地看看……”

“你读的是郭国甫写的长篇小说《在昂美纳部落里》吗？”看白诗薇博士微笑着点了点头，我就告诉她：“那是小说里的部落，是作家将几个佤族寨子进行历史综合、文学典型的部落……”

与白诗薇博士在山间小路行进中的简短交谈，使我感到欣慰。说明《在昂美纳部落里》这部长篇小说写得真实、生动、感人，从创作到出版，虽然半个多世纪过去，直到今天仍具有历史价值，仍闪耀文学光彩，并能以法文版书本引起法国学者的关注，在中国文坛上，又有多少例子可举呢？

当我们匆匆访问阿佤山中星罗棋布的一座座寨子，连连采访寨子里饱经忧患的一位位老人，获得了十分丰富的关于这座山、关于这个民族的昨天和今天的社会生活素材，返回沧源县城后，又去博物馆、档案馆、佛教寺庙进行查询访问，从而引发了一连串的文学思考与创作冲动。自然又会联想到郭国甫的长篇小说《在昂美纳部落里》。一天傍晚，我们在勐董河岸散步，穿行在各个寨子送到文化广场展览的一座座木鼓、一尊尊牛头之间，我指着横亘在天边的群山，对白诗薇博士说：“如果一定要寻找昂美纳部落的生活原型，请看那几棵高大挺拔的老榕树牵手连接的峰峦，便是那绵延起伏的国境线；而坐落在国境线上的奔不浪寨、纹南寨、永和寨等寨子，就是当年的一个个佤族部落……”

白诗薇博士虽然是一位法国专门研究中缅边界民族社会的著名专家，却能分辨雨果笔下的抒写与史志字里行间记载的巴黎圣母院有何区别。所以我们没有进而深谈便沟通了文学真实与历史真实的关系，便明白了那几个寨子为何就能虚构成昂美纳部落。回到佤山宾馆，我却被《在昂美纳部落里》的话题激活了难于平静的思绪。我又重新穿过文化广场来到勐董河边，在哗啦啦的浪花溅起的流水声中，眺望着夕阳光芒拥抱的阿佤山，遥想着数十年前听说过或经历过的诸多往事……

1953年解放军四兵团、云南军区（即后来扩建的昆明军区）召开全区部队英模大会。时在军区文化部担任《文艺生活》杂志即《部队文艺读物》编辑的郭国甫，在详细阅读了驻守沧源县边防六团二连从1952年11月起“四进佧佤山”的英模材料，被官兵们既要执行保卫祖国边疆的战斗任务，又要模范遵守少数民族政策的先进事迹所感动。英模大会结束后，便跟随着英模代表、连长田树青和几个战士从省城昆明出发，步行半个多月，跨过澜沧江，到达临沧专区，再经沧源县城，进入了阿佤山区。郭国甫在基层连队一住五个多月，与战士们一起去边界巡逻，体察边防军人的战斗生活；一起到各个寨子访问，了解阿佤人的历史文化与风土人情；对阿佤山雄奇丰饶的自然生态、阿佤人原始部落社会以及亲如一家的军民关系都有了感性的了解，理性的升华，产生了文学性的人物故事。郭国甫经过回顾重温，现实感受，终于熟悉了那段特殊岁月里的艰难却光荣的进程，明白了为什么边防连队要经过四次往返开展友好的民族工作，而不是依靠枪炮火力强行进入阿佤山寨，去驻守保卫沧源县城的战略高地……

这是当年在冯牧领导下的云南军旅作家们深入边疆生活的实例之一。郭国甫带着蕴藏于心灵深处、记录于笔记本的创作素材，回到军区。他先后写作并发表了《国境线上》《巡逻路上》等充满生活气息的短篇小说，经过一段时间的文学锤炼，便于1955年动手写作以阿佤山军民团结、保卫边疆为主题的长篇小说《在昂美纳部落里》。经过两年多的刻苦写作，作家出版社于1958年1月出版了这部著作。在那段时期，云南部队成长起来并驰骋文坛的一批优秀作家例如公刘、白桦、彭荆风、周良沛、樊斌、吴锐、苏策等人都被打成右派，失去了进行创作和发表作品的自由。在边防文学树林被滥砍乱伐、红花绿叶纷纷凋落之际，郭国甫的长篇小说《在昂美纳部落里》，犹如阿佤山上的一棵壮美的榕树，为云南军旅文学原野开拓了劫后新生的风景线。这部长篇小说在历经各种运动的文学界和缺乏读物的群众中产生了强烈的影响力。初版不久便接连五次重印发行。1959 年苏联翻译出版了俄文版；北京外文出版社也很快翻译出版了英、法文版图书发行欧美各国。《文艺报》《人民日报》《文艺月报》《边疆文艺》等报刊持续不断地发表了闫纲、汤廷诰、陈朝红等作家、教授写的《佧佤人光荣的一页》《党的民族政策的伟大胜利》等文章予以好评，说："通过《在昂美纳部落里》，佧佤人成长的过程我们了解一些了，佧佤人的思想感情和我们交流了，最主要的是，我们更加热爱佧佤兄弟了。"直到"文革"动乱结束后，人民文学出版社又再版了《在昂美纳部落里》，成为新时期能够跨过不同时代、不同意识形态、不同艺术审美考验的标志性著作，被称为云南军事文学与民族文学的经典小说……

我想着走着，直到浓郁的暮霭渐渐消失在阿佤群山中，直到沉重的云朵紧紧地拥抱了国境线上的那几棵老榕树，直到说不清满天繁星与永和边防站的灯光谁更明亮。但我却知道，那里就是上世纪五十年代初期"四进佧佤山"的边防连队守望的地方，也就是郭国甫小说中的昂美纳部落。记得前一次我到沧源采风时，曾经上山穿过几个佤族寨子去访问永和边防站。那里雄踞于巍峨的群山之巅，既是保卫沧源县城的堡垒，也是两国边民友好往来的门槛。那天，当我和战士们来到中缅边界 167 号界碑拍照留影时，我看见缅甸一侧的界碑角落有几枝带壳的罂粟花籽，战士说，那是外国边民跨入中国境内时怕查禁而顺手丢弃在那儿的，我们不能越境去捡拾。那会儿，我突然想起刚才在边防站开座谈会，几位战士热情地抓了几把生葵花籽塞进我的挎包里。于是我伸手抓出了几把葵花籽撒在界碑一侧中国的土地上。我还特意嘱咐战士，等待他们巡逻国境线经过这儿时，请留意葵花籽发芽、长大、开花、结籽的情景，找机会打电话给我：那向着太阳微笑的葵花，摇曳着怎样美丽的风姿？果不其然，在当年秋天，我欣喜地接到几位战士从永和边防站打到昆明的电话，说他们一次又一次地看到界碑旁盛开的金黄色的葵花，比罂粟花漂亮，在不分国界的风中散发芳香……

我随即告诉战士：上世纪五十年代初期，在《解放军文艺》创刊号的扉页上发表的公刘写的《远离北京的地方》，是最早把边防战士比喻为向日葵花的诗篇，令人痛心的是公刘的忠诚反而被诬为右派；如今他虽然已经逝世，但诗人创造的向日葵形象，却活在边防战士的心中……

当然，在沧源时，我没有把我自己关于昂美纳部落的所思所忆告诉白诗薇博士。对于这位佤族历史研究者来说，我认为，她读过的那部法文版的《在昂美纳部落里》，就已经能向她说明她需要了解的问题了。

几天后回到昆明。我从书柜中取出《在昂美纳部落里》。虽然没有作者郭国甫赠我的亲笔签名，但此书对于我却有着非常珍贵的意义。那是1958年，由于脱离云南边疆各少数民族历史发展阶段的社会实际而强制高压推行的“大跃进”，从而扰乱破坏了佤族平静和谐的原始部落末期的生产生活；加之盘踞老挝、缅甸、泰国金三角地区蒋军残部的全面窜扰，国境线上的少数民族被迫大量外逃。我当兵所在的国防军三十九师一一七团时驻西双版纳勐海，被分成营连单位前去协助驻守孟连的边防九团、驻守西盟的边防八团，投入保卫边疆的一系列大大小小的前沿战斗。我被团政委耿全思从驻守孟连腊福拉祜寨的连队调到驻守西盟的团部，与战友张允中负责编办

《大跃进》小报。就在那期间，我从西盟县新华书店发现并购买了作家出版社出版的新书《在昂美纳部落里》。在紧张的战斗生活中，我用了两三个夜晚，借助寒冷的冬风摇晃着军营马灯的微弱灯光读完小说，深受教育与鼓舞。说来事有凑巧，也是命运有缘，几天后，当我再次翻阅《在昂美纳部落里》时，有幸接到郭国甫奉昆明军区文化部任大卫部长指示发来的电报，调我到军区编辑《部队文艺读物》，参与向国庆十周年文学献礼的有关工作。团首长非常支持，在我又编完新一期《大跃进》小报后，便搭乘运送军用物资的大卡车离开西盟。当我爬上敞篷车顶挥手与战友张允中告别时，不知为什么忍不住流出了眼泪。开车后我伸手摸了摸军用挎包里装着的我经常阅读的云南军旅作家们写的那几本著作——就像是我随身背着的小图书馆，里边有彭荆风的短篇小说集《佧佤部落的火把》、白桦的短篇小说集《边疆的声音》、林予的短篇小说集《森林之歌》、苏策的长篇小说《红河波浪》、徐怀中的长篇小说《我们播种爱情》、公刘的诗集《边地短歌》、周良沛的诗集《枫叶集》，当然还有郭国甫的新著《在昂美纳部落里》，从阿佤山的茫茫云海里、密密森林中驶向澜沧、思茅，驶向昆明，开始我新的文学之路……

在我的文学道路上，从边防战士成长为军旅作家，有许许多多领导、老师、同志教导我、帮助我、培养我，我永远记得他们的名字，对他们我始终感激不尽。而郭国甫则是我众多的恩师中最直接亲近、共事长久的一位。他在“文革”中被迫离开云南部队时，含泪烧毁了他在打洛边界茅屋里的煤油灯下写西双版纳傣族生活的110多万字的长篇小说《向北京合掌》初稿；烧毁了他亲自参加并实地记录的中缅边境勘界作战中的笔记本和在战斗中缴获的蒋军残部的秘密史料等等，回到南昌市被分配到商业部门工作。幸亏后来落实政策，调到江西省作家协会，他又继续握笔写作了长篇小说《这里已是早晨》《黎明即将来临》，在耄耋之年又相继写作出版了长篇小说《梦回南国》《百年南亭》等精品力作。由于郭国甫远在他的家乡南昌，我虽然不能经常探望他，但却可以经常拜读他的一部部著作；越读越激发我对他的崇敬与思念。最近，由周良沛主编的一套云南边地文学丛书决定重新出版《在昂美纳部落里》。听到这个好消息，我把1958年冬天购读于阿佤山西盟的这本《在昂美纳部落里》，作为郭国甫的代表，正面竖立在书柜上，像我当兵时那样，向它敬了一个军礼，以表达我对恩师的心意。因为曾经有不止一人、不止一次地问过我："昂美纳，佤族话是什么意思？"我难以准确回答，便转而请教沧源县南腊寨土生土长的，又先后毕业于高等学府以及中国作家协会鲁迅文学院的佤族女诗人、散文家伊蒙红木，请她翻译解释。她收到我的手机短信后迅即发短信回复："昂美纳，翻译的意思可以是：我喜欢你；我想念你；我爱你……"呵，多么美好的佤语"昂美纳"，不禁想起在阿佤山的那些月明星稀之夜，在寨子中心燃烧着篝火的歌舞场上，我常常听到小伙子或小姑娘相互弹琴吹笙对唱情歌时，他或她总是不停地反复吟唱那句想要结束而又不愿结束的尾声："昂美纳，昂美纳……"于是，我理解了"昂美纳"的另一层含意了，这不正是当年驻守阿佤山的边防战士和军旅作家郭国甫对佤族群众、佤族部落曾经说过而至今仍然想说的心里话吗？

是的，为此我也要对《在昂美纳部落里》这部生命力旺盛的长篇小说，轻声地，但却深情地呼唤着：昂美纳，昂美纳！

2013年3月11日昆明

原载《人民日报》2013年5月15日；又载《云南日报》2013年8月17日；又载《佤山文化》2013年第2期；又载《茶树王》2013年第2期；入选《郭国甫文集·在昂美纳部落里》，人民文学出版社2014年4月出版；入选《百家》杂志2014年第4期。

文友相逢冬风暖

虽然中国文联第九次全国代表大会、中国作协第八次全国代表大会不同届却同时在北京举行。由于各地各界代表众多，各代表团只得分散住在多处饭店宾馆，文友们若是想要见面握手、亲切拥抱、开心叙谈，最好的时机便是在开大会时的会前或会后。可那段时间毕竟短暂匆促，在宽广的人民大会堂，面对茫茫人海，能很快找到自己想见的人吗？于是我们便用手机电话相约，尽快尽早进入人民大会堂，在东门大厅正面悬挂着的那幅《报春图》前相会。

2011 年 11 月下旬召开的中国作家协会第八次全国代表大会上，张昆华与袁鹰（左，为张昆华散文集《漂泊的家园》写序）、顾骧（右，为张昆华散文集《云南的云》写序）合影于北京饭店联欢会上。（此照片原载《文艺报》2011 年 11 月 25 日作代会专刊）三年之后，顾骧于 2015 年 1 月 2 日在北京逝世，享年 84 岁。

我们从北京饭店乘车前往人民大会堂。两地看似颇近，行驶起来才觉很远。首都已入隆冬季节。路旁的白杨树依然披挂着金黄叶片纺织的大氅；松树仍旧身穿翠绿色的毛衣挺立在火红的宫墙外边；那五彩斑斓的车流人流把长安街拥挤得满满当当，像涨潮的长江黄河。由于我们的会议享受全国人大、全国政协的等级规格，才有交警拦截东去西行的滚滚洪流，而让长长的会车徐徐横渡，终于来到天安门广场。下车后，突遇凛冽的北风袭击，全身上下顿觉寒冷，只好快步跑上台阶，迅速通过严密的安检，进入人民大会堂东大厅，仿佛投身于温泉之中。满怀喜悦地看那《报春图》上朵朵红花盛开，真是春光灿烂，春意盎然。再前后左右环顾人群，预约相见的文友们几乎都是同时到达，在啊啊啊和喂喂喂的呼唤声中，只见一张张年迈的老脸都笑得如同一朵朵春天的鲜花……呵，不停的握手，连续的拥抱，霎时变得年轻的老友们，已不再需要说出“你好”的问候了。《报春图》前，花人互映，人花相衬，高高兴兴的文友们相聚的场面，构成一幅图画，那就是流动的报春图……

这时，一转眼我看见一位老友拄着拐杖，慢慢地一步步向我走了过来。啊！顾骧！那位为我的散文集《云南的云》写序的顾骧。记得他在序言中说：“昆华兄散文的起点与落脚点是用真诚美好的心灵去拥抱云南，热恋云南，用美文去抒写‘美梦’，展现云南各族人民美好的灵魂与人性。”我与顾骧曾经在泉水飘香的普洱茶故乡，在芦笙悠扬的澜沧江畔，在木鼓咚咚的佧佤山上，在树包塔、塔包树的小乘佛教寺庙里，朝夕相处，并肩采风，为时一个月，行程上万里，从而结下深情。五年前的七次作代会上，见他仍能健步行走，如今怎么就拄上拐杖了呢？我快步迎上去，伸出手抓住他握着手杖的手，轻轻地摇着，把脸凑近他的耳旁，为他唱出了陈毅作词、何士德作曲的《新四军军歌》的开头几句：“光荣北伐武昌城下，血染着我们的姓名；孤军奋斗罗霄山上，继承了先烈的殊勋……”这是因为顾骧当年是新四军的少年小兵。他侧身听着，哈哈地开怀大笑地来，说道：“遥想当年，如今老了，在人民大会堂能听到我七十年前在茅山下唱过的军歌，真高兴！”文友们或击掌或拍肩，来不及多说什么，便纷纷按单双号步入大会堂，凭票寻找自己的座位……

这是11月22日上午，10时整，第九次全国文代会、第八次全国作代会在中央领导与代表们合唱的《国歌》声中开幕！大会由李冰主持，孙家正致开幕辞。人民团体代表、解放军总政领导致辞后，胡锦涛总书记作重要讲话。在一阵阵热烈的掌声中，我感觉到全身心都浸润在一阵阵温暖的春风里，不知会堂外面是冬天……

第二天即11月23日下午，在北京饭店金色大厅举行中国作协全体代表大会，听李冰作《中国作协七届全委会工作报告》、高洪波作《关于修改〈中国作家协会章程〉的说明》；下午各代表团在驻地分组讨论，没有机会寻友访谈。晚上在金色大厅举行作代会全体代表、文代会的作协代表团以及特邀海外作家嘉宾联欢会。各代表团虽然分区域按圆桌或方桌就坐，但一位位老中青男女作家们入座不久，便东张西望，寻找熟悉却又久别的文友，究竟坐在何方，很快就掀起了越位串桌访友的新高潮。用当时的幽默语言来说，有的像老鸟，有的像蜜蜂，有的像蝴蝶，有的像金鱼，或飞翔，或畅游，分别展开活动，去拜访在人民大会堂、在饭店内、在餐厅里还不曾遇到见过的友人。我当然也毫不例外，一走进金色大厅，还没找到云南作家代表团的座位，便开始了会友扫描。虽然台上表演着歌舞节目，主持人大声地念着抽签获奖的号码，桌面上摆放着糖果糕点，也顾不上去看去听去品尝了。在会见了几位老朋友之后，一位身穿大理白族服饰的女作家站起来向我招手，立即便认出那是编剧拍摄过《金凤花开》等几部云南题材大型电视剧的景宜。我连忙向她所坐的桌位走去。原来，景宜旁边就坐着顾骧和袁鹰。是这两位老朋友让景宜喊我过来的，当然也正是我心里的盼望……

因为来京开会之前，我收到袁鹰用特快专递寄的一本由商务印书馆国际有限公司出版的散文集《江山风雨》；而这正是顾骧主编的《文化人散文随笔丛书》之一，可见他俩的友谊。书页中夹有一封袁鹰亲笔信，说我此前写给他的“函中提到我的老伴，情深意重，我代她谨致谢意。她一生从事少年儿童工作，勤勤恳恳，至今已到九十高龄，还不时编书为文，也真不容易。你看到《文艺报》上照片，算是近影，精神还可以吧。背后墙上挂的对联，全文是‘更能消几番风雨，最可惜一代江山’，是梁启超集宋人词句作，我请老友书法家黄苗子所写。我很喜欢这副对联，复制成照片，送上一副，供兄留念。前不久，出了一本小书，以此为书名，奉寄一册，请兄指正……”袁鹰信中说到的老伴便是被老老少少的读者和作家亲切地称呼为“咪咪姐姐”的吴芸红。我虽然未见过面，但历来敬重，在《文艺报》见到他们夫妇和简平的合影后，就去信问候。于是便收到袁鹰的书信。而袁鹰是我的恩师，只是他从不让我这样尊称他。但我确实有充分的根据和理由喊他为恩师。在这里不能不举例说明。当我还是部队上的一个小兵时，他便在《人民日报》1957 年 8 月 6 日副刊上发表了我写的诗《灯光》；紧接着又在 1957 年 9 月 2 日副刊上发表了我写的组诗《遥寄越南》（三首）。可以认为，在当时反右运动中，我得以在党中央机关报《人民日报》上连续两次发表诗作，对于我的前途和命运，起到了良好而重要的作用。我从驻守边疆的部队调到大军区的文化部，袁鹰又在 1961 年 7 月 6 日《人民日报》发表了我的诗歌《阶级弟兄》；在 1962 年 6 月 5 日发表了我的诗歌《石匠》；在 1962 年 8 月 17 日发表了我的组诗《在祖国边疆》（二首）；在 1964 年 8 月 15 日发表了我的组诗《摇篮》（二首）；等等。

《人民日报》发表我的一系列诗歌，奠定了我作为“军旅诗人”的地位，真让我感激不尽。后来我与袁鹰相识相交，长期以来都得到他热情帮助与真诚教导。特别要说的是1988年5月，袁鹰作为中国作家代表团团长率领我们出访巴基斯坦，我得以在他身边学习他的人品与文品，获益甚多。也正是在那期间，受到他的影响，我由写诗转变成更多的写起散文来。在他的启发指导下，我才有散文《拉合尔五月鸟语》发表在1988年6月2日《人民日报》副刊上；随之也才有《野玫瑰》《心灵空间之桥》等七篇访巴的散文先后发表在《当代》《中国作家》《散文世界》等杂志上。至于袁鹰在他主编的《人民日报》副刊上发表我写植物学家蔡希陶的散文而入选辞典的《问候你的灵魂》；在他主编的《中国新文艺大系·散文卷》入选我写独龙江边防连的散文《背牛的路和背牛的人》；在他主编的《中国作家看世界丛书》《华夏二十世纪散文精编》等书中入选我的散文《浪花辉映晚霞》《祖母的胸怀》《你的离情别绪》《故乡的泥土》《边寨茶趣》等多篇都被列入“经典散文”范畴的种种事例，就更多更难以忘怀了。2004年5月，袁鹰在为我的散文集《漂泊的家园》序言中写道：“……说起来是许久以前大约上世纪五六十年代，我服务的《人民日报》文艺部就常收到来自昆明部队年轻作者张昆华的诗篇……他又是从边防部队战士成长起来的，更受到青睐。”在叙述了与我相识相交的经过后，袁鹰在序言中评论道：“……读昆华的散文，无论是抒情叙事绘景怀人，都能听到他灵魂的颤悸，都能感到他真情的涌动。你看到的是一个大地之子敞开的心扉，坦荡、率真，一览无余……”你说，人生在世，说短亦长，说长亦短，像袁鹰这样几十年来不断地扶持与帮助我，怎能不称他为恩师呢？

在这个难得一遇的作代会代表联欢晚会上，有这样难得珍贵的机会，我站在为我的两本散文集写序的袁鹰和顾骧两位老师中间，不禁产生了一种幸运幸福的感觉。这时，有几位记者或是文友围上来把镜头对准我们咔咔地拍照。也许其中有人知道袁鹰已是八十八岁，顾骧也有八十二岁，见他俩就拄着倚靠在桌前膝间的光滑明亮的拐杖，表明他俩虽然行动不便仍前来参加联欢；而我也是跨进七十六岁，我们三人都是高龄老人，仍欢颜聚会，这大概也是联欢会上吸引目光的一道独特风景线了吧！拍完照，我们坐着漫谈往事。袁鹰说起1975年秋天，他第一次来云南，是因为“文革”中邓小平重新出山后，提出要纪念红军长征四十周年，他与胡世宗到金沙江皎平渡采访1935年划木船渡红军过江的老船工，至今记忆犹新；我插话说，你访问过的那三位老船工，前些年都已先后去世，只剩一艘老木船进了江边的红军长征历史博物馆……袁鹰手扶拐杖，连连叹息，低垂下白发苍苍的头。顾骧则说起那年他在中国、老挝、缅甸三国交界的江城，踏访茶马古道，观赏彝族小伙子和姑娘们互相甩丢香包传情，至今耳边仍会响起他们对唱的一首首情歌……闲谈中，顾骧说起他想见见老朋友徐中玉，便委托我去打探徐老坐在哪里。我起身快步出巡，便在密密麻麻的桌位中找到了上海作家代表团团长王安忆，一问才知道九十七岁高龄的徐中玉虽然已从沪到京，但今晚在住处首都大酒店休息，没来参加联欢活动。我即请王安忆转达顾骧对徐老的问候。倒是袁鹰想见的辽宁作家韶华（八十五岁）和四川作家王火（八十八岁），恰好就坐在附近，我立即为老朋友们牵线搭桥，联络服务，他们终于如愿见面……金色大厅就这样在歌声中，在访友叙谈中度过了一个美好的夜晚……联欢会宣布散会时，顾骧由工作人员照顾着去乘大巴回首都大酒店；袁鹰则由《儿童文学》主编徐德霞与我，一左一右扶持着，走出金色大厅，走过饭店内长长的通道，来到北边的后门，坐进了大会专门为袁鹰安排的一辆小卧车。袁鹰还不忘开窗向我挥手说再见，我被感动了。看着那车的尾灯一闪一闪地渐行渐远驶向王府井大街，虽然一阵阵寒风越吹越紧，但我的心里却是热乎乎的……

次日，也就是11月24日，是作代会安排议程最多最紧的一天。上午九点多钟，当大会宣布各代表团分组去饭店内的各会议室酝酿中国作协八届全委会委员候选人建议人选后，袁鹰从金色大厅的主席台上被工作人员扶着走了下来，我迎上去，袁鹰对我说，他已经向作协党组书记李冰和铁凝主席请了假，不去大楼会议室酝酿人选了，就在这大厅里坐着等待选举大会的召开。我说，时间长着呢，起码要一个多小时后才会召开投票选举大会。袁鹰听从了我的建议，我扶着他走了一段路，又乘电梯，来到了我住的贵宾楼6139房间。我请服务员为袁鹰冲了一杯乌龙茶，请他在房间里休息，我便急步去北京饭店8楼参加小组酝酿全委会委员候选人的会议……

各小组酝酿会议结束后，代表们纷纷从各个会议室向金色大厅集中。我约上北京作家、我当兵时的老战友李迪，还有我们云南代表团的来自德宏的景颇族女作家玛波，来自沧源的佤族女作家伊蒙红木，来自丽江小凉山的普米族诗人鲁若迪基，在人群中穿过一厅又一厅，来到房间里拜访袁鹰。我向袁鹰一一作了介绍后，袁鹰拄着拐杖站起来与各位热情握手。有的说，他上高中时便读过袁鹰写的课文《井冈翠竹》；有的说，她刚刚在昨天出版的《人民日报》副刊上拜读了袁鹰写的《亲历了七次作代会》，像这样从1953年起便参加过历次作代会的老作家，已经不多了。李迪则说起，他刚从云南部队转业到人民文学出版社时，便担任袁鹰、邵燕祥主编的建国三十年《诗选》的责任编辑……人们想说的话还很多，但时间有限，得赶紧下楼去参加选举委员的大会。还是伊蒙红木灵机一动，拿出笔记本请袁鹰为她题词。袁鹰知道佤族爱唱歌，便立即握笔写道：“歌声唱到每个人心头！袁鹰2011年11月24日”，伊蒙红木激动地接过笔记本，向袁鹰用佤语说道："兰珠布让！"说后又用汉语翻译道，意思是："健康长寿，吉祥如意！"玛波紧跟而上，向袁鹰用景颇语说道："文利陆务噶！"接着又用汉语翻译道，意思是："万事如意！"鲁若迪基也立即用普米族话向袁鹰说道："泽罕孔顶！汉语的意思是：长命百岁，吉祥如意！"说完，在袁鹰的"谢谢"声中，我们一齐鼓起掌来！袁鹰说，这是他出生八十多年来，第一次同时接受到云南的佤族、景颇族、普米族年轻朋友的祝福，好像身在北京，却一下子同时去了云南的几个边疆地方！

我搀扶着袁鹰下电梯，上台阶，直到把他送到金色大厅的主席团座位。不一会儿，选举委员的投票开始了。我看到袁鹰拄着拐杖，慢步走到票箱前，把选票投了进去，他微笑着，显得很有精神，我心想，这位参加过七次作代会的恩师，哪像八十八岁高龄的老人呢！

作代会进行到第四天，也就是11月25日上午，在完成了全部议程之后，新一届当选的主席铁凝致闭幕词，大会宣布散会。我与一位又一位文友握手道别，连连说着：保重，再见！但我始终没有在流动的人群中找到顾骧和袁鹰。正当我四处张望时，我们代表团的屈宁，把一张当天出版的《文艺报》送到我的手上。我很快便在第4版的"作代会专刊"上看到了前天在金色大厅举行的联欢晚会上与顾骧、袁鹰的合影。于是，转念一想：不找了吧，今晚上不是要到人民大会堂参加文代会、作代会全体代表的联欢晚会吗？在那更加广阔更加辉煌的联欢晚会上，我不仅能再次看到顾骧和袁鹰，还能看到更多的来自各地又将返回各地的文友们……

想到这里，心中充满安慰与期待。回到房间，在袁鹰曾经坐过的椅子上坐下，在袁鹰写过字的桌上翻开笔记本，很快便写了如下的诗句：

文友相逢冬风暖，
报春图前话边关；
木脑纵歌摸你黑，
凉山起舞唱金川……

写完又边读边想。前两句似乎不必多作解释，第三、四句则需要说明一下。“木脑纵歌”是德宏景颇族浩大隆重的歌舞活动，意指玛波；“摸你黑”是沧源佤族纵情狂欢的祝福盛会，意指伊蒙红木；“凉山起舞唱金川”是借丽江小凉山和金沙江的艺术形象，寓意鲁若迪基。我想用这短短的诗句，记录昨天在6139房间里诞生的云南各少数民族青年作家们与八十八岁老作家袁鹰的忘年之交、美好情谊！刚才散会时，玛波、伊蒙红木、鲁若迪基还向我提议，如果今晚在人民大会堂联欢会上，能找到袁鹰的桌位，他们要我领着前去拜访，专门唱上几首景颇族、佤族、普米族的原生态民歌，给他老人家听听呢！我喜不自禁地连声说：好啊，好啊！

2011年12月6日

原载《文艺报》2012年1月16日
曾载《文学界》2012年第4期

为《中华魂——万里长城图》晋京送行

——谈军旅画家钟开天大型壁画艺术

今天，2010年8月7日是个好日子。我们在万木葱茏的盛夏举行热情欢欣的盛会，为军旅画家钟开天新近完成的大型壁画《中华魂——万里长城图》晋京送行。不少老将军、老领导、老文艺家都来了，大家济济一堂，真可以说，这是一次难得而又难忘的相聚。想想，几天之后，这幅大型壁画将要依依不舍地离开彩云之南，去京城安家永驻，悬挂在国防部外事大厅的主体墙面，将成为我军我

壁画《中华魂——万里长城图》

国的一项艺术标志而树立，一面文化旗帜而招展，在世界各国的军事要员面前，赢得他们敬仰的目光。这不但具有鲜明的现实意义，而且还具有长远的历史价值。因此我首先要说的是：小墨雨这小小的军营，却是出大作品的地方！我们应该为钟开天在青山绿水之间、在军歌嘹亮的山谷，完成这一光彩夺目的艺术精品而表示祝贺！

记得去年初秋，在枫叶红了、百鸟啼鸣的小墨雨，我们曾经为钟开天整整画了一年才完成的大型壁画《壮丽中华——江山万里图》举行过晋京送行会。当那幅悬挂在人民大会堂金色大厅的壮丽壁画为云南争光、为祖国争光之际，钟开天却因辛苦过度、积劳成疾而住院了。由此可见那幅国宝级的壁画真是钟开天呕心沥血之作啊！可是住院两三个月后，钟开天还没康复便出院接受国防部的这幅大型壁画的创作任务。如今，在短短的时间内，钟开天又用他的画笔蘸着他的心血绘制了这幅大型壁画。我简直不敢相信自己的眼睛，在同样的小墨雨，同样的军营墙壁上，竟然在不到两年的时间内，便连续诞生了两幅巨型杰作，并且是悬挂在人民大会堂金色大厅和国防部外事大厅庄严的墙壁上。如果不把这当作神话来传颂，至少也可以把它说成是我国我军绘画史上前所未有的艺术奇迹吧！

作为钟开天的老战友，我对他的绘画创作还是比较关注和熟悉的。每当他完成一幅重大作品时，他都会让我去先睹为快，然而每当我去观赏他刚完成的那幅作品，我都会心悦诚服地认为那就是他的高峰之作了。可是不久之后，令人高兴的是，他的那幅高峰之作已成为他艺术创作的新起点，他又有新的高峰之作屹立在战友们的面前了。因此有感而发，几年前我曾经写过一篇评论他绘画创作的文章，题目就叫《跋涉与突破》。是的，这是事实。他总是在不停地跋涉着，突破着；又总是在不停地突破之后又进行着更加艰苦的跋涉，从这个艺术高峰迈向另一个艺术高峰。

且不说三十多年前，他早期为我的长篇小说《在勐巴纳森林中》所创作的插图组画，进京参加全国全军美展便一举成名而破例地加入了中国美术家协会的往事；也不说二十多年前，他中期创作的《佤山部落图》《傣族封建领主制》《古滇图》等为他在中国画坛奠定高位、享有盛誉的民族化与现代化相结合的作品；仅以十年来即他近期创作的大型壁画与精品国画，就可以列举出令人惊喜不已的卓越成就。钟开天先后为国防部大厅和国防部外交办公室创作了大型国画《南疆杜鹃红》和《高山之巅》；接着又先后为中央军委八一大楼外宾厅创作了大型壁画《绿色瑰宝——美丽的西双版纳》；为中央军委八一大楼五号会议室大厅创作了大型壁画《山花烂漫》；为成都军区会议厅创作了大型山水画《壮哉，大西南》；为北京军区迎宾馆创作了大型国画《祥和图》；为广州军区宴会大厅创作了大型山水画《山河壮观图》；为驻澳门部队迎宾厅创作了大型国画《南疆山花红烂漫》；为北京大学百年校庆创作了国画《蔡元培在北大》《瑞祥图》；为宁夏回族自治区政府大楼创作了大型壁画《塞上风物图》；为云南楚雄彝族自治州创作了大型壁画《威楚彝州》；还为美国夏威夷大学创作了先展览后收藏的国画《老子出关》《苏武牧羊》《荷塘新绿》《丽日》等一系列作品。不难想象，钟开天创作这么多的大型绘画作品，需要进行多么坚强而又艰苦的艺术长途跋涉啊！

因而当年任中央军委主要领导职务的迟浩田上将于 2000 年 8 月 18 日挥笔写了："书敬我军优秀画家钟开天同志"——请注意是"书敬"而不是常见的"书赠"，并尊称钟开天为"军旅骄子，边塞画家"！这大概是我当兵以来所知道的军队画家中唯一获最高荣誉、最高奖励的了。

钟开天的上述作品，有的是晋京前我就在创作地看过原作，比如 1999 年我在黑龙潭云南军区教导大队营地看过《绿色瑰宝——美丽的西双版纳》；2008年我在黄土坡观音寺云南军区汽车队营地看过《山花烂漫》《威楚彝州》。今天又在小墨雨军营观赏即将告别它的诞生地而飞赴北京的大型壁画《中华魂——万里长城图》，我感到十分有幸。这幅画真是越看越精彩，越看越激动！

看！群山巍峨，长城挺拔，犹如中华民族的胸膛与脊梁；云蒸霞蔚，层林尽染，好似中华大地的丰饶与壮丽；岩石峻峭，壁立千仞，仿佛人民军队的威武阵列；雄鹰展翅云霄，红梅盛开城脚，象征祖国风貌的铁骨幽香；古城楼上的累累弹痕，苍松针叶的铮铮乐音，迎送着早已远去的不屈岁月；画面灿烂辉煌，景物气势磅礴，放射出中华民族悠久的历史光彩，焕发出中华民族伟大的时代精神，呈现出中华民族强盛的国力复兴。整幅作品意境高远而深沉，内涵凝练而广博，既经得住远望近看，也耐得起全景的大观大览或局部的细雕细琢；看着看着便让人产生登上万里长城、亲临实地真境的感觉。我不禁与一起看画的友人说：古往今来，有多少前人创作过多少绘画万里长城的作品？在那些浩如烟海的作品中，有谁能举出几幅可与钟开天的这幅大型壁画相比美的作品呢？又有多少幅作品能达到钟开天的这幅大型壁画所创造的艺术高度与精神高度呢？也许是出于对老战友作品的偏爱吧，但我还是不得说：《中华魂——万里长城图》，这又是钟开天献给中华民族和人民军队画廊的又一幅高峰之作！

通过现场创作的观赏或印成画册的欣赏，对于钟开天最近十多年来为十多处国家和军队部门的重要场所创作的十多幅大型壁画，我想我可以避开战友关系而客观公正地评价说：钟开天的创作实践，已经为中国大型壁画的创作开拓了新的道路，获得了举世公认的新的艺术成就。我们且不论钟开天在绘制大型壁画时所进行的大胆革新，诸如采用板材做底，画布贴面，铜条隔断，钛金镶边，连接组合的大画面构成等，以及使用附着力强、久不褪色的丙烯画料时又适当渗以中国画常用的某些矿物质颜料，使得画面色泽饱满、庄重典雅、平整光滑、堂皇富丽，尽量让壁画与建筑相适应、相和谐，达到悬挂场景与人文景观的统一等方面，这些在材质与技艺上的创新，都有待于专家们进一步去探讨与研究。我只想通过分析钟开天大型壁画《中华魂——万里长城图》的艺术特色，来谈三点感受。

第一是钟开天的精神与素质。我们当然知道近百年来有许多现当代国画大师都以其经典绘画作品留名声于世。但这当中有多少国画大师画过大型壁画呢？这当然与时代、环境、体制以及是否需求有关，我们不必过分苛求。其中原因之一却是由于创作大型壁画的综合难度很大。不是要画家亲自爬高落地，左右开弓，旷日持久，耗心费力地去画去制作才能完成吗？大师们便避而远之或敬而远之，不愿去面壁作画。可是钟开天一次又一次地接受使命，一幅又一幅地迎难而上，不但竭尽其心血、智慧、才华，甚至为画而差点献出了宝贵的生命。这是什么精神？我以为这是由于他的血脉中和灵魂里具有的民族精神、时代精神、战士精神所凝集而铸成的军旅画家精神。

同时，在文化素质上，由于他珍藏着丰富的人生经历与宝贵的生活经验；记录了大量的山川景物、自然生态、人物形象、社会百科等等，并始终勤于速写素描作为创作的基础；还有就是他出身于诗书画门第，热爱学习，刻苦钻研，不断积累了悠久的中华历史文化与多姿多彩的多民族的风情习俗，使之成为艺术创作的源泉。正是他具有“军旅骄子”的精神与“边塞画家”的素质，他才创作出一系列可以称之为大手笔、大气魄、大风格的大型壁画。换句话说，也正是这些大型壁画成为钟开天军旅画家精神的体现与艺术品格素质的写照。

第二是钟开天的审美与感情。这是视觉与感觉的共同追求。我们这么亲近地看到的《中华魂——万里长城图》，便是钟开天审美与感情的典型的代表作。从标题的“魂”与“长城”来看，就排斥了抽象，而必须在画面上表现意象与刻画形象，也就是在创作上需要写意与造型相结合。如果“魂”是写意的话，那么“长城”便是造型；但“长城”的造型则是自然物象的形似与长城形象的神态化、意识化，或者也可以说是精神化。而无论意象与形象，都离不开美学范畴。这是因为，一切绘画，尤其是大型壁画，都是美的艺术。不审美怎么行呢？美，包括形式美与内容美，也就是形象美与意境美。而美的核心，无论是外在的美与内在的美，都必然要倾注或充满画家的真实感情。钟开天从审美情趣出发，把爱我中华、爱我长城的感情，忠实而执着地用绘画的语言、色彩、构图，让绘画的点、线、面，都燃烧着赤子与战士的感情。有感情的美，才是动人心魄的美；有感情的长城，才可以称之为“中华魂”。正因为如此，我们才会在赏画时产生心灵的震撼；甚至于我们会把在长城上被风吹动的一株小草看作是画家内心深处感情的激动。这就是艺术的魅力。

第三是钟开天的继承与创新。谁都承认艺术的生命在于创新。而艺术创新的前提或基因又在于继承。这大概就是艺术的遗传与变异。没有继承便无从创新。我认为钟开天的继承绝不仅仅限于中国画传统的继承，还包括对外国画传统的继承；绝不仅仅限于古代中国画传统的继承，也包括现当代中国画传统的继承；当然毫无疑问，对外国画传统的继承也是从外国的古至今的绘画传统的继承。在上述继承中，可以从钟开天的国画尤其是大型壁画上看出，他采取或坚持的是中西融会的继承或者继承中始终进行着中西贯通的创作实践。比如，钟开天特别重视中国画点的关键性与线的韵律性，同时也重视西方画面的统筹性与色的鲜亮性。因此我们都很容易在《中华魂——万里长城图》中看到上述特点，并进而发现钟开天对古今中外绘画传统的继承与创新。比如，从细节上看，画面上高飞的双鹰与低翔的单鹰，其眼睛的灵动与翅膀的羽纹，都画得那么传神与逼真。这都可以作为钟开天对中西绘画传统的继承与创新的印证。

我想我们珍惜今天对《中华魂——万里长城图》晋京送行会的相聚，是因为我们今后很难有机会进到国防部外事大厅去欣赏这幅大型壁画了。当我们把这幅壁画的美好印象留存记忆的同时，我们仍然流露出一种希望和期待。我相信，说不定哪年哪月的哪一天，我们又会在小墨雨这小小的军营里见面，再次为钟开天的另一幅大型壁画晋京送行呢？因为艺术创作没有止境，钟开天仍将在绘画征途上不断地攀登再攀登！

2010年8月7日在小墨雨举行的《中华魂——万里长城图》晋京送行会上的发言

原载《云南日报》2010年10月22日；又载《云南经济日报》2010年11月24日；再载《文艺评论》2010年第10期。

一个人的森林

友情是有生命的。文学是有生命的。

在友情中培育的文学，在文学中生长的友情，就更加富有生命。这是因为友情与文学或文学与友情，总会相依为命，既保存着昨天的岁月，又延续着今天和明天的时光！

这便是我与修晓林交往多年而得出的一点体会。在彩云之南遥想浦江之滨，有许多铭记难忘的往事在心里翻腾，像那云朵飘飘飞舞、浪花滔滔不绝地想倾诉出来。就从新近发生的故事说起吧！

张昆华、修晓林与中国作家协会主席铁凝合影。

今年五月一日的夜晚，我到哀牢山腹地双柏县出席彝族创世纪史诗《查姆》诗会，在文化广场观赏来自各村寨群众表演老虎笙、小豹笙等民间民俗歌舞，正在为老毕摩伸出舌尖亲吻被木柴烈火烧红了的犁尖而惊奇惊叹不已之时，我的手机响了。一听，原来是修晓林从北京打来的电话，相互问好之后，修晓林说：周明就在旁边，请他与你通话……

周明告诉我，今年是徐迟100周年诞辰，要开展纪念活动，约我写篇徐迟在云南的散文。

我在晚会现场，不便多讲，真是话未尽而意更未了。仰望高处依然是深蓝的天空繁星闪烁金光，遥看远方仍旧是浓密的森林招摇阵阵绿风，眼前舞台上，由彝族小伙子男扮女装，裸胸挂着一对葫芦作乳房、身披草裙当兽皮的“母老虎”，一个接一个地跳跃而出，在大三弦、长唢呐、小铜锣、羊皮鼓的伴奏声中吼叫着起舞，再现着彝人原始部落狩猎获胜狂欢的情景……

我不由得想起徐迟最早写云南的那本诗集《美丽、神奇、丰富》中有关石林圭山撒尼人的那些浪漫传神的诗句，想起彝家儿女阿细跳月的拍掌放歌，是多么的相似与感人。我在上世纪五十年代只是熟读徐迟的诗集而未见诗人。直到七十年代末期“文革”将近尾声，由时任《人民文学》编辑的周明陪同前来云南采写植物学家蔡希陶，才经周明介绍与徐迟认识。徐迟刚刚在《人民文学》发表了写数学家陈景润的报告文学《哥德巴赫猜想》而引发作家们的“文学猜想”。那时我在《云南日报》任副刊主编，便约徐迟写了篇短文发表，还参与他们采访蔡希陶的某些活动，从而结下文学友谊。很快，由周明责编的徐迟写蔡希陶的报告文学《生命之树常绿》在《人民文学》发表，奏响了新时期文学的绿色序曲……

周明是我早年在北京开会时就认识的文友了。此前周明曾通过书信给我介绍过修晓林的父母，又介绍了修晓林与我交往，从而编织起京沪滇之间友情与文学的“互联网”。因此，那晚在哀牢山双柏县城与远在北京的修晓林和周明的简短通话，怎能不让我想起那漫长岁月里的漫长故事呢？

我认识修晓林的时候，他还是西双版纳勐腊农场的上海小知青。虽然他父母都是跟随陈毅第三野战军进驻上海的山东老解放区来的革命干部。但在“文革”年代，他父亲还被右派帽子沉重地压着那曾经戴过缀着红五星军帽的头颅，母亲也只是一个音乐刊物的编辑。可想而知修晓林当年的处境。我也是刚从军队转业下地方，一家三代老小五口人，拥挤着住在大杂院中的一间小平房里，日子过得劳累而贫苦。修晓林从西双版纳农场回上海老家探亲，途经昆明往返时，都无法招待食宿。我只是推着破单车去车站或接或送，为他运载大包行李或手提小件物品，在熙熙攘攘的人群中略助一臂之力。大概正是平常简单、真心实意的小小帮忙，才使我们培育了朴素的友情，才为后来的文学生长耕耘了土地，播下了种子。

记得有一次他抽空在我家小坐，我就用他刚刚送我的、也是他亲手摘自西双版纳茶山的粗茶，沏了杯茶水请他喝。喝了半杯解渴后，他顺手从墙壁上取下挂了很久，沾满灰尘的吉他，轻松地调拨了几声琴弦，便弹起他说是母亲教他的那首忧伤缠绵的《故乡的亲人》，弹着弹着，没有唱出声来，他也许只是在心中默默地吟诵着歌词，我看到他的眼泪滴落在吉他的音箱上……离开我家走在昏暗的路灯下，修晓林转过头来对我说：“老张，你回家后再看看吉他的琴弦，我手指弹过的地方，铮亮铮亮……”他还告诉我，他忍不住流泪了，是因为他想起他的上海知青好友庄洪，他们同去版纳，同在农垦的一个连队，同用斧头砍伐古老的热带雨林，开辟出山地种植橡胶树。没想到，1969 年春节刚过后，同唱革命战歌上山劳动的第一天，庄洪便被知青们砍伐倒地的一棵参天大树牵扯的枝干击中后脑，在树倒的轰然声中无声地仆倒在厚厚的落叶上。庄洪的衣袋里还装着一封头天晚上写给母亲报平安的家信，来不及寄往上海……庄洪安息长眠的墓地，离他身亡的地方很近，却离他故乡的亲人很远，就在上海知青们种植的橡胶树环绕的那座山岗上……

我听着，脚步轻轻地走着，含着泪水告诉修晓林，我 1973 年 3 月从军队转业到《云南日报》后，五月份便去西双版纳农垦连队采访北京知青尹正，我曾到过勐腊的几个农场，写了报告文学《披荆斩棘的青年人》在《云南日报》整版发表，那期间我还专程去祭拜庄洪之墓，在他那被橡胶树的粗根挠歪了的墓碑前，拔除茅草，捡去落叶，献上一束血红色的野花……

上世纪五十年代我在三十九师当兵时，曾经在边防线上走过西双版纳的很多地方，此后在七十年代《云南日报》当记者、编辑时，又多次前往当兵时就很熟悉的勐腊、勐海、大勐龙等地方的农场采访，因此我与修晓林会有许多共同的话题，从而渐渐增进了解，加深了友情。那些年代我正在利用业余时间创作修改写西双版纳的边防生活的第一部长篇小说《在勐巴纳森林中》，我们当然也会交谈文学。我还希望修晓林多读些经典名著，不妨提笔写写散文、小说……但那时我根本没有想到在不久之后，那 10 多万上海知青会如同潮水大浪从西双版纳返回家乡，而修晓林也会要接母亲的班而安排在上海文艺出版社工作，更没有想到他多年后会成为德才兼优的编辑并担任出版社工会主席、党支部书记，顺利地由初级、中级而被评定晋升为高级职称编审……这是他告别西双版纳农场橡胶林中的艰苦劳动，又在新书如花如果如树如林的编辑出版工作岗位上作出的一步步文学跋涉而留下的脚印……

为此，修晓林获得了一位位作家对他的感激与尊敬。我们都知道，每一件文学作品都会署有作者的名字，然而我们也知道，每一件文学作品的发表或出版，又都离不开编辑过程的辛勤和智慧的文学劳动。但我们往往只会记住前者而忽略甚至忘记后者，现在还有，过去则不会有“责任编辑”某某署名的，所以我才会说每一件文学作品的发表或出版，其生命是作者与编辑共同创造的，其优劣好坏是作者与编辑都有责任的。就像当年周明作为编辑为徐迟的《生命之树常绿》的采访、写作到公开问世所做的一切，如生活、资料、构思、修改等过程，又有多少人知道呢？读者能记住植物学家蔡希陶和写蔡希陶的是徐迟就已经够了。但对我来说，仅此还不够！

我所记住的是，通过《人民文学》要发表宣传蔡希陶的报告文学，从而认识了作者徐迟、编辑周明，又通过周明介绍认识了修晓林，此后我也从修晓林的为人看到了周明的身影与文品。所以我在哀牢山中双柏县文化广场与修晓林、周明同时通话的情景，是多么的有缘，是多么的感动。从双柏县回昆明后，我听说修晓林因年龄规定，已经退休，正准备写一本关于作家的书。是的，编辑写作家是正常的，那么，作家写编辑当然也同样正常，因为彼此之间相互了解。我很想在这里列举出我所知道的三十多年来经过修晓林策划、组稿、编辑而发表、出版的一位位作家的一部部作品的名单，仅就保存于我个人书柜中的就有几十部，这几十部书当中又有哪些得到好评并获奖，而又是些什么奖？从兴奋欣喜到自觉心有余而力不足，我无法像编年谱那样列举出修晓林为哪些作家编辑过哪些书。即使我知道得再多也是有限的，难免会有遗珠之憾。我还是老老实实地从个人角度来回忆记录一下修晓林所给予我的文学帮助吧！

上海文艺出版社有一套全国首次独创的《作家、评论家、编辑家推荐全国短篇小说佳作集》，文选的规格档次要求很高，每年只编辑出版一部。那时修晓林在《小说界》杂志社任编辑。他从贵州

《花溪》文学月刊发现我写的短篇小说《记忆之墓》，便以编辑身份推荐给军旅作家彭荆风审读。彭荆风是我在军队工作时的领导与恩师，上世纪五十年代就以短篇小说《当芦笙吹响的时候》《边寨亲人》等成为名家，彭荆风看后写文推荐，从我那篇被《新华月报》转载并获奖的《炊烟》谈到《记忆之墓》的艺术特色，认为“仍然是那么诗情画意而又深沉感人”。由于修、彭联合推荐，《记忆之墓》便入选《1988 年全国短篇小说佳作集》。这是修晓林首次编辑出版我的小说，我给他写信表达感谢！

除《全国短篇小说佳作集》年选本之外，上海文艺出版社还有一套《八十年代散文选》，每年编选出版一本，在新时期文坛也颇有影响。虽然修晓林的职责不管散文，但他却将我发表于《中国作家》的写我访问巴基斯坦的散文《心灵空间之桥》推荐给散文编辑室主任陈先法，从而入选《1989·八十年代散文选》，赶上了年选的“末班车”。

上海文艺出版社还有名家系列《1985 年以来出版·散文丛书》，已出版了萧乾、孙犁、曾卓、王蒙、冯骥才、舒婷、王安忆等的散文集，多年来享誉散文界。也是经过修晓林的热心推荐，由陈先法亲自担任责编，我才在 1994 年出版了散文集《多情的远山》。出版社在印于扉页的“内容提要”中写道：“这是多情的作家，以多情的笔触展现的多情的生活和大自然。”这个评价使我感到欣慰。《多情的远山》出版六年后，于 2000 年荣获云南省政府第三届文学艺术创作奖，并有云南大学教授马艳写了评论《从〈多情的远山〉看张昆华散文语言的艺术美》发表于《民族文学》等报刊，入选多本评论文集，使我深受鼓舞。

此后，修晓林从小说刊物调到散文编辑室工作，就更加直接关注我的散文作品了。他细心阅读挑选了我发表在海内外报刊上的抒写云南摩梭人、彝族、佤族、拉祜族、苦聪人等少数民族历史风情和与云南有关的林则徐、聂耳、巴金、冰心、光未然、张天虚、冯牧、萧乾等文化名人以及抗日战争中国远征军国殇墓园、滇缅公路遗迹等爱国题材的散文，配上种种有关的照片，编辑成一本丰富多彩、图文精美的散文集《云南的云》，于2009年3月出版。当我收到修晓林从上海特快专递到昆明的第一本样书，激动地捧在手上，望着封面上方悠悠飘飞的朵朵白云，面对封面左下侧我自己照片的淡淡微笑，不禁热泪盈眶……这是我几十年来写作出版的30多本著作中印制最大方最美观的一本。我翻开版权页印着的“责任编辑：修晓林”，连声说着：谢谢，谢谢……

《云南的云》出版发行后，《人民日报》《云南日报》《春城晚报》《新民晚报》《文艺评论》《文学自由谈》等报刊都有文章好评，并于2012年获“云南少数民族文学创作精品奖”。我觉得这荣誉不仅属于我这年逾古稀的老作家，也是对编辑出版此书的修晓林所担负的责任和付出的心血的一种回报吧！毕竟，《云南的云》是美丽的自然风景，美妙的人文风情，美好的文学记忆……

如果说，把我比喻成一棵树，一棵文学之树的话，修晓林多年来从多方面帮助我发表、出版的这些小说、散文，便是文学之树上的枝枝、叶叶、花花、果果。再联系到他曾经帮助过发表、出版许许多多作品的许许多多作家，又都可以看作是许许多多文学之树的话，那么，他难道不就是“一个人的森林”吗？

因此，我不但要对修晓林说，还要对作家们说：友情之树常绿、文学之树常绿、生命之树常绿。

2014年国庆节于昆明

原载《艺术云南》2015年第1期

鸡足山览胜记

一位又一位高僧，脚印覆盖着脚印，袈裟连接着袈裟，披戴朝霞与暮霭，穿越森林与云海，春夏秋冬，岁岁年年，跋涉在鸡足山，苦苦地寻找着，寻找着灵奇的华首门……

翻阅历史的日月星辰，在书页已经枯黄的《大唐西域记》里，依然闪耀着千多年前的悠久时光，玄奘大师去西天取经途中曾记下一则传说："迦叶承佛旨住持正法，结集至尽廿年，将入定灭，乃往鸡足山。"

此鸡足山是云南宾川鸡足山，彼鸡足山是古印度今尼泊尔鸡足山。总而言之都是佛教圣地鸡足山。但是，释迦牟尼佛的大弟子迦叶尊者守衣待佛入定石壁的华首门，却为此鸡足山仅有，至今仍存迦叶道场……

鸡足山与大理的苍山、丽江的玉龙雪山、香格里拉的哈巴雪山为邻；与洱海、泸沽湖、金沙江为伴；从古生代晚期到新生代喜马拉雅期的造山运动，把鸡足山隆起、断裂、切割成高山地貌景观。那真是：层层峰峦叠嶂，山山危崖陡峭，处处溶洞石窟，再被典型的季风高原气候拥抱，年分干湿两季，常年温暖润泽又时有寒潮侵袭，阳光充沛又雨雪交加，造就了植物动物的多种多样、共繁共荣的生态家园。如此奇特的自然生态，为禅寺庙宇提供了立足生存与发展延续的绝妙环境。宗教与鸡足山和谐相融而“佛土生光，山灵起色”，不但是佛教徒向往朝拜的圣地，同时也是旅客游览观光的胜境。因而有佛学家、史学家、文学家评述说：鸡足山与峨眉、五台、九华、普陀齐名享誉天下。

灵山一会坊，天开佛国，合掌拱迎，请你初登云路，仰望天柱峰，金顶寺，楞严塔，华首门，朦朦胧胧的薄雾浓云，飘飘忽忽的溪流瀑布，闪闪烁烁的晨岚晚烟，让你忘却凡尘，心宁神静……

传说，鸡足山因山脉形似鸡足而得名。初为鸡足山大王领地。迦叶尊者闻金鸡报晓寻到此地，要将鸡足山收作佛教道场。鸡足大王与迦叶斗法后被降服，封为护法菩萨，供奉于山脚本主庙，至今仍有民众前来烧香跪拜。

沿着一级级石阶而上，烛光长明，香烟缭绕的迦叶殿上，坐在莲花宝座上的便是开创鸡足山佛国历史的迦叶。迦叶奉佛旨手持金缕衣入定华首门，等待弥勒，传位弥勒，因而在鸡足山享有尊者的地位。朝拜坐禅的迦叶尊者，历代高僧都必然要给弟子讲述迦叶的故事……

讲述拈花一笑的佛，画在墙壁上的经书，长满苔痕的莲花宝座；讲述寂静禅院回响的暮鼓晨钟；讲述幽深林中古树婆娑的身影游游移移在一位位法师的一座座灵塔上，让你轻声地吟诵出他们的法名：普通、本贴、儒全、读彻、大错、担当、虚云……

看那株空心树，学名高山栲，俗称栎树，树身和树干穿过一千七百多年时空，在明代就有记载的这株古树，身高 20 多米，根部直径为 4.7 米，树身要八个人才能合抱，树洞内可容数人，来自远方的那位无衣和尚曾经住在洞内念经修行数载，为空心树外围增添了一圈又一圈实实在在的年轮。空心树身旁的那座建于明代的悉檀寺被岁月沦为一片废墟，而古树依然郁郁葱葱，枝枝叶叶摇曳着春风秋雨，引人遐思。

看这座明代高僧静闻灵骨塔墓，见证着大旅行家徐霞客与鸡足山的不解情缘。崇祯九年（1636）徐霞客从江苏江阴故乡出发，到南京迎福寺与静闻和尚结伴，前往鸡足山朝拜。行至湖南湘江渡口，遭遇土匪抢劫，静闻和尚为掩护徐霞客和保护自己用指血抄写的法华经而被盗匪杀伤。但静闻和尚依然带着伤痛与徐霞客前行。到广西南宁崇善寺，静闻和尚伤痛交加，于 1637 年 9 月 24 日圆寂。临终前嘱托徐霞客把他的遗骨和用血写的经书带到鸡足山。经过艰苦的长途奔波，徐霞客于崇祯十一年（1638）腊月二十二日终于到达鸡足山，在文笔峰下亲手将背负了一年多的静闻遗骨埋葬，将静闻用心血抄写的法华经供奉于悉檀寺藏经楼。可惜寺毁经书早已不存，如今只遗静闻和尚塔墓和徐霞客《哭静闻僧侣》六首诗供后人常拜常读。

在历朝历代的鸡足山众多的僧侣中，首先应当大书特书的是虚云和尚。虚云于清光绪十五年（1889）和清光绪二十八年（1902）

两次上鸡足山朝拜迦叶尊者。但受子孙和尚排挤而未能在山上结一茅庵。直到清光绪二十九年（1903）应大理提督张松林、李福兴盛情邀请，由宾川知州办理，方才寻得鸡足山上一破院钵盂庵即迎祥寺立足。虚云和尚从此发奋要扩建寺院，创立十方丛林，恢复迦叶道场。

虚云和尚始在当地化缘，继而又到缅甸和南洋各地，经吉隆坡到台湾再到日本筹募资金，回国后即上鸡足山开创扩建寺院工程，并亲自参加劳动。清光绪三十二年（1906）寺院建成后，虚云和尚晋京请领《藏经》，受到光绪皇帝封赐：钵盂庵迎祥寺加赐名为护国祝圣寺，钦赐《龙藏》銮驾全副，钦命方丈，御赐紫衣钵具，钦赐玉印、锡杖、如意，封赐虚云为佛慈弘法大师，奉旨回鸡足山传戒。

虚云大师迎护《藏经》运至上海转厦门，海运经泰国、缅甸，然后再由骡马驮运进云南上鸡足山。从此护国祝圣寺成为鸡足山佛教十方丛林大寺，招来海内外国内外众多僧侣及游客，振兴了迦叶道场，使鸡足山佛教声望达到鼎盛时期。

虚云大师在鸡足山十五年，住持护国祝圣寺十二年，于民国七年（1918）受云南都督唐继尧迎请至昆明西山依照祝圣寺形式及规模建造了华亭寺并住持十二年，直到民国十九年（1930）像一朵彩云离开了云南……

虚云大师1840年出生，1959年圆寂，享年119岁，经历了十五座道场，中兴六大名刹，重建大小寺院庵堂八十多座，成为一代佛教大师，深受广大僧侣香客敬仰爱戴，而在鸡足山建殿立亭塑像，永世供奉。

可以这么说，有虚云和尚，才有护国祝圣寺。当我们看那金炉香烟袅袅，听那铜钟声音悠长，总会在心里默诵着寺门的那副禅联：退后一步想，能有几回来？便会特别珍视这占地1.335万平方米的名寺古刹的重建与存在，听僧侣讲解寺院的每一寸土地，每一棵绿树，每一座殿堂，每一尊佛像，还有那庄严的天王宝殿，那宏伟的大雄宝殿，那高雅的“藏经楼”，那东廊的碑林、西廊的功德林；那孙中山“饮光俨然”、梁启超“灵岳重辉”、赵朴初“大雄宝殿”等名家的题字；那从明代开始游山的程立本、杨黼、杨升庵、李元阳、李贽、谢肇淛、高奣映、赵藩、袁嘉谷、徐悲鸿等文人的足印墨迹都在放射着光彩。

特别值得一提的是，那远离鸡足山的丽江木氏土司，几代人都信奉佛教，不但在丽江当地建造了福国寺，还在鸡足山修建了悉檀寺，并恭请徐霞客住在寺里修纂了有史以来第一部《鸡足山志》。当徐霞客病重临危，又是木土司派人用滑竿把徐霞客送回故乡江阴，留下一段土司与文人的传世真情……

鸡足山作为圣山佛地的自然的人文的佛教学问是太深厚太深奥了。匆匆一游，只不过是敞开心灵让佛光照耀。即便是在山上寺院常年修行的僧侣，也只是谦虚地说，他们只是在守护。那就让我们倾听这些守护者的讲经吧！

是的，正如这些高僧所说，迦叶尊者住持华首门，一直守护到弥勒成佛到来之时，才把佛祖的金衣、心意传承下去；又直到虚云大师来到这里安身、建寺、传戒，再到今天在鸡足山修行的僧侣以及前来朝拜鸡足山的香客游人，我们的心智和感言，都是在认识佛法，认识自己，认识人生，认识华首门，顶礼华首门……

常常会有来自梅里雪山那边，来自雅鲁藏布江的藏传佛教僧侣，在鸡足山上，下跪，俯卧，抬头，起身，合掌朝拜，就这么一次又一次磕着长头，把几千里几万里的漫漫风尘丢在身后，虔诚地用自己的身体和心灵，前来寻找华首门，朝拜华首门，这是为什么呢？唯一的答案就是：华首门是迦叶尊者守衣入定处，守护的是佛教之门，心智之门。

华首门位于天柱峰南侧，是一片神来之石壁，高约二三十丈，宽约四五丈，在这平整直立、灵光闪闪的石壁上，中间天生一条裂缝，把石壁分成两扇石门，而在门的中缝上，恰好是在门的上下中间，悬挂着一个石疙瘩，这就是石锁。门顶上方有巨石突出七八尺，宛若房檐。石檐石门生长着青苔碧草，壁上挂满一条条五彩斑斓的经幡，有的地方还搁置着六字真经石板以及来自千山万水的朝山石，可见无论哪个朝代，哪个民族，哪个年月，都有朝拜者前来华首门；也可见无论是藏传或南传佛教、大乘或小乘佛教的朝拜特征，都会在华首门交汇或显现。华首门真可以称为圣地中的圣地，佛门里的佛门。那些踏破古道，隐身石洞树洞的僧侣，在木鱼声中，在烛光下诵经；那些走过溪流，步行或跨马登山的游客，都是为着瞻仰华首门，向门前守护佛法的迦叶尊者敬献心香……

寻找华首门，是永远的寻找；朝拜华首门，是永远的朝拜；因为华首门是一种永远的宗教，永远的信仰！

站在华首门瞻仰鸡足山最高山巅天柱峰，那云霞中的楞严塔时隐时现，犹如佛在频频招手。

登上海拔 3240 米的金顶，顿觉心胸空阔，眼界开朗。山顶原有光明宝塔，据说是唐朝永徽年间（650—655）所建。到了明朝嘉靖年间，翰林李元阳依塔建普光殿，又到明朝崇祯十四年（1641）黔国公沐天波废普光殿，把昆明五华山上太和宫的金殿完整地迁移到普光殿废址，改名为金顶寺；再到民国二十一年至二十三年（1932—1934），云南省政府主席龙云在光明宝塔原址修建了这座高四十二米、十三级的方形密檐式的楞严塔并为之手书“法相庄严”的题词。楞严塔第二级四周装有铁栏杆，可供游人登塔欣赏徐霞客当年吟诗咏叹的四观奇景，即：东观日出，南望祥云，西看苍洱，北眺玉龙，那时你就会发出与徐霞客一样的感叹："鸡山一顶而萃天下之观！"

鸡足山佛寺林立，高僧辈出，文人荟萃，数百年来以其"佛教圣地，风景名胜"的自身经历，书写着一部书写不完的史志巨著，为我们展现着辉煌的佛光，敲响着慈悲的钟声，念诵着传世的藏经，指引着寻找华首门的路程……

原载《云南日报》2016年8月13日

国殇回声

在彩云之南的西端，高黎贡山群峰怀抱里，有一座国殇墓园。传奇而又不奇的是，每当秋风秋雨伴随着红叶夕阳飘落之时，墓园里便会响起悠长不绝的军号声，在暮色苍茫中，只见那一块块墓碑变成一个个士兵昂首挺胸地唱起歌来；于是，人们就会听到墓园里回荡着“国殇、国殇”的歌声……

关于国殇，权威的汉语《辞海》有两个解释：一是“指为国家作战而牺牲的人”；二是说《国殇》为《楚辞·九歌》中的一篇篇名。而《九歌》是“原为传说中的一种远古歌曲的名称”，“是战国楚人屈原根据民间祭神乐歌改作或加工而成。共十一篇……《国殇》一篇，悼念和颂赞为楚国而战死的将士，多数篇章，则皆描写神灵间的眷恋，表现出深切的思念

或所求未遂的哀伤”。

以《国殇》作为“为国家作战而牺牲的人”的墓园的名字，当然是最确切不过的了。当年的楚国是否建有国殇墓园，从文史资料上查找不出，可以说是不得而知。即使有过，至今是否遗存尚需深入考察，倒是屈原的这首《国殇》，问世两千三百多年来，被中华民族的子子孙孙一代又一代地吟诵下来。直到上世纪四十年代中期，才有云南腾冲的军民在“极边第一城”的城边上建造了这座“国殇墓园”，形象地立体地表现了屈原《国殇》一诗的意境，才发扬光大了国殇精神，也使腾冲名扬天下。

我多次去过腾冲。每次都要去大盈江畔、来凤山麓拜谒国殇墓园，那片占地足有53300平方米的陵园，只是祖国960多万平方公里辽阔陆地上的一个小小的角落，但它却因为埋葬着来自祖国各地的抗日将士的遗骨而显得像祖国母亲一样广博的胸怀。墓园建成已来，正如不知有多少人吟唱过屈原的《国殇》一样，记不清有多少中华儿女、外国友人来瞻仰过墓园，来悼念过安息在墓园里的抗日烈士们了。

我每次跨进国殇墓园，走在林木葱茏的甬道上，胸中便涌动着屈原《国殇》中的诗句：“……旌蔽日兮敌若云，矢交坠兮士争先。……天时怼兮威灵怒，严杀尽兮弃原野。”屈原在这里说的是敌虽若云但楚国的将士争先杀敌，战死之后遗体丢弃在原野的惨烈之状。默诵至此，我就会想起1944年9月14日光复腾冲的抗日战役刚结束，时任云贵监察使的李根源先生即倡导修建阵亡将士公墓，在战争的火光中，奋笔上书国民政府：“理应丰碑伟冢，以纪英烈，状形绘声，传之史志，俾边人春秋祭享，永志不忘。”那时的中国毕竟与战国时代的楚国不同了，于是于1945年初动工修建墓园，于1945年7月7日中国抗战开始的卢沟桥事变八周年时落成，使在光复腾冲战役中牺牲的英烈们有了安息之地。

国殇墓园完全可以认为是中华陵园的经典之作，放射着中华墓葬文化的精粹之光。由李根源题书的“国殇墓园”四字镌刻在墓园大门的牌楼上方。沿中轴线的百米甬道来到忠烈祠的基台前，有蒋中正题李根源书的“碧血千秋”石刻。忠烈祠即纪念堂内外方廊柱上，悬挂着蒋中正、于右任、李根源的题额，还有何应钦、卫立煌、霍揆彰、周福臣、阙汉骞、顾葆裕等将军的挽词楹联。祠内正中墙壁嵌着孙中山先生遗像和孙先生“天下为公”的题字及“革命尚未成功，同志仍须努力”的鎏金联语。两侧墙壁镶嵌着76方腾冲战役阵亡将士9168人名录碑及孙科、陈诚、龙云等军政要员和地方各界人士的挽诗悼词刻石数十方；祠前沿廊碑石有以委员长蒋中正名义签署的《国民政府军事委员会布告》、霍揆彰撰写的《忠烈祠碑》、李根源的《告滇西父老书》、腾冲抗日县长张问德的《答田岛书》以及《印度华侨捐资芳名录》等。

忠烈祠后是一座山包，名叫小团坡，坡顶矗立着十余米高的纪念塔，塔尖为方锥体，东、西、北三面镌刻着“远征军第二十集团军克复腾冲阵亡将士纪念塔”——陆军上将第二十集团军总司令霍揆彰题；南面镌刻着“中华民国三十四年岁在乙酉季夏”。塔身为矩形，东北面即正面镌刻着李根源书“民族英雄”四个大字。其余三面镌刻着第二十集团军军部撰写的《腾冲会战概要》，记叙了从1944年6月底至9月14日光复腾冲的战役历程。让后人知道，当年二十集团军5个师的兵力加上美国盟军14航空队的空军，从6月底对日军发起攻击，到7月下旬才拔除、扫清了四周山上的日军碉堡和各村寨的据点。日军退入城内，凭借坚固的城墙进行顽抗。盟军飞机轮流轰炸，炸开城墙60余处，攻城部队才于8月20日突入城内与日军展开近战肉搏战，历时25天，每一条街道、每一条小巷、每一间房屋、每一座堡垒都进行过激烈的战斗，都洒下了抗日官兵的鲜血，都付出过民族英雄的宝贵生命。到战役结束，城内两万多间房屋全部化为焦土，没有一片完整的瓦片，没有一棵立着的树木，没有一枚完好的树叶……这场收复腾冲的战争，比屈原《国殇》中描写的楚国时代的冷兵器战争更加激烈、残酷，更加惊天地，泣鬼神！

战争的硝烟未散，炮声虽已远去，房屋仍在燃烧。腾冲军民含着悲愤的眼泪，一边在废墟上建设自己的家园，一边在小团坡建设烈士的陵园。以高耸的纪念塔为中心，按照原作战部队的编制序列，依军衔高低刻着烈士姓名的墓碑，一块块等距相继呈辐射状排成纵队行列，从坡头到坡脚，安葬着烈士遗骨3346冢，布满了整座小团坡，无论是远观或近看，那一块块墓碑都像是一位位烈士仍然列队于阵前，仍然是那么英武地挺立着；纪念塔则是将士们的血肉之躯熔铸而成，犹如顶天立地的巨柱！

沿着石阶，脚步缓缓地从这些墓碑间走过，我默默地向这些民族英雄致敬着，不禁又想起屈原在《国殇》中结尾的那四句名诗："诚既勇兮又以武，终刚强兮不可凌。身既死兮神以灵，魂魄毅兮为鬼雄。"轻声把诗诵给两千多年后为国牺牲的抗日英雄，好像每一块墓碑都在翘首倾听，这大概也是屈原生前所不曾想到的吧。

站在纪念塔下四处看，墓园覆盖着苍松翠柏，林间升腾着淡淡的云气，夕阳的一束束光芒透过青枝绿叶投射在一座座烈士墓碑上。有的墓碑上生长着一片片翠绿色的苔藓，仿佛是抗日将士为国捐躯时被炮火炸碎了的一片片军服；有的墓碑上浸染着一片片鲜红的苔藓，觉得是抗日烈士的热血依然在闪耀着神采……

国殇墓园是腾冲军民肝胆相照、满怀深情镌刻在祖国大地上的一部英雄史书。它不但告诉我们历史是怎样地从昨天走来，又将怎

样地从今天走向明天。它的每一个字、每一个章节，都是抗日烈士们用鲜血、生命和白骨书写的。这部史诗不仅属于腾冲，属于滇西，属于中国，而且也属于全世界人民。特别是在纪念抗日战争和反法西斯战争胜利的日子里，前去拜谒国殇墓园，前去拜读这部史书，心灵所受到的震撼更是无比的巨大而强烈。漫步在国殇墓园里，我不断在想：在中国抗日战争的漫长岁月里，在当年的各地战场上不知道建立过多少座烈士墓园。但有哪一座墓园能够像腾冲国殇墓园这样保存得这么完好，饱含着这么精深的历史文化和博大的民族精神呢？腾冲国殇墓园可以告慰屈原：以你的诗篇命名的墓园，一定会把《国殇》让中华民族的子子孙孙一代又一代地歌唱下去！所以我相信，国殇墓园里的墓碑会齐唱《国殇》的传说是真的。那是拜谒墓园的人们吟唱《国殇》悼念烈士时留在墓碑间的久久不散的回声。

原载《云南日报》2015年8月29日

隔娘坡

那年秋天，我们从昆明乘飞机降临保山，再从保山乘车跨过怒江，翻越高黎贡山来到腾冲。第二天便前往乡间的和顺古镇，分别拜访了两位老倌和两位老奶，听他（她）们倾心诉谈关于人生旅途上的告别与送别……

他说，他一生中攀爬过很多很多坡，有缅甸的鹰嘴坡、蛙背坡，有泰国的象鼻坡、牛角坡，那些坡都比家乡的坡漫长，陡峭，但他

却能用木箱背负着翡翠，用麻袋背负着象牙，一步比一步吃力地从坡脚攀爬到坡头，再轻快地下到坡脚，走进繁华的城镇商场，因为攀爬这些坡，能使他苦得着钱，再把钱带回家去，让那隔山隔河的亲娘，建盖起光宗耀祖的家园……

那么，比缅甸、泰国的那些坡更难攀爬的家乡的坡叫什么坡？他回答说，就是和顺家门口那条隔娘坡！末了，他还给我唱了一首他年轻时唱过的赶马人山歌：

上根坡来坡很长，
上到半坡回头望；
亲娘依然站坡脚，
娘啊，你让儿子泪汪汪……

她说，她不知道马帮叫作南洋的那些地方，有多少坡；那些坡有多长，多陡；她也不知道在那些异国他乡的坡上，有多少骡马、马锅头、背夫在烈日下、暴雨里，蹬蹬双脚或是瞪瞪双眼便倒下了。她更没有见过那流淌着汗水、汪积着血泊的坡叫什么坡？她说她从新媳妇熬成娘，就只知道离和顺家门口不太远也不太高的那座山上，有一条坡，那是她送儿子远行时，看着儿子走得慢而又慢，走得骨肉分离般疼痛的坡，叫作盼子坡！

他说，他一辈子攀爬过很多很多坡，有马来西亚的猴头坡、熊掌坡，有新加坡的狮身坡、海螺坡，那些坡也比家乡的坡曲折，崎岖，但他却能用篾箩背负着药材，用木架背负着百货，一步比一步沉重地穿越过坡头的密林，再迎着闪电或是逆着海风，走进平坦的村庄集市，因为攀爬这些坡，能使他的生意赚钱发财，再用钱财买成金银首饰、玉石镯头带回家去，让那数着星星有多少、望着月亮几时阴晴圆缺过日子的婆娘，佩戴上结婚前就想要而没有得到的嫁妆……

那么，比马来西亚、新加坡的那些坡更难攀爬的家乡的坡叫什么坡？他回答说，就是和顺家门口那条别妻坡！末了，他也给我唱了一首他年轻时唱过的赶马人山歌：

上根坡来坡很长，
上到坡头回头望；
婆娘还在挥红绸，
婆娘啊，新婚揭盖永难忘……

她说，她不知道公公、婆婆常说的南洋那些地方，有多少坡，那些坡有多弯，多险；她也不知道很多男子汉都去闯荡的那些坡上，有多少老板、富商在刀光、枪声里倒下，倒在铺垫着破衣烂衫、白骨碎片的坡叫什么坡？她说，她从娘家嫁到婆家，只知道离和顺家门口不太近也不太大的那座山上，有一条坡，那是让男人走得步步撕心裂肝一样疼痛的坡，叫作望郎坡！

从这家出来，到了那家；又从那家出来，进了另外一家；走在一条条小巷里，我听得见自己的脚步声响，细细琢磨着他或她所讲的故事，所唱的同调赶马人山歌，我终于明白了，在和顺古镇的家门口，要去南洋那些地方的路上，就只有一条坡啊！他和她所说的是同一条坡，只不过是儿子叫它隔娘坡，老娘叫它盼子坡，男人叫它别妻坡，婆娘叫它望郎坡，是吧？

他和她都默然地点了点头。当我想请他和她当中的还能走得动路的一位或两位，带领我去看看和顺家门口的那条坡时，他和她都同样地摇了摇头。从他的眼神里，从她的叹息中，我知道了，他和她谁都不愿去重访旧地，再用往事来触摸心灵的伤痛。但他和她都几乎是不约而同地建议我去小镇的南边，去邀请那位历经风霜、饱尝苦难而又能坚强生活、从未倒下的曾经常下南洋又常返家园的马锅头当我的向导就得了。

遵循马帮的行规，我在小商店买了一瓶苞谷酒、一串牛干巴、一把老草烟，约着朋友前去拜访马锅头。没走多久，便在一棵老榕树旁找到了马锅头的家。马锅头正在自家门前的水井边洗衣裳。听说他已是年过八十，但看来鹤发童颜，精神抖擞。当我们献上小礼，说明来意，马锅头一听是去隔娘坡，便爽快地答应了。当他在房前晾晒衣裳的时候，我四处望了望，这确实是名副其实的赶马人的家。门廊左边的木柱上挂着一副佩戴红缨和圆镜的马笼头；右边的木柱上挂着一套木架驮鞍和一对黄铜马镫；门廊地上一边堆放着锈迹斑斑的废马掌，可能是马锅头帮人钉马掌时积累下来的；另一边的墙上挂着一副大铓锣和一副小铓锣，大概是他当年在马帮时敲过的开道铓锣吧！看着这些在城市里早已绝迹了的赶马人用过的器物，我顿时倍感亲切，也对这保存着马帮文化的马锅头产生了敬意。马锅头晾晒的那一件件粗蓝布衣裳，像一面面马帮的帮旗在秋风中微微飘荡。赶马人行动利索，真是说走就能走。马锅头回到门槛前脱下老缅人爱穿的那种橡胶夹指拖鞋，换穿上茅草鞋；顺手把两扇门掩上，也不用加锁，便领着我们上了路。

我们走一路谈一路。我虽然在童年和当兵时有过跟随马帮生活的经历，但数十年过去，那特殊的马帮生态毕竟已经渐渐淡忘。如今听马锅头讲他的亲身经历，让我又重新从驿路上捡起一串串拂去尘埃的记忆。腾冲县城是明代南征戍边的15000多名将士在1445年建造起来的已有500多年历史的古城，文献典籍称之为“极边第一城”。而亦乡亦镇的和顺在县城旁边，曾经富甲一方，是最典型的海外侨胞的胎衣之乡。在东南亚各国的侨民其数量之多、范围之广，是云南省任何乡镇都无法与之相比的。因而走在和顺的这条古驿路上，我深切地感到这是一条“茶马之路、丝绸之路、翡翠玉石之路”集大成之路。其货源之丰富、马帮之繁杂、往来之密集，可以称之为云南之冠。随着马锅头的讲述和实境指点，看着那石板上一窝窝、一坑坑被马蹄踏出的重叠相连的印痕，虽然没有骡马同行，没有风尘扑面，我却仿佛听到了马蹄声、铜铃声、铓锣声……

有了共同的话题，便可以说是话长路短。马锅头还没讲完他的人生旅程，我们便已来到坡脚。那平凡而宁静地披挂在对面山上的那条驿路，就是千百年来让人祝福、令人期待、叫人伤心挂牵的隔娘坡么？在青松黄栎红杉树影婆娑中时隐时现、时蓝时紫、时弯时直、时缓时陡、时宽时窄的这条坡，比之它邻近的高黎贡山的坡，那简直就是小坡见大坡了。但这条小坡却又比高黎贡山的任何一条大坡都紧紧地深深地铭刻在人们的心上，与自然生态和历史文化相依为命！远远望去，这条坡仿佛是一位久经沙场的老将，又似乎是一条奔腾不息的江河。大概是出于尊敬与畏惧吧，我会不知不觉地举起右手向这条坡行了个军礼！

马锅头见我如此敬礼的姿势，便轻声地问：你当过解放军吧？我点了点头过后，他才说道：我也当过兵，不过，那是抗日远征军！我这才晓得，他是六十年前，也就是 1944 年 9 月 14 日的光复腾冲的战役胜利结束之后，才回乡当的赶马人。他之所以从军队要求复员，完全是为了他那孤独守寡的娘。从他记事起，他娘就常常给他讲，在他出生几天后，他爹便跟着马帮下了南洋。说是家中太穷了，要去苦钱回家盖楼房。可是他爹一去二十多年无消息，也不知道是生还是死。他娘有时便站在家门口，或是走到坡脚，向回来的赶马人打探丈夫的下落；向远行的赶马人拜托他们去南洋询问丈夫的踪迹。看着儿子长到二十多岁，碰到国难当头，日本侵略军占领了腾冲，娘便送儿子去当中国远征军。抗日战争终于赢得胜利后，才让儿子加入马帮，去南洋寻找他爹……

这时，一阵阵秋风送来一阵阵清香。马锅头领我们走进坡脚的一片荒地里，他迫不及待地用双手拨开一丛丛野草，揪起一穗穗金黄金黄的草子，在手掌心上搓了搓，凑到鼻子面前闻了闻，又深深地吸口气，这才语重心长地说："真香，真香，香到心里去了。知道吧，这就是野茴香！"

哦，野茴香，好大一片野茴香，像彩色地毯铺在坡脚。马锅头把野茴香子装进衣袋里，一边继续采穗子，再搓揉成一把一把的茴香子；一边又继续讲述往事。所以他的话里总是飘散着茴香……

马锅头说，六十年前他从抗日军人转身为赶马人，第一次离家去缅甸时，他娘一直从家里把他送到坡脚。又从衣袋里抓出一把茴香子塞进儿子的手心。马锅头当然明白娘的良苦用心。头天晚上他睡在爹曾经睡过的床上，娘就坐在床边给他讲：茴香子，就是寓意回乡的儿子。这是赶马人从老辈子传下来的风俗。所以第二天早上，当他和娘在坡脚停下脚步时，他就把湿润了娘手心汗水的茴香子，一粒不剩地全都撒在路边的这块荒地上。马锅头走出几步，又回头看看，娘依然站在原地，那蓝色的包头巾被春风飘起一角，露出娘的头发，已经是花白花白的了，就像那路边站立着的忧愁的芦苇……

此后一年又一年，马锅头总是在年头过了元宵节之后就赶着骡马下缅甸，去南洋；又总是会在岁末的大年三十晚上之前返回家乡。而且还总是在离家的暖风里走到坡脚便撒下几把茴香子，也总是在回家的寒风中采摘一穗又一穗茴香子，一进家门便把茴香子交到娘的手心上……

可是那一年的腊月二十八，正当夕阳西下，马锅头急匆匆地从坡头下到坡脚，在野茴香地里采摘穗子的时候，突然发现多了一座新坟。他走近弯下腰去看清了墓碑上的铭刻，原来正是他娘啊！马锅头立刻跪倒在墓前，号啕大哭起来，连声喊道：娘啊，娘啊，你起身看看，你的儿子回乡了……

此时，马锅头领着我们来到他娘的墓前。数十个春秋过去了，虽然坟墓周围已经长满了密密麻麻的野茴香，结满了一蓬蓬的穗子，马锅头还是把刚才采下的野茴香子从衣袋里抓出一把又一把撒在他娘的坟头上，然后跪在墓前，连磕了三个额头触地的响头，动情地说道："娘，你儿子几十年来走遍了缅甸、泰国、马来西亚、新加坡，没能发财，也没有找到爹。如今，你儿子八十出头了，早就难出远门，当不成马锅头了。只是每年还能来到你的墓前，秋天来采集茴香子，春天来播撒茴香子，尽一点点孝心，娘，你总会晓得的吧？"

马锅头跪在他娘墓前说的这一番话，让我们听着也忍不住洒下泪水。我和朋友伸手把马锅头搀扶起来。马锅头说，村里的亲友告诉他，那年他娘突然得了重病，去世前嘱咐亲友一定要把她安葬在隔娘坡的坡脚，让她在儿子播种的那片野茴香地里，日日夜夜盼望着丈夫和儿子一起回到家乡，一起走进家门……

我听着马锅头的诉说，抬眼遥望晚霞笼罩着的那条山坡，我好像觉得那山坡已变成一道飞舞的彩虹。彩虹的那头，是没有边际没有终点的远方，也就是前几辈赶马人、商人所说的南洋；而南洋所隐藏着的只是那没有休止的岁月和没有希望的希望……于是，我忍不住对马锅头说：我曾经在采访中听几位老倌老奶说过，这条和顺家门口的坡叫隔娘坡，或叫盼子坡，或叫别妻坡，或叫望郎坡，从各自的角度来看，都有道理。但是自从听了你的故事后，我觉得这条坡，还是应当叫隔娘坡！

马锅头表示同意地点了点头。他大概也感到疲累了吧，把肩头斜靠着他娘的墓碑，犹如倒在他娘的怀抱里，这才慢慢地对我们说：“我从小没爹，只有娘；我也没有讨过婆娘，更没有儿女；这条坡，我不叫它隔娘坡，叫什么坡？”

“哦！原来马锅头你老光棍的一个？”我的朋友语气中是惊讶夹着惋惜。

“从我爹想到我娘；再从我娘想到我要年年下南洋去寻找爹，连娘都不得不丢下的赶马人，哪个姑娘还敢嫁我马锅头呢？”

我不禁默想，没有说出来：那就只有隔娘坡才敢嫁马锅头了吧？马锅头不是年年都要来坡脚播种茴香子、采集茴香子吗？

原载《中国作家》2011 年第 7 期
又载《云南日报》2014年7月12日

司马第

新世纪的朝阳被古树茂密的枝叶浸染成翠绿的光束，争先恐后地向这座百年老宅斑驳脱漆的旧门投射而来，使其晃动着梦幻般的青春。寒冬里贴上的庆贺年节的楹联依然给力，犹如季节的双手在瑟瑟的秋风中举起金辉闪闪的匾额“司马第”高悬在门楣上。这各色各样的影像编织成神秘的故事，让我想进去访问，便轻轻地叩门。

这里是从明代起就享有盛誉、商贸繁荣的腾冲县的和顺古镇上水碓村中的一户人家。虽然小巷深幽、宅门豪壮，但主人却能迅即应声而出，亲自开门迎客。只见他头发沾着稻草渣屑，裤脚高高卷着，光脚丫夹着田野的泥巴，显然是收割谷子刚刚回到家。他跨出门槛，笑意朗朗地自报姓名，说是年满花甲，叫他老刘就得了。根据我的探秘，老刘仰头指着“司马第”匾额说，这是清朝末代皇帝宣统元年二月钦赐的封号，相当于那时的

四品官衔，但却不领俸禄，不带兵马，唯一享受的特权是可以直接向皇帝奏谏而不需通过各级官府大员的审查。也就是说，获此殊荣的他的曾祖父刘开勋是位通天人物。令人叹息的是满清的青天那时已过于衰老伤残，不久即被辛亥革命的炮火击碎。

老刘说，他曾祖父刘开勋年轻时是和顺乡穷苦农民刘开兴。当年离家走夷方，远赴大英帝国殖民地缅甸当打工仔，靠割马草卖给赶马人赚小钱为生。后来慢慢做生意起家，讨了缅甸女人做媳妇，在仰光以广兴祥商号经营棉纱布匹、中西百货而在异国他乡发了财。这才汇钱回乡，于清朝光绪十三年间在风水好的水碓村建造了这座豪宅。当清朝大臣康有为、梁启超派员前往仰光为皇朝向海外华侨募款，刘开兴为强国扩军捐了巨款，便荣获“司马第”这块匾额。刘开兴的名字也才改成刘开勋。真是由“兴”而“勋”。不管怎样，也许是山高路远，从光绪年间拖延到宣统年间，也总是皇帝的恩典变成了“司马第”金匾。虽然后来变了清天，根据民国政策，这金匾仍然能在光天化日之下悬挂。因为民国政府不是仍给垮台了的末代皇室予以优厚待遇么？可是正如人们所知道的那样，到了后来的某个时代就不行了。辉煌耀眼的“司马第”金匾，便销声匿迹地躲藏进黑暗潮湿的地下室。有爱国功勋的刘开勋的孙辈后代，也就是老刘的父亲被挂上“资本家”招牌，大伯被挂上“地主”招牌而遭受批斗，最后也只能忍痛离家，又去缅甸经商或办学。连年纪轻轻的老刘——就是“司马第”获匾者刘开勋的第四代孙子，在“文革”中读高中一年级时，也由于“家庭成分太高”而被迫辍学，在家当农民……

如今好了，“司马第”金匾又作为珍贵文物悬挂于门头，为“文化名镇”和顺增光添彩，而且还能证明和顺已建成和谐之乡了。我们在这座建造于光绪年间的老屋里，倾听老刘叙谈百年历史沧桑，庭院里那棵苍老的花椒树，不停地摇曳着一串串鲜红的花椒，让人闻到一股股麻辣的味道。但摆放在火山石地砖上的一盆盆兰花却幽幽地散发出一阵阵清香……老刘说，他家祖传的兰花一代代繁殖，老根上总会发出新芽，总会在新根新叶间抽出新枝开放新花；让子子孙孙不断地呼吸到百年传承的芬芳气息……

叙说祖先的故事，老刘根脉清晰，滔滔不绝。他引领我们走进悬挂着“声华领郡”匾额的堂屋，香烟缭绕，烛光温馨，瞻仰了“天地君亲师位”供桌和“本主刘氏门中历代宗亲魂位”香案，然后抬着一具柚木躺椅领我们走出堂屋来到院子里打开，亲切地拍拍帆布，不见灰尘，说：这是百年躺椅了。当年他的曾祖父在缅甸仰光就常常躺卧在上面大声地诵读唐诗宋词或《古文观止》。后来在上世纪末，他祖父就以躺椅做滑竿，乘坐着这架躺椅由帮工们抬着穿越千山万水从仰光回到故乡老宅。在和顺家中居住三年后，恐惧于被划成“华侨工商兼地主”的阶级成分，便留下这架躺椅，化装成贫民悄悄出走。那时，老刘说他才有四岁，是母亲背在襁褓里追着祖父送到中天寺，望着祖父骑上一匹瘦马翻越过坡头了，这才在哭泣声中回家。祖父离家五年后，1959 年，七十七岁时在缅甸仰光去世。祖父生前时时怀念故乡，嘱咐后人把他的遗骨背回和顺，安葬在他最后告别家乡时的中天寺背后刘家祖传墓园，那片名叫“五块地”的红土地上……

老刘说到他四岁时记忆中的祖父，仍不免唏嘘流泪。这就是百年老屋、老躺椅依附着亲情的一种感动吧。他抬起沾染着稻田泥土颜色的手背擦了擦脸颊上的泪水，走回屋里取出一卷黄纸，展开一看，他告诉我们，这是民国十一年（也就是 1922 年）他祖父从瓦城（当年华侨的称呼，即今之曼德勒，为缅甸首都仰光之下的第二大城市）汇寄 2000 英镑回家。可是祖父上当了，刚汇出的第三天，办理汇款的三盛隆商行宣布破产，便只得保存着这张不值一文的汇款单……老刘说着，便把这张八十多年前的汇单摆放在他祖父乘坐回乡的柚木躺椅上，让我们为这两件祖传的文物留影拍照。在咔嚓咔嚓的摄影声中，老刘说，这2000英镑的汇单躺在躺椅上，能使他返转童年时代，似乎又看到祖父躺在上面，用曾祖父的汉缅腔调诵读唐诗宋词和《古文观止》了。想必祖父当年把这架吸收过曾祖父体温和语音的柚木躺椅从仰光抬回故乡又留在故乡老宅，也是别有含义和寄情的吧？

我有感而插话说，这架柚木躺椅就像是你们刘氏家族的一座桥梁，从异国他乡架设到和顺故乡；从曾祖父、祖父的身上架设到子孙后代的心上；这真是一件物质的精神的文化遗产了。

大概是说到文化遗产了吧，老刘又进堂屋的祖先牌位下拉开柜门，拿出一卷条幅，来到庭院的阳光下迅即打开，我一时兴起，便与主人同声朗读起来：

> 家乡好，最好陷河头，绿柳丛中穿紫燕，红莲塘畔卧青牛，结伴泛孤舟。无聊甚，引吭且高歌，云岭风高松柏茂，南洋地暖稻麦多，一样好山河。三杯罢，忽地想高风，云路飞腾携稚凤，南山啸傲羡诗翁，怡然一庭中。

老刘读罢，似乎是沉入意境之中而含泪不语。我却激情地喊道：好词，好词，好一幅和顺风情画……

老刘说，这首《忆江南》就是当年被挂“地主”招牌的他大伯刘荫堂（号振仕），1979年七十五岁时在缅甸瓦城写下的怀念故乡和顺的呕心沥血之作。写后不久便告别人世，临终前只嘱后人把这首词带回老家珍存。最近，台湾政治大学教育学系刘韬教授，也就是他的堂哥，回故里探亲，才把伯父《忆江南》手稿写成条幅。等裱好后，当挂在堂屋里，以了大伯生前的心愿。

我说，这首《忆江南》是上辈人作于缅甸瓦城，台湾人写于故乡老宅，和顺人又珍存于祖先魂位之前，岂不是血缘、情缘、文缘的结缘么？词中末句“怡然一庭中”，当然是指这座百年庭院了。可见游子走得再遥远，海外漂泊再长久，他的灵魂依然要跟随他的《忆江南》回到和顺故里。于是我又问老刘：如今你们刘家还有多少亲人在海外？

老刘不假思索地回答说：我们刘家至今总共有119人在世，侨居缅甸、泰国、美国以及台湾的亲人有117位，就只有我这个重孙和我老婆两人守着这座曾祖父刘开勋建造起来的百年老宅；耕种着陷河畔的两亩地，那也是曾祖父年轻时去缅甸之前耕种过的土地……

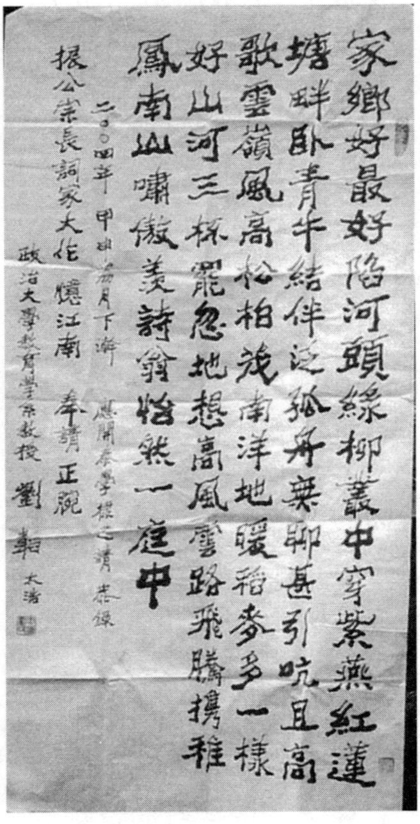

是啊，“家乡好，最好陷河头”。老刘和他老婆守望着的家园田园，已经被几代人的血脉、汗水、眼泪和情感浇灌浸透，日日夜夜都在闪耀着几代人冶炼出来的一种思家、怀乡、爱国的光芒，老刘和他老婆怎能舍弃呢？跨出老刘家的门槛，又抬头望了望“司马第”匾额，这才发现匾头房檐下的燕巢已成为空巢，只有几根淡紫色燕翎余落在旧巢里……大概是看出了我眼里的茫然，老刘目光放彩，笑意绵绵地对我说：紫燕飞往温暖的南洋过冬去了，但是明年春天准定又会飞回来，在老家故居生儿育女，这规矩年年不变。所以我们在保护好老宅的同时，也会保护好燕巢。这毕竟是我们共同的根呀！

原载《中国作家》2011年第7期

故园情

施甸的天空是春天的天空，蔚蓝色的天空纯净得没有一粒尘埃，却有一朵又一朵白云在追逐着嬉戏。远处的更远处被深绿色的群山勾画出层层叠叠、迷迷蒙蒙的风情。山谷、河流、道路犹如一条条臂膀拥抱着广阔的田野，那一片片金黄的油菜花，那一块块淡紫色的云英草，还有五彩斑斓的苞谷地、蚕豆田排成一列列方阵，在风中发出阅兵式的呼喊：回来啦，回来啦……

谁回来啦？我们满坐大巴的一车人，有来自美国、新加坡、印尼、马来西亚、加拿大、澳大利亚、新西兰、荷兰、文莱等世界各国，还有来自香港、台湾，就是我们这些来自中国大陆北京、上海、昆明的男女老少几十位作家，有谁是施甸人而被故乡的田野春风所熟悉所欢迎

所呼唤呢？

哦，我刚想起来，也就看见啦！大客车刚一停稳，被欢迎的人群涌上来接应的，第一个跨出车门的那位老人，头上的白发，像天上的一朵白云；身上的衣衫闪耀着大地的庄稼的颜色；走起路来上下左右一颠一拐的，有人上前来伸手搀扶他还被他挥手婉言谢绝的，不就是施甸人吗？你看他轻松愉快，满面笑容地走在乡村的小路上，仿佛那路上的泥土、沙石对他特别亲热，留下他一轻一重的脚印，飘散出他行走的沙沙的声音……

他就是陈志鹏，这次世界华人作家滇西采风团的组织者，被作家们称为陈大侠的人！

来自世界各国的作家们自由散漫而又成群结队地跟随陈志鹏走着。就在这时，天空中迎头飞来一只大鹰，快临近我们时，霎地一转身，用翅膀划开白云，掠过树梢，借阳光的投射，把身影投放于大地，巧妙的是，那大鹰的身影准确地映落在陈志鹏的背上；走了好几步鹰影才恋恋不舍地移开。我当时就给身边的一位文友说：神啦！这鹰好像认识陈志鹏吧？

话刚说完，只见陈志鹏停下脚步，回过头来，用他保山腔的普通话大声地说道："给大家介绍一下，这里就是我的故乡，她的名字叫由旺！"

怪不得，连天上的大鹰也要对故乡亲人表示亲切的拥抱！这不是典故，这是有民族风俗作依据的。陈志鹏是在由旺出生长大的彝族人。而彝族是崇拜大鹰的。老毕摩做法事或举行祭祀时，就用鹰翅膀骨头做笛子吹奏乐曲；用鹰爪做驱鬼的利器；用鹰翎做扇子把彝人的心里话扇到天上传达给神灵……如若大鹰的身影与人的身影叠在一起，就说明这个人应当受到崇敬。刚才的情景，正应验了彝族的神话传说不但充满诗意，还是有真实生活依据的。

我虽然多次到过保山，但来施甸县由旺却是第一次。我不知道由旺这地名是哪一个民族的语言，它的含义是什么。这个县虽然很小，但它聚居的民族种类很多，除汉族外，还有彝族、回族、傣族、白族、傈僳族、布朗族等20多个少数民族。只有弄清最早产生由旺这个地名时居住的是哪个民族，才有可能辨别出这个汉字标出的地名的内容。现在，还是叫它由旺，或者叫它陈志鹏的家乡，那个有老鹰飞翔的地方！

我们跟随着陈志鹏回家乡的轻快脚步的声音以及他介绍由旺民族文化的导游解说，走进了由旺中学校园。一位当地的老师告诉我，这里早先是陈志鹏读小学时的校址。抗日战争时期，日军占领缅甸，攻陷怒江以西的中国领土后，曾多次派飞机来轰炸保山，并在施甸由旺投弹，在这儿炸开几个大坑。那弹坑后来浸出地泉或蓄起雨水，就成为一个个大水塘。陈志鹏上小学时，就常常在下课后相约几个小伙伴，全都光着屁股，嘻嘻哈哈地在弹坑水塘里洗澡，游泳，泼水打仗玩。水塘边那旧房的墙壁上还留有几幅抗日远征军写下的大字标语，什么“爱国爱民，守土有责”啦，什么“军民齐心合力，把日本侵略者赶出国土”，等等。特别是抗日烈士祠的那副楹联，是由守土抗日的中国远征军第八军八十七师师长张绍勋写的，陈志鹏从小就能背诵：“真中假假中真，上下五千年，无非如此；实者虚虚者实，纵横九万里，尽属若斯”……

在当年那样的环境，身子泡在侵略者炸开的水塘里，心中却燃烧着神圣的民族战争的硝烟烈火，给陈志鹏的少年时代留下了沉重的记忆。那些老人们常讲常说的爱国主义和英雄主义的故事，像一粒粒种子，播撒在他的精神世界，不断地孕育着，萌发着，滋养着他的品质与行为。“嘻嘻！那个小时候下河摸鱼、上树掏鸟、调皮捣蛋的屁娃娃，今天把这么多这么有名的作家领到了他的家乡，领进了他的母校！”这位老师说话时，心里总是流露一种自豪感。是的，在这些作家中，且不说他们来自那么多的国家，而且大多是享誉世界各国的著名作家，比如：邓友梅、陈若曦、尤今、张诗剑、陈娟、林耕、周蜜蜜、简宛、吴玲瑶、王克难、黄怡、林爽、王性初、王威、丘彦明、袁霓、陈谦、卢新华等等，引得校园里的那些少男少女学生们，挤在走廊、楼梯、教室里，指指点点地观看着议论着，还说得出谁谁的小说他早就看过，谁谁的散文他早就读过……

在阶梯教室里举行了各国作家们与学校师生见面的简单的礼仪性会见。陈志鹏在讲台前，背靠一条红布标语，把来他母校参观访问的世界各国华人作家们一一介绍给师生们。这无疑是由旺中学有史以来作家们到此访问最多的一次，今后大概也不会再有如此朴实素美的聚会了。陈志鹏把右手扶在一位学生的肩头上，对大家说：“希望我故乡的中学，也能走出像各位这样有名的作家！我，愿为母校的学子们铺路，做一棵小草……”

这时，我看到窗外的校园，满地都是碧绿的小草。有人告诉我，陈志鹏手扶肩头的那位学生，就是他多年来捐款相助才得以上中学的。像这样的贫苦学生，陈志鹏就资助过几十位，有的中学毕业，有的还到省城去读大学……

真是由旺中学的小草爱护小草！

第二天中午，我们在保山市金水阁召开了世界华人作家与当地作家的座谈会。陈志鹏还特意请来了几位据他说是有恩于他的领导和对他有过帮助的朋友。在这个会上，好像与由旺中学的气氛不同。在那个乡村的道路上，陈志鹏是荣归故里的山鹰和小草；而在豪华的金水阁宾馆的会上，陈志鹏成了受难又挣扎起来的人，因而对往日的朋友们满怀深情地说了一句又一句的感谢话。他没有坐在主席台上发表演说，而是一拐一拐地行走在会议桌前后，来到朋友们面前，拉着人家的手，向采风团的作家们作着即兴而动人的介绍……

“这位王部长，现在已经坐在轮椅上了。可是当年他曾经威风四方，任保山地委组织部长时，保护了我，把我这个苦命倮倮，那时还是‘文革’的‘三反’分子，招进了党委的大门，从此改变了我的命运……”

陈志鹏又一拐一拐地走了几步，来到一位老人的座前，拉着那人的手说：“这位是张老师，原先互不相识。是我败走麦城时，第一个对我伸出救援之手的；他看了批判我的反动言行的大字报后，不但不认为我反动，还来看望我，摸了摸我被批斗时造反派留在我身上的几十处刑罚的伤痕……我挨批斗时没流眼泪，张老师抚摸到我的心，我悄声地哭了。”

陈志鹏又拐到后排去，拉着另一位老人的手说：“这位老赵，我被戴上高帽游街时他也戴着高帽走在我的旁边；1976 年我去上海医伤治病，是他给我寄钱去，可以说是我的救命恩人……”

陈志鹏在那个运动年代受难挨斗的故事能讲出很多。他只着重讲了他去上海疗伤避灾时，反而去为受难挨斗者抚慰心灵的创伤去了。他在上海，听说诗人闻捷被批斗自杀，就找到与闻捷在最艰难的时候还相恋的戴厚英，敬佩这位女作家，把自己养伤医病舍不得吃的白糖、花生米等送给了戴厚英，以表达对闻捷的悼念。在那个年头，陈志鹏说，“横祸飞来自不知。我对样板戏《沙家浜》提了一小点意见，说阿庆嫂的台词‘那老太婆哪是我的对手’一句，不如给‘哪’字前加个‘她’更好些。就这样，有人打我的小报告，公安警察部门就发通缉令，在北京、上海到处抓捕我。我跑到省革委人保组去说明缘由，一位同情我的领导对我说：‘你来干什么呢？你赶快走……’于是我离开云南到处躲避，跑湖南长沙，跑江苏南京，跑江西南昌、九江、庐山，后来我找到江西省军区政委张力雄，他叫我躲在军营里，对外称我为参谋，一直到粉碎四人帮，军区才派人把我送回云南，我才逃脱了一条小命……”

说到痛心处，陈志鹏用手背揩了揩眼角的泪水；说到愤慨处，陈志鹏用手掌拍拍胸膛，还一再声明：对当年“文革”中揭发诬陷的人，他连名字都不愿提了，那不过是小人！然后，他哧哧地喘了几口粗气，叉开手指理理头上的白发，一拐一拐地走到主席台的桌子前，为大家吟诵了他当年写的一首诗：《小草》：

听候春风的呼唤，
冲破泥土的封冻……

小草无疑是陈志鹏精神的写照。于是，这株小草的歌唱赢得了会场的掌声。掌声自然是一种尊敬的体现。陈志鹏曾经在身上和心上受到过那么多那么重的伤痛，可是他依然像小草那样，从泥土里站立起来，为故园赢来春色。

然后是陈若曦、尤今、吴玲瑶、张诗剑、卢新华、邓友梅等各位海内外作家们相继发言。张诗剑还特意点名请我发言。我简要讲了香港文学泰斗刘以鬯先生每次在《香港文学》发表我的散文时都在“编后记”中给予我高度评价而使我深受鼓舞……陈志鹏一直在倾心地听着，不时露出笑容。这时，一缕缕一片片夕阳的光芒，照射到陈志鹏头上、面部，把他作了细部的雕塑。我仿佛在这瞬间才发现，他的头发更白了，如同挺立在他故乡河岸上的那种小草在抽穗结籽后发白一样，是苍茫的白，是晃动中闪耀的白；只有他的眼睛，尽管细眯着，却依然很有光彩。我不禁在心里默默地说：“看来，小草真的是老了，但唯有晚风中的他，精神仍旧不老！”

第二天早晨，我和陈志鹏、邓友梅站在金水阁院子里的草地上搁置着的石碾子旁边闲谈。这石碾子是六十多年前修筑抗战滇缅公路时很有苦劳和功劳的光荣遗物，如今静静地躺在这里，供人们在它身上寻找当年那些岁月的痕迹：那些汗水、鲜血、饥饿、寒冷；那些重压、滚碾、风雨、雷电；那些希望、梦想、啼哭、欢笑……我用温暖的手掌抚摸着石碾子对陈志鹏说了自己的片断残缺的感想。虽然石碾子不会言说它当年筑路中的平凡而伟大的贡献，曾经扎扎实实地为历史铺路，为抗日战争的胜利铺路，但人们默默地面对石碾子的时候，肯定会对它怀着尊敬和感激的心情。陈志鹏若有所思所悟所感地向石碾子点了点头。我看见石碾子被密密的、绿绿的小草围绕着、簇拥着；草地上生长着几蓬蒲公英，有的低矮枝干带着灯盏一般的金黄色花朵，有的枝干已经升高身姿，在头顶上抽出了圆圆的白绒线花籽，像一朵小小的白云，恰巧这时候从太保山吹来一阵春风，那一朵朵蒲公英花籽在春风中摇荡着散开来，花籽撑着一把小伞飘呀飘呀，在寻找着它们能落脚生根的草地……

不知怎么的，我会联想起昨天下午在座谈会上陈志鹏吟诵的那首题为《小草》的诗；再看他头上的一顶白头发，我突然觉得，真是越看越像是蒲公英那白云般的花蓬了。

小草虽然平凡，但小草对生它养它的故园却十分忠诚，这也有点像石碾子的性格与命运了。我内心有一种春草发芽的微微的激动。抬起头来，又见天空中有一只大鹰在展翅飞翔。那大鹰似乎在用它锐利明亮的双眼巡视着地上的人们，是否在寻找它想与之亲近的那个故乡的人呢？我联想到，也许这只大鹰就是昨天在施甸由旺的天空见到的那只大鹰。因为保山与施甸由旺是同一个天空，同一片大地。大鹰和小草虽然各在天上和地上，但它们的心是亲近的。大鹰知天高，而小草知地厚。大鹰搏击风云，给人坚强向上、奋发图强的鼓舞；小草守望土地，给人以绿化家园、不图名利的启示。那么，我对陈志鹏为人处世的评价，也就是他对故乡和对世界华人作家们的奉献精神，不是与大鹰和小草的风格相似么？在他身上体现了大鹰和小草结合的依恋故园的情感，是一位既知天高又知地厚的人！

原载《中国作家》2011 年第 7 期

拜访楚雄茶花树

不是有意选择，而是无意有缘，我们离开昆明到达楚雄那天，是节令中的立春。号称春城的昆明尚未换上春装，可是楚雄的春天却早在立春之前便已经降临。从主人春意盎然的笑容上，已显露红霞折射的春光。那么谁是春的天使，竟然有如此美丽神奇的魅力，把楚雄自然节气的帷幕提早拉开，让天地人间上上下下绽放灼灼春色呢？

主人说，谜底公开，是满山遍野、寺庙村镇那悠悠然、自自然、

楚雄紫溪山东林寺僧人于元代所植的茶花树，已有660多年花龄，被尊称为茶花之王，但近年不幸枯亡。

灿灿然盛开的一树树、一林林、一丛丛、一朵朵茶花！茶花总是带给你冬末冷风中燃烧的暖意，总是抢在百花之先为你迎来春风，把天地和天地间的人，吹红；茶花还善于保鲜养艳，又总是花期最长，把从冬天到春天的旋律不断延伸，直到初夏的绿色胸怀丰盈饱满了，才悄悄落下消瘦却不褪色的花瓣，变成休止的音符！

因此有句俗语说：去云南，寻觅早春到楚雄；到楚雄，拜访早春赏茶花。我们来时，早春不早，春色正浓，楚雄已经淹没在茶花的红海洋里了。

一朵茶花是红海洋的一滴水珠，一树茶花是红海洋的一头波浪；那么多的茶花，那么多的茶花树，我们先拜访谁？我们会不会去拜访那株最有名的茶花树呢？

就是紫溪山苍龙岭前的东林寺遗址上的那株奇特、美丽、古老的茶花树！

从史料仅知东林寺建于元代。至于元代何时建寺则不详。元代，一个短暂而漫长的王朝！我查了史志，忽必烈称帝的蒙古改国号为元，是在公元 1271 年，此时是蒙古至元延续为元至元八年。元朝直到被明朝推翻，也就是明太祖朱元璋称帝的洪武元年（1368）为止，这个武功显赫、文治逊色、版图最大的帝国王朝，虽历经世祖、成宗、武宗、仁宗、英宗、泰定、幼主、文宗、宁宗、惠宗等十位皇帝，其王朝的寿命也不过九十七年。因此，不管东林寺建于元代何年，其寺龄在元代最多也只是数十年而已。更何况东林寺此后毁于兵荒战火，只遗废墟于原址，建寺后寺存时间不会太长。

东林寺遗址并不引人注目。因为东林寺毁前不是大寺名寺。而且紫溪山寺庙遗址太多，不就是一堵堵断墙残壁，一堆堆青砖红瓦，一尊尊苔绿石狮，一层层草掩台阶吗？但东林寺之所以声名远扬、记忆久长，是由于遗址上有一株元代茶花树，一株比东林寺生命更坚强、更宝贵、更受敬的古老而新颖的茶花树！

谁建的东林寺？谁种的茶花树？据说，元代云南名僧玄鉴赴江南名山古寺参禅，带了普福、普通等五个弟子前往，礼中峰明本学习禅门宗法；还画了中峰像回云南传禅播法。弟子普通就上紫溪山创建了东林寺。传说，是普通建寺后，在元朝惠宗至元年间，在寺中大雄宝殿前的一株原生红花滇山茶树上，以其树干为砧，亲手嫁接了一枝白茶花并意外地获得成功！于是，几年后那株山茶树便出现先开红花，接着又开白花，随即是红白两色花同时盛开的奇迹。后来人们把红花命名为“紫溪”，白花命名为“童子面”，合为珍品共一树。

如果依据这个传说与事实进行分析，可以从奇迹中明白以下四点：第一，那棵野生滇红茶花树，是原地原生树，而非从别地移植的人工栽培树；第二，选址建寺时，那片土地上一定生长着多株野生茶花树，建寺施工中不但没受到损害，反而得到较好的保护，说明佛教与茶花结缘的历史悠久；第三，那棵原生滇红茶花树的年岁比东林寺要老得多；而嫁接童子面成活后的能开红白两色茶的茶花树，其树龄又要比东林寺小了几岁；第四，最值得文史学和植物学重视和研究的是，早在元代，楚雄紫溪山的僧人就已经运用并掌握两种茶花嫁接的技艺了。这高超而奇迹般的嫁接，不但在紫溪山为首例，在楚雄，在云南，在中国，在全世界都可称之为首例；而且几百年过去，嫁接科技大大提高了，但红白两色茶花嫁接成功的，还没有第二例。有什么办法呢？这是事实。

现在需要对东林寺僧人普通嫁接这株一树开红白两色两品种花的茶花树的时间，作点具体分析，以便把树龄弄得更准确些。

我们可以从史书上得知，在元朝近百年的历史上，用至元为年号的有两次。首先是元世祖忽必烈在公元 1264 年将蒙古中统五年改为蒙古至元元年；七年后在公元 1271 年改蒙古为元朝，而至元年号又沿用蒙古已使用过的七年，因此元朝一开始便是元至元八年。从此一直用至元年号到公元 1294 年忽必烈逝世为止，至元年号在忽必烈当皇帝期间用过三十一年。然后从元成宗铁穆耳起的八位皇帝在元朝用过许多年号，我们不必细说，直到元惠宗妥懽帖睦尔登基三年后于公元 1335 年又把年号元统改为至元；这是元朝第二次使用至元年号。元至元年号使用六年后于公元 1341 年又把年号由至元改为至正。这就是说，东林寺僧人普通嫁接童子面于滇红茶花树上，是在元惠宗启用至元年号的这六年间。是至元年间的哪一年已无法考证和确认。即便如此，我们也可以作出这样的推论：承受嫁接的那棵滇红茶花树，在它为砧之前，至少也有十几年甚至是几十年的树龄了。因而楚雄市在 1987 年对这株红白两花同时盛开的奇特茶花树进行测量考察时所得的数据，即树胸部直径 91 厘米、基围 2.92 米（以上两项肯定只属于原生的那株红茶花树）、树高 10 米、树龄 650 岁（以上两项均属于红白两色的母树），不但有科学依据，而且也符合历史事实。从元惠宗重新启用至元年号的 1335 年至 1987 年，不正好是 652 年吗？如果再加上嫁接前的那棵滇红茶花树砧木生长的时间，有的植物学家把这株奇树定为 660 多年树龄，也不为过。然而这株茶花树之奇特还不仅在于它年岁的古老、颜色的红白两种花聚于一身，这都是全世界之最；还在于它的花期最长；从头年的 12 月寒冬期间先在下半树开红色的紫溪花；接着在冬春之交的新年一二月间在上半树开白色的童子面；然后当春天降临时，一树上的红白两色花相挤相拥，越开越盛，红花更红，童子面也由花芯的雪白变为绯红，两花争奇斗艳，一直开到翌年的 5 月，花期竟然长达半年。如此长的花期当然也是全世界之最。这株茶花树就凭以上“三最”招来众人的景仰与朝拜。

最早最有名并吟诗赞美这株茶花树的拜访者，大约是被称之为

“诗书画三绝”的云南晋宁人士唐泰。唐泰其父其祖均有诗文集问世，出身于书香世家。年少即享有诗名，在明朝的名公巨卿中获得高度评价。明天启年巡抚钱士晋称唐泰为“云中一鹤”；董其昌称唐泰的诗有“四杰（指初唐诗人王、杨、卢、骆）之藻，少陵（杜甫）之法”；李本宁称唐泰的诗是“于唐诗中自成一家”。这样一位著名诗人上紫溪山在东林寺“挂单”时观赏了这株古茶花奇树，当即在寺中写下这首赞美诗：“冷艳争春喜灿然，山茶按谱甲于滇。树头万朵齐吞火，残雪烧红半边天。”唐代张继的一首《枫桥夜泊》便使“姑苏城外寒山寺”名传千古。而明代唐泰的这首“冷艳争春喜灿然”亦使东林寺的茶花树享誉数百年。需要分析的是唐泰的这首诗写于何年。唐泰，字大来，出生于明万历二十一年即公元1593年，卒于清康熙十二年即公元1673年，享年八十一岁。唐泰虽年少有才却不得志未为官，在晋宁家乡蜗居；明末清初萌生反清复明之念并先后追随沙定洲、李定国等直至效忠永历皇帝；几经出世入世又出世。据史料载，唐泰在他六十七岁时，也就是清顺治十六年（1659）到达鸡足山。从路线上看，唐泰从滇池岸畔的晋宁起程奔赴洱海东岸的鸡足山，其间必得经过滇中楚雄。而那时楚雄的紫溪山寺庙众多，香火很旺，唐泰上紫溪、驻东林、写此茶花诗应在这年的冬春交接之际。那正是兵荒马乱、战火频燃的年代，唐泰在诗中既描绘了茶花树的自然形象，也借此表达了心情的矛盾与苦闷，从“冷艳”“残雪”便可体味时局的艰难与苍凉。唐泰从楚雄到祥云天目山的天目寺出家为僧，改名普荷，号担当，不久又转到宾川鸡足山名寺，最后在大理点苍山感通寺圆寂。数十年后，清朝布衣、大观楼长联作者孙髯翁在《吊担当上人》一诗中才有“杖锡来鸡足，春花叫杜鹃”的诗句，表明了担当在鸡足山为僧的时间。因此可以说，担当赞美紫溪山东林寺茶花树的诗，是明代诗人于清代写的；写此诗时的身份为名士唐泰，写诗后才成为担当和尚。这就足以论证：清代顺治十六年即公元1659年，东林寺未被毁，寺中的这株茶花树开花茂盛。担当的存诗中吟咏鸡足山、感通寺的颇多，而写紫溪山东林寺古茶花树的诗仅见此首，就更加难能可贵，成为担当诗中的精品杰作。

另据清康熙《楚雄府志》卷十《七古》载，清朝定边知县杨书也写过一首《紫溪山茶花》：“东风吹绿紫溪草，碧汉璃宫觉春早，大块韶光一片明，群山树色千重晓。”此诗长达二十四行，诗的中段有“庆云烂熳迷朝霞，赢却春前百万花”等句，写尽了楚雄满山遍野茶花的艳盛风貌，但结尾八句，我以为就是具体写东林寺的这株元代古茶花树的：“深山绝谷称荒僻，野寺萧疏谁著屐，余生好结烟霞缘，不别群材应不识。梵王宫殿日迟迟，每到林泉一首诗，寄与山僧须护惜，滇南无此最高枝。”

我想我们不必对武进人士杨知县的这首诗逐句进行解释，只需记住“滇南无此最高枝”，就是以表明东林寺这株元代古茶花树在浩如烟海、美若彩霞的茶花树中的崇高地位了。

上述两首诗，担当写于明末清初年间，杨书写于清代康熙年间，距今已过去三百多年。那么担当与杨书游东林寺时，他俩先后所面对的东林寺的这株元代古茶花树，大约也是三百多岁的树龄了。所以杨知县爱心浓烈而又语重心长地写道：“寄与山僧须护惜，滇南无此最高枝。”

对这株元代古茶花树，历代山僧真是费心尽责地护惜了。即使后来东林寺毁于战乱，那也只能是在杨知县写诗之后，也就是康熙皇帝任职的六十一年期间寺庙都还好好的。不然康熙年间的《楚雄府志》不会作上述记载。东林寺被兵灾毁灭是史实，但何时毁灭却没有史籍可查。所幸的是战争的烽火、屠杀的刀枪，并未伤及元代古茶花树。因而今人也才能在数百年后依然能从茶花树的今日风采看到古诗所描绘的当年风采，从而钦佩担当和杨知县的诗中有画、诗中有情，真是绝妙感人。

由于当代的交通与信息比古代发达畅通，没有多久，紫溪山上的这株元代古茶花树，便已广为人知。不仅中国的植物学家纷纷前往考察，给予高度评价，就连外国人，而且是远在大洋彼岸的澳大利亚植物学家、时任世界茶花协会主席的弗利泽先生，也于1986年亲临紫溪山来到东林寺遗址进行实地研究，然后赞不绝口，在树下花前大为感慨地说："这株茶花把人类栽培茶花的历史提前了。"

我们就是在这些古人、今人、洋人的赞美声中来到楚雄，又急迫地攀登紫溪山去拜访这株古树名木奇花的。那是1991年元月13日，正值冬末寒风料峭时期。我们从楚雄市区里的紫溪宾馆乘车出发，曲里拐弯地绕过山中20多公里的毛路，来到楚雄电视台高山电视差转站，往前已无公路，便弃车步行。又在山中的密林里或密林中的山里蜿蜒穿行了一个多小时，终于来到海拔2660米高度的东林寺遗址，来到这株由传说而成为现实的古茶花树前。那激动的心情就像那傲然绽放的茶花在冷风中焕发出热烈的光彩。

十八年前对东林寺遗址上的那株古茶花树的拜访，留下了永远难忘的美好印象。我很快写了篇《豹子做窝的地方》在天津《散文》月刊上发表，随即入选多种散文集，后来被收入楚雄市建设局编、云南民族出版社2000年出版的《紫溪山志》；接着又被收入楚雄州、市旅游局选编、中国文史出版社2005年出版的散文集《紫溪山》。在这篇散文中我对这株古茶花树的观感与描述，不再重复。但有三点我想稍作转录。第一，"也许是出于敬老的习俗，我向这棵高大的茶花树行了鞠躬礼"；第二，"我唯有叹服，并从地上俯拾几瓣落红夹进日记本"；第三，"我久久地不舍离去，便站在路边写了一首短诗：冬风不语含情意，孕育茶花开紫溪；一树怀抱红白色，孪生姐妹两相依。”

回想当年，我需要补充的另一点感受是，虽然这株古茶花树已经是公认为王了，但它没有任何王者的霸气，它像一位慈祥的母亲，拥抱着满身的绿叶，用枝干轻轻地挥舞着满树的红花和白色的童子面花，发出细微的笑声，向我们这些远道而来的拜访者表示欢迎。在它的身边，有幢简朴的农舍，住着一位老人，自称是义务守树人。我听他口音不像本地人，便与之交谈起来。才知他是湖北人，上世纪四十年代中期参加抗日远征军开赴缅甸与日军作战。抗战胜利后流落滇西，在偏僻的紫溪山农家入赘为婿。历经几十年岁月风云，不觉已是七十多岁了。我感谢老人守树护花的辛苦，他却平静地说：“其实我没做啥事。这棵茶花树也算是我的伙伴。它比我老几百岁了，活得比我快乐，比我舒坦。我就开不出它身上的那些花朵。我每天看它几眼，我就觉得安逸。”我问老人：“这茶花树为啥长寿？”老人说：“让它自自然然地生活，就能长寿！”

从那以后的十多年来，每当冬春之交，看到昆明的茶花开放，我总会想起紫溪山东林寺遗址上的那株古茶花树。有时还会翻开日记本，看看夹在其中的花瓣；或是看看当年在树下花前与友人们合影的照片，让记忆在阳光下晒晒，内心深处也会略感温暖与明亮。

可是，前些年从楚雄传来不幸的消息，说是紫溪山东林寺遗址上的那株元代古茶花树已经完全枯死了。而且不属于正常的自然死亡。是出于好意，由于无知，人们终于痛心地把它埋葬在生它养它的地下。那么，我们此次的楚雄采风，主人还会安排我们去拜访那株曾经灿烂辉煌而已是黯淡无光的令人悔恨不及、抱怨难遣的元代古茶花树吗？

我们的疑虑显得多余。到后的第二天，主人便安排我们直驱紫溪山采风。我们采的是自然之风，人文之风，茶花当然属于典型不过的自然与人文融会之风。紫溪山现为省级自然保护区与风景名胜区，因而我们采风的目光与心灵首先就会倾注于茶花，倾注于开茶花的那些古树。

紫溪山最早开发于宋代大理国时期，鼎盛于明清两朝；以寺庙林立而成为滇中佛教圣地。香火最旺时，有“66座林，77座庵，88座寺”，也就是说林、庵、寺多达230多座。即便到了清宣统年间的《楚雄县志》记载，也实有庙宇57座。历朝历代寺庙或毁于地震，或灭于战火，在天灾与人祸所遗留下来的一座座寺庙废墟上，总会有茶花树幸免于难，而顽强地存活下来。这不但是天地奇迹，亦是凡尘常事。因而有句俗话说：“想当年，凡有寺庙处，便有茶花树。到后来，凡见茶花树，便见寺庙遗址。”由于佛教的传入，紫溪山原生的或栽培的茶花称谓都赋予佛教色彩，用梵语尊称为曼陀罗。可见佛教寺庙的兴盛与茶花的繁荣有着十分密切的关系。就以那天我们首选采风的茶花园为例。茶花园位于紫溪山南部，占地1.3平方公里。在挺拔而博大的紫溪山上，这1.3平方公里的茶花园，不是占地很小很少吗？可就在这么小而少的地盘上，在明清时期就建有古竹林、功德林、智光寺、东竹林、西竹林、石笏居、念佛堂等七座寺庙。后来寺毁僧散，香火灭寂、钟声飘逸，但在寺庙遗址上的茶花树依然灿若星斗，难以计数；仅以百年以上的古茶花树至今仍有12株。我们毫不避讳地前去拜访的那株元朝古茶花树，就在东林寺遗址上。

只是难觅东林寺遗址痕迹。那片自然的花草荒野已被一片现代化的花坛建筑铺盖、掩埋、取代。一座精心雕刻的简介元代古茶花树的石碑，依然在显要位置上屹立。石碑上那些被风雨侵蚀了的碑文字迹虽然有些模糊，有些伤痕，但仍能看出往日记载着的古老、奇特的茶花树的引以为荣的历史。令人遗憾、惋惜、顿足、扪心、哀叹的是，碑文所精诚歌颂的那位坛主，早已驾崩，只遗一桩枯根以及树干化成的一堆黑色泥土。我默默无言，欲哭无泪，只是呆呆地望着、站着。我想，这是否犹如人世间，人们热爱谁，就对谁大搞个人崇拜。结果是崇拜者和被崇拜者都同样不幸。在这儿，在这座花坛上演出的，不就是个树崇拜的悲剧吗？果真是：红也红于崇拜，亡也亡于崇拜！

我身边仿佛响起十八年前冬末春初的那天，在这株古老、珍稀但又显得平凡、祥和的茶花树下，那位抗日远征军老兵、义务守花人对我说的那句朴素的话："让它自自然然地生活，就能长寿！"

"自自然然地生活！"这不但是自然界法则，也是人与自然相处的法则。这株元代古茶花树，本来是自自然然地生活得很好。后来是否由于载负着沉重的岁月尘埃和耀眼的历史花环，从而赢得越来越多的人们的尊敬与爱戴，总想让它富丽堂皇地生活，便想当然地改善它的生存条件，像敬奉神灵或帝王那样，从古老的惯例和显赫的权位出发，为之建造庙宇供桌或构筑皇宫宝座。于是，铲茅草，砍杂树，拆茅屋，填沟渠，劈山挖地平整土地，斩断切除了茶花树几百年来密织于周围的根基血脉；再浇上水泥石子打造出宽阔的平台，铺上地砖，砌起台阶，竖起一道道汉白玉石栏杆；这么一来，就等于在地下地面埋起一层层化学污染源，分分秒秒日日夜夜向剩余的树根浸透人造腐蚀液……从外表看，花坛是气派了，豪华了，却破坏了古茶花树生活生存生长的自然环境，它真是有苦难言，说不出，哼不出，喊不出每时每刻遭受的切肤之痛，钻心之痛，便用飘落绿叶、稀疏花瓣来表达其正在遭受的磨难。可是人们还是不懂得花坛之主的病情，看到它精神萎靡，浑身无力，便刨开土层压进几桶农家肥，灌上几袋化学肥，为其补充营养，壮身强体。谁知这些土肥和化肥的加强与烧灼，反而加速了茶花树的死亡过程。当春天不再吐露红白花蕾，当夏天不再吐出嫩绿叶芽，当秋天枝干渐渐下垂，当冬天村民用祭祀的礼仪在古茶花树下燃香灶、烧纸钱或用敬祖的习俗向古茶花树献酒下跪磕头；无论是多么虔诚的祈祷与祝福，坛主早已失去知觉，再由麻木而停止了呼吸……

我在花坛前听知情的友人对我讲述了古茶花树的种种遭遇与劫难，真是一错再错而成千古恨！

面对这座废花坛，这株枯树桩，我问自己能做点什么，我想起十八年前那个冬天，当我首次拜访这株古茶花树时所做的那三点小事。重复一下也许还可以获得某种精神上的安慰。于是，第一，我站在石栏杆外，向这株古茶花树的枯桩鞠躬行礼，依然如当年那样恭敬；第二，我跨过石栏杆，拿出夹在笔记本里的保存了十八年的那几瓣变成紫黑色的茶花，轻轻地放在枯根上，让它也成为泥土，在母亲的脚下安息，算是花落归根吧；第三，我来到石碑前，用手指抚摸着冰凉的碑体，然后掏出手机在屏面上写了一首短诗，以回应当年写下的那首短诗，并站在原地把诗发给了与我曾经在这株古茶花树下合影的友人。短诗是这样写的："四朝五代古茶树，崇拜过度变枯木，空遗石栏守墓坛，满腹凄苦与谁诉？"

是啊，沧海桑田，天翻地覆。有生命的万物，谁能永生不死？从生到死，只不过是过程的长短而已。十八年前那个开花的冬天，我在古茶花树下偶遇的那位抗日远征军老兵，还有一同前来拜访这株茶花树的年近九十的老作家李乔、楚雄师专校长张毓吉、军旅作家郭明孝等，都已先后逝世，他们在天堂又与这株古茶花树相依相聚相惜了吧？

不禁从心底浮起阵阵苍凉的哀伤。从古茶花树之死，我们活着的人，能获得什么心灵感悟？能吸取什么经验教训？当 2012 年世界茶花大会在楚雄召开的时候，假如那位当年任过世界茶花协会主席、澳大利亚植物学家弗利泽先生重踏紫溪山，又来到东林寺遗址，面对他1986年曾经高度赞扬过的那株古茶花树留下的枯桩，他会怎样说呢？而大会的楚雄主人又将对他作何解释？说这株古茶花树曾经用它的生命提前了人类栽培茶花树的历史，但也用它的死亡结束了在红茶花树上嫁接童子面白色茶花的历史……

我走出几步，感到心情沉痛，步履沉重，又回过头去望望那株古茶花树的故居，那汉白玉雕琢的石栏杆，那血红血黑的枯树桩，那难以负罪和问责的花坛，仿佛变成一座无字碑，在无声地叩问过去，在无言地面对未来……

我想建议，就这样原封不动地把花坛保留下来，作为东林寺遗址上的遗址，作为元代茶花古树的祭坛，在祭奠和缅怀中，让人们思索：对茶花古树的生命，怎样才是科学地爱护？对茶花古树的历史，怎样才能文化地延续？

在此后的采风活动中，主人以观赏分析茶花文化为轴心，安排得十分精彩、深入、细致，让我们面对着一株又一株古茶花树，实际、形象地补上了茶花变异与进化、茶花美学与文学的课程，从而使我们捡回了在东林寺废墟上的精神失落，获得了心灵上的自豪、信任与理想，从而更喜爱和尊敬楚雄的茶花了。

紫溪山毫无疑问是茶花的原生地。但由于紫溪山茶花文化纵深久远、横向广博，让我们在一株一株、一群一群古茶花树面前，无法辨认出谁是野生变人工栽培，谁又是经过人工栽培后来落难成野生野长的。特别是在一座座寺庙遗址上的古茶花树，它们只是用满树的花朵、各种品名的花朵、不同色彩和形态的花朵，微笑无语地回答着拜访者询问的目光。然而它们无论是野生型或栽培型的身份，都同样显得可亲可敬可爱。我以为紫溪山茶花树有三大特点：第一是树龄比较古老；第二是古老的茶花树数量比较多；第三是这些古老而众多的茶花树开的茶花都比较美丽。它们立足的家园大致在四种地方：一是佛寺遗址，这是僧人之爱；二是豪宅府城，这是高官之爱；三是土主庙堂，这是毕摩之爱；四是农家院落，这是百姓之爱。

佛寺遗址上的茶花树，大都是百年以上的古树。远看似乎是野生的，走近了，才发现树前有碎砖破瓦铺路，树旁有巨兽石狮守护，树后有古井流泉滋养；每当春风从花叶间吹过，你仿佛能听到当年的老僧念诵经文的声音。佛教是一种精神的文化生命。佛教所依存的寺庙是一种物质的文化生命。而佛教寺庙中的茶花树则既是精神的文化生命，也是物质的文化生命；两者凝集一身，难解难分。

我们在功德林遗址获得了新的感受。这里的一户农家，十八年前我来初访时，记得是一幢泥墙茅屋，而今已新建红砖青瓦楼房。让我们留意细看的是，房檐下的长廊，有几块古旧的砖石铺地，是这家的老人从功德林的废墟上捡来的。“是旧物新用嘛！”老人笑着说，功德林的菩萨不忘旧情，会给他家带来福气。我们当然为他家感到高兴。不然丢在荒野又有谁知道呢？在农家新居留下一点点功德林古寺的痕迹，也是一种文化或文物的保存。然而功德林最好的见证，不是砖石，还应当是那株古茶花树。根据1999年考察的数据，此树基径18厘米，主干虽已干枯，但“枝盛”，测定树龄为250年。我们从史料记载得知，功德林建于“明末”，那就是说，如果这株古茶花树原本的主干不干枯的话，从建寺的明末到现在大约是350年的历史，这当然也会是茶花树的树龄。好在干枯的古茶花树主干树根未遭人为损坏，又挣扎着从基根上发出新枝，这些新枝也颇为争气，不觉已生长到可测出250多岁的基径与树围了。也说明古茶花树的生命比功德林寺庙建筑，更有力量。否则功德林遗址为什么长不出新的功德林呢？

紫溪山几百年间，有多少寺庙变成废墟，只存遗址？实在难以查清。有的靠口头相传指认，有的被荒草灌木掩没，偶尔闪亮几点磷火。而存活下来的古茶花树，往往成为寺庙曾经有过的一种显著标志，也是招展往昔岁月的一面旗帜。我把这点感慨说与同行的一位茶花研究专家，他听后先是点头，接着又摇头。他告诉我，功德林遗址的古茶花树，由于观赏路线近便，知之者甚多。但要了解紫溪山寺庙与茶花树的亲密关系，最典型或最有论证性的还是要数紫顶寺。于是我们边走边谈，踏着寺庙遗址伸出来或收回去的一条条青石小路，拜访着一株株茶花古树……

这个话题首先要从史志记载的紫顶寺的“开山僧祖复”谈起。

明朝开国皇帝朱元璋曾经当过和尚，这是古今众知的史实。那是因为朱元璋贫苦才出的家。想不到的是明太祖朱元璋的第三个儿子晋王朱棡的孙子朱铸臣也在他曾祖父称帝两百多年后的明末时期，出家当了和尚。这倒不像明朝第二个皇帝朱允炆即建文帝被叔叔朱棣推翻后出家当流亡和尚那样的仅仅是一种传说故事。朱铸臣当和尚是有史书为证的。他出身富有的皇家贵族，不会为衣食投身佛门。或许是预感到朱氏朝廷气数将尽而看破红尘？他是先在芦茅山出家，法名祖复，号野山；接着去少林寺承祠了曹洞宗法；后于明万历年间来到云南。对此，《新纂云南通志卷263·释道传3·明》有记载：“祖复姓朱氏，号野山，精修禅定，胁不至席者五十余年。岁戊午，楚雄大旱，为请雨，甘霖立应。后往紫溪山建紫顶寺，度缁流甚众。”朱铸臣来云南的“岁戊午”，为明万历四十六年即公元1618年。他上紫溪山后，先是在薇溪峰北侧功德林结茅参禅。所以史志记载，朱铸臣首先是功德林的“开山僧”。

据说，在功德林时，朱铸臣的茅庵前有一株野生茶花树，每当他参禅念经时，那枝叶和花朵便会随声应和，轻轻摇动，使这株树原本开放的是8瓣单瓣的茶花，便逐渐进化变异为32瓣的重瓣茶花，成为佛缘与自然结合的茶花珍品。后来朱铸臣“应请开紫顶寺”，用古德林化缘募捐所得的基金，对薇溪峰前的紫顶寺进行重建和扩建。紫顶寺从而成为紫溪山最高也是规模最大的寺庙，又称为“望天寺”。对此，紫顶寺石碑刻有“西晋藩山派，枝向曹洞抽”记之。也许紫顶寺之所以享有盛名与开山僧祖复是朱元璋后代有关。另一方面也由于紫顶寺古茶花树的繁多奇丽而增添了光彩。

紫顶寺随着明朝的灭亡而开始衰落，直至清朝咸丰年间毁于兵灾，此后久废。百多年后，即 1992 年楚雄市重建紫顶寺。在紫溪山数百年来毁弃的数百座寺庙中首选紫顶寺重建，表明主持人张方玉先生很有眼光，其意义十分深远。紫顶寺既续写了紫溪山佛缘的悠久历史，而且还有效地保护了许多珍贵的古茶花树。根据紫顶寺重建五年后即 1997 年的调查统计，在寺内及寺附近范围内的云南红花山茶百年以上的古树就有 13 株，按其占有的土地面积计算，不但在紫溪山，而且在楚雄，在云南，在全国以及在世界各国，没有任何地方能够找到如此密集着这么众多而又古老的茶花树。比如在紫顶寺殿侧的一株茶花树基径 50 厘米，丛状即多干树高 3.5 米，树龄 200 年；殿西的那棵茶花树基径 33 厘米，丛状树高 4 米，树龄 130 年；在寺箐边的那株茶花树基径 60 厘米，丛状树高 7 米，树龄 250 年；内行人士告诉我，这三株丛状树干的茶花树，从基径的粗大，就可看出主干肯定比丛状树干粗。只是主干由于种种原因，枯断毁折后才从根部重新生长出枝干；枝干都有这么老的树龄，可想原树的树龄会更老，但我们只能依据现在丛状树干来测定现在的树龄，因此就会少得多。根据传说，紫顶寺的开山僧祖复，当年就在寺内亲手种植过茶花树，如果就是殿侧、殿西、寺箐边这三株，原树应当有 300 多年的树龄。另外，在寺井边半坡的那棵茶花树，基径 56 厘米，独干树高 13 米，树龄就在 250 年；寺牌坊外的那株茶花树，基径45厘米，树高10米，树龄就在200年以上。此外，在寺的井边、中段、石坊，下岔箐等处还有8株古茶花树，其中在下箐上部的是一株双树，基径49厘米，树高7米，树龄200年，而且长势和开花都被专家定级为“茂盛”，这真是让人越看越欣喜，越看越自豪。紫顶寺在遗址上展现了古寺的新姿。数百年后那一株株古茶花树的枝叶，又在僧人的念经声中轻轻摇动；那一朵朵红花山茶又与大雄宝殿的红色烛光亲切映照；这表明那一株株高贵的古茶花树，已不再是被遗弃在遗址上的孤儿，而又重新入寺为树僧，恢复了祖复禅师当年赋予它们的佛家身份！难怪在春风中，那枝叶那花朵都发出了笑声。我想，如果东林寺还在，那株660多岁的元代茶花树，就不会遭受那样的命运了吧。

豪宫府城，即石桑弄遗址，有古茶花树6株；在科研调查时，在“长势”的栏目内，都被授予“茂盛”的评价，等级最高，可见存活良好。高官者不仅官位高，也是为官者姓高。与北宋和南宋相始终的大理国几代国王的相国均为高氏。传至高量成时，曾先后任大理国段正严、段易成父子两代国王的相国，亦先后被国王敕封为“中国公”“护法明公”。后因当年帮助大理国第一位国王段平成立国的37部蛮反叛，高量成率军离都去远方征讨，待平定获胜回朝，其侄高贞寿已居相位，高量成便只好让位于侄。这位当过九年（应在宋高宗绍兴十一年即公元1141年至绍兴二十年即公元1149年期间）相国的被史书称之为“功业盖天地，道德高古人”的重臣，说得好听点是让贤举才，其实是为了避免争权夺位而导致骨肉相残，便离开大理国都城，隐退到封地楚雄（那时叫威楚，为府衙所在地）。高量成时年三十一岁，正是英姿焕发、大展才干之际，却又不得不顾全大局，负重含愤，以求大理国安定团结。高量成先在城西筑德江城，接着又上紫溪山建石桑弄，相当于当今的豪华别墅。石桑弄为古代彝族话，弄为城，石桑何意待考。有关这段史实，离石桑弄一里多的大木克箐上方陡崖上的摩崖石刻《护法明公德运碑赞》有记载，说高量成“公爵地威楚府牟州石桑弄，地处威楚府西隅，去府五十里，地名薇溪，山林茂盛……公顿归，创居处，建宫室……公之处，仲尼有云：仁智者也。四夷八蛮，累会于此；八方郡牧，累盟于此”。由摩崖上的“累会”“累盟”可知高量成虽不再任相国，但仍与“四夷八蛮”会盟，依然关心国家大事，仍为退而不休的宰相。因而石桑城在当年又名相国府。有史籍可考，此府建于公元1150年即南宋高宗绍兴二十年；德运碑摩崖则凿刻成于公元1158年即南宋高宗绍兴二十八年，距今840多年。这位大理国相国高量成的别墅或行宫石桑城，由相国本人及其后代连续使用近百年，而后毁于宋末元初的忽必烈攻陷大理国的战争之中。高相国的石桑城怎能逃脱兵灾之劫难呢？大理国原本是段氏国王和高氏相国两家人的天下。更何况忽必烈在征服大理国的战争中损失惨重，十万军队只剩一万多；“亡失马，凡四十万匹”。元军攻破大理都城，国王段兴智和相国高泰祥在逃奔昆明途中于姚安被俘；段兴智被迫投降而得以保命；高泰祥拒降被押回大理斩首于五华楼下。段兴智任大理国王仅两年便亡于忽必烈铁蹄，时为公元1253年。石桑城建成于公元1150年，到大理国被灭亡，也就是百年左右的时间。那么，作为高量成孙辈享用的石桑城毁于敌军之践踏，也就可想而知了。

石桑城在元朝期间仍为废墟。直到明朝才有僧人在此旧址建清静林。但此寺随之在清朝末年又毁于战火。故而至今也只能用石桑城遗址之地名承接着历史的风烟尘埃。遗址遗下一眼宋代水井，据说是当年高量成饮水之井，被尊称为“高公井”。最为珍贵的是在遗址有限的范围内尚遗百年以上的古茶花树6株。最古老最有光彩的是一进门的那株挂着“相国茶”名录牌的茶花树。满树枝干纵横交叉，满树红花挤在枝叶间，朵朵都是十八瓣的大红花。据说是当年高量成亲手所植。原树的老根主干早已枯毁，现在是从原树老桩根基重新生长出的独干；据测量，新独干已有300多岁高龄，也应当称为老独干了。至于说，有人认为“相国茶”原生母树有800年树龄，这也许是根据高量成来此建石桑城的年代作出的一种推论。因而对于史学家们的原树800年论，植物学家们只好存疑。但不管怎样说，这株“相国茶”现在的独干基径，1999年的调查数据已经粗到43厘米，当时判定为280年树龄，如今十年过去，说它已有300年树龄，肯定既符合史学也符合植物学，从人文的观点看，说它是800岁古茶花树的后代也合情合理。为了纪念大理国的国相高量成在此开园植树，现已将“相国茶”所开的茶花定名为“楚雄大理茶”，有地理和历史的因缘，倒也被人们接受。

除“相国茶”之外的其他5株茶花树，树龄分别为250年一株，200年两株，150年一株，最年轻的那株也是130年的老龄了。而且在“长势”的调查栏目内，全都被评定为“茂盛”。特别要提及的是在“相国茶”身后不远的地方，有一株彝族话叫“色奔”的茶花树，这是在原地野生的茶花树。“色奔”的花朵虽不如“相国茶”那么繁多那么硕大，但其色彩分外火红鲜丽，茶树花朵灼灼，犹如彝族过火把节时竖立在舞场上的熊熊火炬。还有一株虽然已有300多岁，但花形俏丽，由牡丹形变异为半曲瓣形，显得娇柔自然，活泼年轻，被取名为“彝山表妹”。多么漂亮的花名！多姿多彩的茶花燃起了我思想的火花，不禁遐想：石桑城保不住高相国及其氏族后代的生命，保不住深宫大殿的辉煌建筑，不得不衰败为遗址；但石桑城和石桑城遗址的一株株茶花树，却又靠着它们脚下的一片片土地，靠着同样的阳光、月光度过了几百年的风雨霜雪，度过一阵又一阵的刀枪剑戟和厮杀喊声，毫无畏惧地屹立着、生长着、茂盛着，用自己的生命鲜血浸红了一年又一年的千千万万朵鲜花……

在紫溪山，既为宋代相府遗址，又是明代寺庙遗址的石桑城；再加上与之紧密相连的宋代《护法明公德运碑赞》摩崖，如此集中了人文景观与自然景观的地方，这真是唯一而独特的遗址。更为珍稀的是在这片独特的遗址上竟然还有6株百年以上的生命力旺盛的茶花树，哪里还有第二处呢？越看越想我越激动。我以为，过去人们到紫溪山如果首选的是东林寺那株元代古茶花树的话，今后石桑城遗址将会成为人们首选拜访古茶花树的名胜风景区！

除了佛教寺庙遗址和高官府城遗址的古茶花树，我们还拜访了土主庙里的古茶花树！

虽然自唐宋以来，佛教便经由南诏国、大理国历代王朝传入云南，楚雄亦深受佛教影响，因而紫溪山在明清两代成为滇中寺庙众多、香火繁盛的圣地，但居住在崇山峻岭的彝族民众，大多仍然信奉原始宗教，后来才逐渐崇拜土主，村村建有土主庙。土主庙供奉的土主，也就是南诏国、大理国传承的佛教密宗所供奉的大黑天神。所以土主庙神殿牌位大都写着："威灵有感本基土主大黑天神"。土主庙与佛寺不同的是，庙里不再供奉释迦牟尼等佛，而是供奉大黑天神。土主庙一方面受佛教的影响，另一方面也有南诏国彝族文化和大理国白族文化的特色。比如我们去拜访的东华镇夸么村（彝族话，意为大村子）土主庙，这里就把大黑天神崇奉为战神、保护神，胸前挂的是骷髅珠链，而不是如佛寺那样挂的是菩提子珠链。大殿神坛上与主神并列左右的还有水神、火神、地神、山神以及马大王、牛大王、水草大王、青苗大王等神王，体现了农耕社会民众生产生活所需要的图腾崇拜，是当地彝族原始宗教与佛教共融共存的土主庙文化的典型所在。殿前一株200多年的古茶花树，盛开着九芯十八瓣的红色茶花。一位老人说，这满树的茶花就是献给土主庙里的神王的。前不久过年时，土主庙里还聚集了村民举行过祭祀仪式。所不同的是，仪式不请和尚参与，而由彝族老毕摩主持，一切按彝族风俗与原始崇拜程序进行，点燃鞭炮，吹响唢呐，敲着羊皮鼓，杀大红公鸡打鸡卦，念着古歌祈求土主庙众神保佑全村人畜平安、五谷丰登。我们去访问时，还有一棵青松倚靠在茶花树的枝丫上。青松被老毕摩认为是沟通天地与人之间的灵物，当然还有老毕摩使用的鹰爪骨、翅膀骨等法器。特别有意思的是，那盛开红花的茶花树祭祀时开始是被当作神灵来朝拜；然后又把茶花树当作祭祀大黑天神等土主庙众神的祭品，把大朵大朵的茶花敬献在神坛上，或是把茶花枝插在花瓶里贡献给众神。这倒也是佛教的茶花文化与彝族本主文化的结合与发挥，既形象又生动。

在楚雄，如果如前所述，有寺庙就有茶花树的话，那么也可以同样说，有村庄就有土主庙；有土主庙也就有茶花树。因此我们在关注佛教寺庙遗址上的古茶花树的同时，也绝不能忽视土主庙里的古茶花树。虽然土主庙的建筑规模要小于佛教寺庙；土主庙与土主庙相比也存在大小繁简的不同，但土主庙里的茶花树都同样的古老，同样的花开茂盛。比如泽荷村土主庙里的那株云南山茶，基径 30 厘米，树高 6 米；另一株红花山茶，基径 25 厘米，树高 5 米；两株茶花树都是 250 年以上的高龄。又如红墙土主庙里的那株童子面茶花树，基径 20 厘米，树高 7 米，树龄在 150 年以上。而且土主庙里的古茶花树大多是野生的云南红花山茶，经过人工培育与自然变异，又衍生出许多珍贵的茶花品种。比如泽荷土主庙里的那株古茶花树，就进化为九芯十八瓣的红色茶花，自然要登上名录册，被命名为“泽荷”。万家村土主庙里的两株古茶花树所盛开的花朵，被命名为“鹿城春”“楚蝶”，成为茶花界的珍品。因而可以认为，土主庙不仅保护了古茶花树，而且还优化了古树茶花，真是功不可没。

在农家百姓的眼里和心中，由于佛教的影响，茶花是敬献神佛的“曼陀罗”圣花；由于信奉万物有灵的原始宗教，茶花又是保护民众的神灵。紫溪山几百年来佛寺香火的兴盛和衰亡，必然制约着农户村庄的稀少与发展缓慢。至今也不过才有十个小村庄百多户人家，这当然对紫溪山的生态环境保护十分有利。我们访问了几个村的几户人家。倒真是村村户户都有茶花树。除了依傍着寺庙遗址上的那些茶花树较为古老外，他们房前屋后和宅院里的茶花树，大都是野生移植或人工栽培的，树龄就要小得多，这与农户迁入紫溪山的年代好像有直接关系。但这些几十岁的茶花树都正当壮年，长势良好，生机勃勃，花开红火，色泽滋润；农家茶花树最大的特点是树气与人气相亲，树的心意与人的心意相通。不用明说，主人都爱每一棵茶花树。因而每棵树都在使劲地生长，乐意地开花，并以此回报主人的爱。在如此人与树家园般和谐的环境里，我们看见小白狗小黑狗小花狗在茶花树根上随便躺着睡午觉；黄母鸡、红公鸡领着一群小鸡在茶花树脚下扒土吃小虫；当我们仰头观望，只见花枝伸过围墙向蓝天舒展；花朵凑近那一串串垂吊在房檐下的苞谷；花香穿过门窗向堂屋散播春天的气息；仿佛一切都充满生命的活力，都在合情合理地存在着、张扬着。我们看到堂屋的供桌上，在红漆金字的牌位上写着“天地君亲师位”；牌位两边的瓷花瓶里插着几枝茶花；花瓶前是黄铜香炉，插着几支香，淡淡的烟气又去缠绕着花枝；这情景与土主庙的供坛相似，只是供主不同而已。

在农家小院，无论房前屋后或室内室外，都让人感觉到茶花在这个初春的季节，真的成了春的使者，美的使者。在一家农户，我们还看到一位老母亲坐在茶花树下，抽针引线，在为即将出嫁的姑娘赶制嫁妆，仿照着树上的一朵朵火红的山茶花，绣在枕头上，是在为姑娘的婚姻表达一种长久的祝福吧！由此可见茶花文化已经渗透进山村农家的生活环境与心灵世界。至于紫溪山下的坝区里，许多村寨里的许多百年古茶树，更是多得出人意料。特别是永安乡邓官李家村就有 7 株红茶花树，其中一株开的是紫红色茶花；另一株开的是白色茶花；这么一个小村庄就有 8 株百年以上的茶花树，实为罕见；成为人与古茶花树自在随缘亲如一家的范例。

楚雄茶花的日益深入人心，必将日益火爆市场。一些有条件的农户，已不满足于种上几株茶花树来美化自己的家园了。而是大力开发苗圃，种植母树，嫁接新品种，把茶花作为一项美丽的事业，作为一项创收的产品，带动了农村经济的发展。比如我们去访问的河前村小组长张建华家，不但广种茶花树，出售盆花，还在茶花掩映的院子里办起了农家乐，成为一处赏花休闲餐饮的旅游热点了。主人乐呵呵地说：茶花一开，农民的日子好过多啰！

俗话说：外行看热闹，内行看门道。对我们来说，拜访了佛寺遗址、豪宫府城、土主庙堂、农家院落这四类地方的古茶花树和树上盛开的鲜花，就觉得是春风得意般地热闹起来，就以为我们已经由外行变成内行，看出楚雄茶花的门道来了。可是不！楚雄市人大主任、散文家李丕良站在古茶花树下，满脸满身飘荡着红霞般的花影，微笑着用他那彝族腔的普通话对我们做了现场介绍。他说，楚雄市用了两年时间，请来权威植物学家冯国楣和茶花专家夏丽芳、张发明等 16 人组成了实地调查与科学鉴定委员会，对于有百年以上树龄的，而且是开重瓣和半重瓣花的古茶花树一株株进行调查测定确认，并写出了《楚雄茶花资源调查报告》。鉴定委员会对此报告的评价是："基本摸清了楚雄市的云南茶花品种资源，……反映了客观实际，其内容是可靠的，……调查表明楚雄市具有栽培云南茶花的悠久历史，这次调查发现的六十多种茶花母树就充分证明了这一点。楚雄的茶花母树数量之多，分布之广，树龄之老，为全省之冠……

同时发现了十个没有记载过的新品种，这更是极大的成果。”那么“门道”是什么呢？是茶花科学文化的传承与发展，不仅是普查和加强了对这 67 株古茶花树的研究与保护，而且还发现茶花在自然变异中完成的十个新品种并给予鉴定命名，这就是：楚雄茶、鹿城茶、泽荷、胭脂、国楣、楚蝶、色奔、紫溪、东林、紫焰。上述科考成果在六年后即 1996 年经云南省政府批准的由云南省林业厅公布的《云南省古树名录》中得到确认。《名录》公布的全省茶花古树共 111 株，其中楚雄市 67 株，占全省茶花古树的 60.4%；而在楚雄市的 67 株中，紫溪山占 43 株，占全市茶花古树的 64.2%。我想，对这些用足迹与指印、用汗水与智慧、用植物学与历史学所获得的数字，已包含着那一株株茶花古树所经历的几百年风雨、几百年残阳、几百年月光；也包含着几百年身影、几百年枝干、几百年花开花落；即使是像我们这些外行人，仿佛也不需要更多的语言来作解释了。更何况两天来，我们已经在实地现场看了很多，想了很多……

当夜，我们在彝人古镇的歌声舞声与酒香花香中散步、漫谈，遥望紫溪山，那暗蓝色的山峦之上，是闪烁着点点金星的天空；而在这两者之间飘浮着一朵朵红霞，我想，那红霞便是那一株株古茶花树盛开着的茶花；是茶花把紫溪山装扮得更加多姿多彩，更加令人神往。

根据采风日程安排，明天我们将远程长途奔赴黑牛山，去拜访不久前才发现的多得不计其数的野生古茶花树，等候我们的又将会是怎样的美景奇观呢？

原载《边疆文学》2010 年第 7 期；入选散文集《鹿城春》，云南人民出版社 2010 年 12 月出版；入选《作家文摘》2010 年 11 月 5 日。

德昂山寨泼水节

我们从瑞丽出发经畹町，一路无阻地来到三台山下公路边的一拐弯道处，大客车戛然停在独具特色的寨门下。司机说是车太大，路太小，开不上去啦！全车人只好下来步行上山去访问德昂族山寨允欠，那里有个泼水节在等待着我们！

泼水节？高山上的德昂族也过泼水节么？

正午的阳光很辣，像火球悬在头上。踏着弹石路上的鹅卵石，一步一步往上跋涉。头上的汗水刷刷地滴落在脚下的石头上，立即被化成一缕缕水蒸气，仿佛还喷发出那种凑热闹的蝉叫的声音。本来路是越走越近的，但由于天热坡陡，反而感到这路是越走越远了。抬头看看，那地名叫允欠的山寨还藏在更高处，在一朵朵火红的云彩飘荡的地方。有人说，这山寨不算高，几年前的允欠寨比现在的允欠寨还高出几个山头，是坐落在三台山的山顶上。由于缺水少地，交通又困难，整个寨子只好往下搬到大山下的小山的半山腰。搬迁前的2001年，全村每年人均粮食仅为290公斤，少得吃不饱肚子；钱更少，每年人均经济收入仅有582元，是新世纪贫困山村中的特困村。我们云南有一句格言流传于各民族村寨之间："要致富先修路！"可是对于交通困难的允欠寨，却总结出另一句脱贫箴言："要致富先搬迁！"于是这个穷得不能再穷的寨子七年前从山头搬下到山腰来了。

其实，搬迁找个地方建新家，对于德昂族来说早就有祖先遗传下来的思想准备和风俗习惯了。从远古歌谣中，德昂族的子子孙孙就常听常唱那些祖先们迁徙时的艰苦与快乐。不就是丢弃那难以遮风挡雨的烂草盖顶的竹楼，也不消背粮仓，也不用赶牛牵羊抱母猪，最多有一两条小狗跟着走，那简单的家说搬就搬了。允欠寨搬迁以后，虽然还叫允欠寨，但生产生活果然不同过去了，2008年全村人均纯收入为2684元，比全乡人均年收入的1875元高出809元；粮食多得不想统计数字，吃不完还拿去喂鸡喂猪酿酒喝。村里的老百姓除了种植水稻、玉米、甘蔗和果树外，还大力发展养殖业，家家户户都养牛又养猪，仅是猪的存栏就有219头，还饲养着能够不断繁殖的母猪46头，出售仔猪493头。还有猪粪等人畜粪归笼起来在沼池里发出的沼气，简直比用电还省钱方便，也改善了寨子里的清洁卫生。此外，家家户户还种植经济林木，全村达到400多亩，平均一人4亩，那些水果卖的钱，比卖粮食收入的又多又快。寨子里还有几家人买了拖拉机。我们步行上山的这条路，就是拖拉机走惯了的路……

听着这些令人高兴的信息，好像太阳也不那么辣了，弹石路上的石头也不烫脚了，走路也轻松起来，谈笑间不觉已到允欠寨。其实这个寨子很小，全村26户人家，119人。为观赏全貌，我迈步连登百多级石台阶，来到最高处的文化室门前。带着果木香气的山风一阵阵吹来，顿觉凉爽轻快。放眼下望，26户人家像刺绣的山花点缀在绿树之间的红土坡上。每户人家都是青瓦楼房，围墙小院，院墙上攀满了火红的三角梅花或银白色的蔷薇花。一群群少年儿童骑着越野自行车进行飙车比赛，在寨子中间的小路上横冲直撞，让那些追随小主人的黑狗黄狗花狗总是跟也跟不上，只好边喘气边发出汪汪汪的叫唤……

文化室左边是宽敞的篮球场，为全村民众聚会的地方。再靠左是全村最大的建筑：奘房，也就是小乘佛教的寺庙。在允欠寨最高的这条风景线上，彩旗飞扬，鲜花飘香，大喇叭广播着民间歌手的吟唱；还有村民们在广场上三五成群地叙谈着，欢笑打闹着。只有一支十多位男女老少组成的乐队在不停地演奏着，有的在敲象脚鼓，有的在敲铓锣，有的在吹唢呐，有的在吹葫芦丝，虽然没有统一的乐队指挥，但都能协调地把德昂族的山歌乐曲的情调表现得浓浓郁郁……一位来自美国的女作家对我说：这么美妙的土著民族的乐队，要是在纽约的大剧院演出，一定会倾倒那些富豪们的！我对她说：是的，文化的价值，不取决于贫富的悬殊。在德昂山寨，我听到了同样美好的乐曲！

还有在场子上、人群间摆放着的红色、蓝色、绿色、黄色的塑料桶和塑料盆里盛着的满当当的清水，被鼓声、歌声、笑声的声浪震荡着闪耀出一道道彩色的波纹，犹如一幅幅动画。这么多的水，要是在允欠寨的老寨里的时候，人们才不会舍得拿出来泼水呢，起码够全村人喝上半年的了。如今新寨旁边修建了一座拦水坝，蓄起的水像一座仙女湖，山依然很高，水却不再远了，满满的蓄在山的胸怀，过泼水节，谁还会为水发愁呢！一位惜水爱水的老人说：今天要大大方方地泼水，不就是泼掉一场雨水嘛！过几天一下雨，泼出去的水又从天上回老家了。围绕着泼水节的这些议论，使我对德昂族另眼相看。过去我只知道除了坝区的傣族过泼水节，山上的布朗族、佤族也跟着傣族过泼水节，今天来到允欠寨，眼看着德昂族也在过泼水节，确实觉得新奇。

此前我对德昂族的知识，只是从州志上看到点滴。德昂族是德宏傣族景颇族自治州少数民族中的极少数民族，大约仅占全州总人口的百分之一点二，潞西县有六千多人，占全州德昂族的三分之二，比较集中在三台山乡和勐戛乡两个地区，德昂族与傣族一样信奉小乘佛教。德昂族虽然人口较少，但历史文化却十分古老悠久。文化艺术遗产特别丰富，除民间口头文学，还有用傣文记载的历史、传说、诗歌等。如记录先祖传说的《达方达楞格莱标》，叙述创世纪的《葫芦的故事》等，都是德昂族经典的叙事长诗。由此看来，德昂族与傣族的历史文化比较相近相亲。德昂族与傣族一起过泼水节，也就是理所当然的民情风俗和宗教信仰了。而且德昂族除过泼水节之外，还与傣族共同过开门节与关门节。所谓开门节，是指农事忙完，期盼丰收的那段时期，青年男女可以开门出去谈情说爱了。而关门节的意思，则指一年当中在进入繁忙的农耕季节之后，就不许青年男女出去自由恋爱，要集中精力和时间进行劳动生产了。可见傣族与德昂族的民族文化既各有特色，又是亲密融合、难解难分，说明民族间的传统友谊是源远流长的。

长期在德宏州工作，曾经担任过州委宣传部长的陈志鹏，十分精通傣族、德昂族、景颇族等民族的历史文化，对保护和发扬各少数民族文化作出过重要的贡献。正是由于陈志鹏和其他一些同志的关注和建议，德昂族才由过去的族名崩龙改为现在这个比较准确而又蕴含美意的称谓。为什么更改族名呢？经过陈志鹏的阐释解说，让我感到心服口服，也增长了民族文化知识。

原来，崩龙并不是本民族的自称，而是傣族人对他们的称呼。崩龙原为傣话，崩，为波的谐音，意思是父亲；龙，是丢在大江里的动词，全意是父亲被大江冲走了的族群。这也许是从远古洪荒时期的传说演变而来的故事。甚至还有一种说法：崩龙是父亲被丢进大江里的民族。无论是父亲被大江“冲走”，或者是父亲被“丢进”大江里，本民族都不乐意接受崩龙这个族名。经过长期的调查研究，加上本民族的读书人越来越多，陈志鹏发现，在很早很早以前，崩龙人的自称是德昂！按其本民族的民间艺人解释，昂，是指山崖或崖洞；德，是指祖先；连起来就是说德昂是居住在崖洞里的民族。这与远古时期人类经历的穴居生活很有历史渊源关系。经过陈志鹏的多方沟通、说服，为了尊重本民族的历史文化传统和群众的愿望，经过人大的审议和批准，崩龙族才正式改名为德昂族。德昂，德昂！叫德昂也比叫崩龙好听多了。德昂族名赢得了本族的民心，也获得了傣族、景颇族等其他民族的尊重。

在探讨德昂族历史文化的闲谈中，我发觉篮球场上前来过节的村民越来越多了。老人们都喜欢穿黑色的衣服。中年人穿戴也比较朴素。最鲜艳华彩的服饰便是那些未婚的姑娘们了。脖子上佩着银色大项圈。全身上下，从包头的两端、衣领、衣襟甚至衣脚、裤脚上都缀上许多彩色的小毛线球，仿佛一个姑娘就是一棵鲜花盛开的大树杜鹃。人们谈笑风生，大多以性别或年龄来组成群落。我大略数了数，将近百人。人数虽少，但过泼水节的气氛却是特别的浓烈了。你想想看，一个只有26户、总人口119人的小山寨，来了这么多的人，几乎是全寨人都来了。老的老，小的小，甚至还有吸奶的婴儿，背在背上的幼儿，也都在母亲的怀里或奶奶的背上来欢度泼水节，对允欠寨来说，还不是最盛大的节日集会么？

两天前，我们在陇川章凤参加傣族泼水节的上半节，也可以称之为采花节。为了在泼水节中向佛赕花——也就是献花，各村各寨的群众要去深山旷野采摘各种鲜花。据说，麻栗树结果前的花是佛最喜欢的花。这花也只是山野里才有。那一天，几百辆卡车、客车、中巴、轿车、拖拉机满载着群众浩浩荡荡从县城出发，沿途还有乘牛车、骑摩托车、电动车、自行车的人流加入，上万人的采花队伍像一股股山泉涌进了深山。采花前，各村各寨都要分别表演歌舞节目，敲象脚鼓，敲排铓，跳孔雀舞，唱古歌，真是人山人海、欢欣鼓舞。联欢结束后，才分别入林采摘鲜花，以备第二天在章凤广场上用。相比之下，允欠寨的如此盛大场面，最多只是那里的一个小小的角落。但是节日的意义并不完全在于人数的多少。如果按人口比例来说，陇川的盛大，出动的人口比例肯定没有允欠寨的比例高。这当然是说笑话了。我们采风团的同行，也许都想要为小小的山寨找点理由来幽默一下。

前天的傣族采花节自有前天的感受。今天的德昂族泼水节，有着不同样的程序。允欠寨的泼水节仪式是从奘房的老和尚吟诵经文开始的。老和尚披着金红色的袈裟，面向祭坛上的佛像，用他那庄重洪亮的声音朗诵着每年都是同样的颂词，请佛接受德昂人的祈求，保护全寨人畜清吉平安，生产发展，日子一天比一天好起来。在那如诗如歌的诵经声中，群众朝向奘房和寺前的花坛或跪或坐在地上，微闭双眼，也在默默地表达着各人自己的美好愿望。此时，整个山寨，整个场子上，只有老和尚诵经的声音，春风吹动祭坛上的鲜花的声音，偶尔还可以听到一群一群的蜜蜂飞到花坛上的鲜花丛中采蜜的嗡嗡唱歌的声音……

诵经与祈福的仪式结束，歌手用长长的拖音唱起了德昂族的祖先留传下来的歌谣，从出生的崖洞唱起，唱到洪水泛滥淹没到洞口的时候，象脚鼓咚咚咚地敲响起来，铓锣当当当地敲响起来，唢呐哇哇哇地叫喊起来，葫芦丝呜呜呜地鸣响起来，泼水节开始进行最神圣的仪式：浴佛，也就是给佛泼水了！

在花坛后边的高处，有青枝绿叶和花枝果枝搭成的凉棚，分别划出地盘供奉着玉石佛、檀香木佛、紫柚木佛、金佛、银佛、瓷佛；棚内红烛闪闪发光，香炉燃烧着一支支粗细不同、长短各异的香条，这都是村民们敬献给佛的。凉棚外高架着用巨大的圆木雕刻装饰成的长龙，龙头伸进棚内向着排列有序的各个佛像，龙身腹部挖空而成水槽，龙尾翘起来表示在倾力游动。彩龙身前用木板搭成台阶，方便人们走到龙的身边。在老和尚的引导下，跟着是全村最老的几位老人，每人都拎着盛满清水的红塑料桶，拾级而上。来到彩龙面前，在老和尚的念经声中，老人们把一桶桶水依次倒进龙身木槽里，哗哗流淌的带着祝福和祈祷的水通过龙头的大嘴流出，喷洒在各个佛像的身上。于是，水！水！水的欢呼声飞腾而起。村民们通过彩龙流出的水，冲洗着一年来积留在佛身上的灰尘。洁净的佛就能保佑村民们消灾免疾、吉祥幸福，生产发展，日子好过了！老人们给佛泼水后，全村的村民便欢呼着争先恐后地提着水桶上去，把水倒在龙身木槽内，龙又把村民们的水源源不断地泼给佛……水流着，烛光照射着，香烟弥漫着；泼过水的村民们又把一朵朵或一束束鲜花泼进凉棚内；水花和花朵五彩缤纷，使浴佛的仪式达到了高潮！

老和尚也转过身来，面带微笑，掀起袈裟的长袖向村民们挥舞着，示意浴佛可以结束了，村民们的泼水节开始了。

老人们对村民互相泼水好像兴趣不大，便相邀在花坛前，面向凉棚里的佛像席地而坐，双手合十，喃喃地默诵经文祈祷着，或是分别点燃香火，或是把一串串芭蕉、一个个柚子、一包包糯米饭，端庄朴素而又虔诚恭敬地敬献给佛……

大多数中年、青年男女们早已后撤到篮球场上，牵起手来，围成一个大圆圈，跳起舞来。泼水总是由少年儿童首先发动的。他们或提水桶或端水盆或举起水枪，把不同颜色的水花洒向跳舞的人们！

于是，欢乐祝福的泼水节把水的主角充分显露出来。一桶桶、一盆盆、一碗碗水，泼向你尊敬的父母，泼向你友好的亲人，泼向你喜爱的恋人，甚至平时不大来往的长辈你都可以毫无顾忌地向他们泼去！那些穿戴得漂亮的姑娘们更是小伙子们首先泼水的对象，你想追求谁，就向谁泼去吧！泼水是心灵的倾诉……

我们前来采风的作家们当然也是泼水的对象。只是不像村民之间的泼水，那仿佛是一场泼水的战争，有的混合搅成一团，相互埋头乱泼；有的乘胜追击，你跑到哪里便泼到哪里；有的突然袭击或从背后偷袭，总之，什么勇猛式、温柔式、礼节式的泼水绝招都使用出来，发挥得淋漓尽致了。我刚被人当面泼了一盆，还没醒悟过来，背后又挨了一盆，把我在水花中转来转去，最后只好在笑声中落荒而逃。虽然你对泼水可以防备，但你又防不胜防，因为你不能拒绝别人对你泼水，这是对你的祝福，对你的激情，对你的尊敬啊！

我曾经参加过西双版纳、耿马、孟定、瑞丽、芒市等地的泼水节，接受过许许多多傣族民众对我的泼水。但在允欠寨，却是第一次欣领德昂族群众对我的泼水！我感到十分高兴啊！德昂族泼水节的水，把我浑身淋湿，我不觉寒冷，而是享受灿烂阳光下的一阵清风，一片凉爽，一种春天的洗礼！那一片片水花、一滴滴水珠也带着德昂族群众的美好愿望和祝福，泼进了我的心里！

在允欠山寨与德昂族群众度过了一次令人永远难忘的泼水节。告别主人下山的时候，我转过身去，向着篮球场上那一群群还在泼水，还在跳舞，还在唱歌，还在敲打着象脚鼓、铓锣，还在吹奏着唢呐、葫芦丝的村民们，大声地喊道：“谢谢！”我怕他们在欢乐声中听不见，又一次高声地喊道：“谢谢！”来自北京、上海，来自香港、台湾，来自印尼、文莱、马来西亚、新加坡，来自美国、加拿大、澳大利亚、新西兰、荷兰等各地和各国的作家们，也都用不同的腔调或不同的语言，说着相同的“谢谢”！小小的允欠山寨，在“谢谢”声中，仿佛一下子变大了胸怀，因为她已经蓄满了作家们对德昂族泼水节的欢乐泼水……

原载《边疆文学》2010年第7期；入选《世界华文作家写德宏》，人民日报出版社2010年6月出版。

童话的家园

我曾经一次又一次地路过南华前往滇西，或者一回又一回地途经南华返回昆明。每一次仿佛春天的新风、秋季的骤雨，或似夏天的流云、冬季的候鸟，都是那么匆匆急促地与南华擦肩而过，要不就是那样依依不舍地与南华挥手道别。如此这般往返，不知不觉间便失去了许许多多与南华相识深交的机会，除了“九府通衢”“交通要地”这两句经典名言留在记忆里，我还能知道南华更多的什么呢？

后来，不知从哪年哪月开始，从往往返返的行驶中，在我视觉左方或眼界右侧，在那连绵起伏的崇山峻岭之上，突然耸立起几座直插天

际的蘑菇状巨型建筑物，有人惊喜地手指着呼喊着：菌王、菌王、菌王……

“菌王”！如此奇特而又真实的创意与营造，可以说在全世界任何地方都不会有或不曾有比南华更壮观的“菌王”了吧？那“菌王”无论春夏秋冬，无论风吹、雨飘、云过、鸟飞，总是坚守着它的岗位，履行着它的职责，给南华人，当然同时也是给我们这些过客，发射出一种大山的精神，张扬着一种高原的情怀，不仅让大山、让高原，更让生活在大山里和高原上的人们受到一种菌的启示，菌的鼓舞！由此，不管那座山原先叫什么名字，人们便自豪地称呼它为“菌王山”了！

我终于如愿以偿，走进了被“第五届世界菌根食用大会”授予“野生菌王国”桂冠的南华县的菌王山！在山脚遇到几位农妇，她们或背竹箩或挎竹篮；箩里篮内已经装满了色彩斑斓、气味喷香的各种野菌。她们指着菌，连声地问我们要不要买点新鲜菌？我微笑着回答说：我们这就上山去采菌呢！一位姑娘忍不住笑出声来，打趣地说：你们呀，这会儿才上山，怕是去捡马屁泡菌掉在树根的露水？

就在这么笑谈中，我了解到，原来菌王山早先叫猪头山。也许是山形像猪头而得名的吧！或者是出于民间祭祀习俗，敬天敬地敬神敬祖先，都是用猪头作为贡品，才把这座山取名为猪头山的么？俗语说，靠水吃水，靠山吃山。猪头山的山脚有三座村落，村名分别叫上山脚、中山脚、下山脚，村与村既相连而又分界隔开。我们便抄近路从上山脚村迈步上山。一路上不断遇到采菌归来的妇女们，三五成群，有的是一家一伙，有的是好友结伴，无论采菌收获多少，她们都是兴高采烈地下山而去，想早一点赶到县上的菌市场，出售鲜菌。虽然采菌是为了卖钱，但她们说菌不完全等于是钱；采菌有益于身体健康，是一种快乐的劳动。怀着这样的心态，一路上我便理解菌王山所给予人们的，不仅是物质利益而且还有精神财富。难怪人们会如此热爱菌王山，保护菌王山。

菌王山也被采菌的妇女们爱称为阿爹阿妈。一位像是读书人的姑娘说，很难分清，也不便定性，究竟树林是父亲，还是山地是母亲？那松针，那麻栎树叶，那杜鹃花，那橄榄果、棠棣果，长年累月掉落在地上，不都化为泥土了么？那土地或红色或黑色或蓝色，日日夜夜地哺育着生长着各种树木花草，从小到大，从青壮年乔木到老树枯藤，时时刻刻在忠心耿耿地守望着这座山和这座山上的土地。还有天上飞着的老鹰，树上歇着的小鸟，箐沟里出没的野猪、刺猬；山洞中栖息着的狗熊、山猫，不都与野生菌组成这菌王山生态的大家庭么？边走边听边看边想，我觉得菌王山上不仅是野生菌可爱，那伴随野生菌的每一片土地、每一座山岩、每一棵树木、每一株小草、每一朵野花、每一道泉水，也同样的可爱可亲。无论上山脚村、中山脚村、下山脚村的村民，正是对菌王山充满了爱，而不是到山中抢劫或掠夺，所以菌王山才成为野生菌的家园、野生菌的宝库，也才成为村民们寻找经济收入、获得友情亲情的靠山……听说我是省城来的老作家，一位妇女指着林中的一条小路说：你从那儿走进去看看，那几棵老松树下有几窝小菌苗，刚才我是舍不得采完，想留着明后天给别的乡亲们来采……

看，还有这么好心的采菌人。说明菌王山不但创造着野生菌资源，还培养着采菌人善良的品德。我便约上几位文友想去看看那几棵老松树，想去寻找采菌人留在树下的故事。

由此而想到人们常说的一句老话：采菌路上，有菌无菌不打紧，只要采得一路好心情！

不一会儿，走进森林深处果然看见了刚才路遇的那位采菌女人所说的那几棵老松树了。松毛铺在地上，有黑色、黄色、绿色，这是不同季节、不同年代从树上飘落的色彩标志。也说明采菌人为了养育菌儿，才不约而同留下的温床。要在过去，撸松毛回家当柴烧，那可是村民们争先恐后的一项较劲。没有松毛覆盖的山地，会生长菌儿么？人们的心里当然明白。但为了当时眼前的松毛，谁还会管以后的菌落到谁家？可是如今变了，价值观变了，菌王山也培育出有利于野生菌的种种风气了。

这么柔软的松毛地，说实话，我还真的不敢重踩。但看见树下的菌苗像一朵朵打破碗花那样盛开在松毛之上，便怀着喜悦的心情，快跑几步来到松树下。我不是行跪拜礼节，而是看见菌的一种喜悦，竟然使自己忘了年岁七十老几，便跪下右膝，趴在地上欣赏起来！啊！几十年来未见的松毛菌，蛋黄色，那么鲜美，那么可爱，有的像娃娃举着小伞，有的像刚出壳的绒毛鸡雏，仿佛还听到菌儿们在轻声地诉说着：我们还小呢，让我们多活几天，再长大些吧！于是，我懂得那些采菌的妇女，为什么会不下手采摘这些菌儿，毕竟她们都有做母亲的心啊！前些时在山区五街的市场上，也见过彝家妇女竹篓里的各种各样新鲜的菌，其中就有松毛菌。我也曾抓起几朵仔细欣赏过。但与此刻相见的树脚下的松毛菌相比，感到这些生机勃勃的小生命，就如同另一篇童话里的一句句优美的句子，看着读着都入心。我甚至想伸手去抚摸一下，也忍住了，生怕手指会伤害这些菌儿的生长……

然而我更大的收获却是在此后的一次欣然的奇遇。出了松林，我在路上看到一少一老；一位年轻的姑娘，身上背着竹篓，篓里装着冒尖的一朵朵野菌；她用右手挽着一位白胡子老爷爷的左臂，老爷爷的右手拄着一根竹拐杖，再一细看，原来老爷爷已是双目失明。这满载而归的爷孙俩，正谈笑风生地说着在山上采菌的乐事呢！

我立即产生了访谈的兴趣，便与这爷孙俩边走边问询起来。想不到我竟然听到了一个美丽的童话……

姑娘说，昨天晚上，爷爷虽然看不见闪电，却听到一阵又一阵雷鸣，好像军前鼓舞士气的擂鼓一样。过了一会儿，又听到雨水淅淅沥沥赶路的脚步声。爷爷左手扶着廊柱，右手伸出去接着房檐瓦沟里流下的雨水，喜滋滋地喊道：孙囡，雷声雨声就是老天呼喊菌子出生的声音啊！

今早，门头上的燕子唱着歌谣，果然是个好晴天。太阳刚刚钻出云层，姑娘就背上竹箩，牵起拄着拐杖的爷爷，离开家门，向菌王山慢慢走去……

“爷爷眼睛看不见，能找到菌子吗？”

姑娘说，爷爷与菌子心灵相通。到了菌王山，走进一片森林，不用看，爷爷竖起耳朵听听，再深深地吸上几口气，就会用拐杖指点着，让孙囡牵着他走近一棵棵松树，准能找到一窝又一窝，一塘又一塘的菌儿……

姑娘说，记得小时候，是爷爷用竹箩背着她，领她上山，教她进林找菌子。那时爷爷眼力很好，运气也很好，一早上准能找到一竹箩菌。然后是爷爷背着装满菌子的竹箩，牵着孙囡的小手，下山进城卖菌去。后来，爷爷双目失明了，孙囡长大了，生活又倒过来了，演变成孙囡牵着爷爷到菌王山上找菌……

姑娘说，爷爷不来，她哪能找到这么多这么好的菌？她扭头指着竹箩给我看：这不，松茸菌、松毛菌、牛肝菌，样样好菌都有了，满满一大箩！爷爷还一再说，不要采完采尽，在菌塘里留下些骨朵小菌，过些天再来采！

爷爷也顺手摸着竹箩里的菌，笑眯乐呵地对我说：孙囡就是我的眼睛啊！

我感动得泪水盈眶，也不便再问：爷爷为什么双目失明？双目失明又为什么能看得见崎岖的林中小路，找得着树下的菌儿？我不想耽误爷孙俩进城卖菌的宝贵时光，只得留下许多不解而又美好的疑问让自己继续思考。也许爷爷之所以坚持上山进林找菌采菌，其意义并不完全在于菌的本身，还在于坚持自己的人生追求，享受大自然给予老年人的特殊乐趣，也在于给他的孙囡闪耀一种珍贵的劳动价值，燃烧一种不息的自强精神？看着爷孙俩渐渐远去的背影，我听到林涛在风中发出的声响：哗啦啦，哗啦啦，绵延多情，爱意深沉。我转过身来，面对郁郁葱葱的菌王山，真想大声地说：菌王山，我听见了，你告诉我，你有采不完的野生菌。因为你是一座童话的家园！

原载《人民日报》2013 年 12 月 4 日；入选散文集《菌香南华》，云南民族出版社 2014 年 3 月出版。

祝福彝寨老战友

以我参军时的年龄和在部队时的军龄推算，能够被我称为老战友或有资格称我为老战友的，起码都应该是花甲古稀之年的老人了吧。但是不。今年四月，在满山遍野的大树杜鹃高举着红霞般花朵尽情燃烧春光的季节，我在兰坪县富和山中的一座彝族古寨里认识的两位老战友，只不过是七八岁的小学生。我们匆匆交臂，又匆匆礼别，那短暂的时光却铭刻长久的记忆。当我乘坐的越野车从暮霭

中徐徐启动又缓缓驶向夕晖的时候，我按下车窗回头向他俩挥手致意，只见他俩光着脚板，并肩站在路边的一棵老树桩上；那位稍小一点的老战友，左手握着竹弓，举起右手向我敬着军礼；那位稍大一点的老战友，由于右手握着木剑，便举起左手向我敬着军礼；两位年幼的老战友的右手和左手一直搭在他们的右眼或左眼的眉额上，像雕塑般地搭着，久久地搭着；但却发出了雕塑发不出的长长的呼喊：老战友，老战友……

此时，四野苍茫，远山暗蓝，春风也变得寒冷起来。不知为什么，我忍不住流出了泪水。而我却依然看着，看着我的两位年幼的老战友对我行军礼的身影和他俩站立的那棵老树桩渐渐地在我的视线中模糊，消失，最后只见他俩头顶的上空飘摇着一团团乳白色炊烟……

我怎么会这样偶然地与他俩相遇相知，又怎么会这样必然地与他俩难分难舍呢？直到现在我还说不出他俩的名字。只能翻出我为他俩拍的照片，分别指着说：这是稍小一点的老战友，这是稍大一点的老战友。也许可以认为是一种缘分吧。因为我不但曾经有过像他俩一样的七八岁的童年时代，也曾经有过与他俩相同的渴望和心愿……

这天上午我们拜谒了兰坪县城二五山上的轩辕祠，带着这里是“轩辕皇帝故里”的“山海经”谜团向啦井镇驶去。我听说那是一处显赫于滇藏川交界地的父亲般的盐井；也是一处享誉于怒江、澜沧江、金沙江三江并流区域的母亲般的盐井。在没有史书和已有史书记载的遥远的年代，啦井镇生产的盐，对于生活在崇山峻岭、峡谷盆地、雪域冰川的各民族劳苦大众来说，就像儿女的父亲母亲一样重要，每年每月每日每餐都不可缺失。可是我们却不能与苔痕深处的喇鸡鸣井的断碣残碑约会，对那些久经风雨侵蚀、久历马蹄打磨的盐马古道，最多也只是投以深情的一瞥，不得不与那位德高望重却无法说清年岁而又依旧行进在茫茫林海，徜徉于滔滔江河的历史老人擦肩而过。对此我们不会轻易说声遗憾。为了科学地保护三江并流的自然生态环境，喇鸡鸣井已经停止了用卤水熬盐的生产。至于那些古井古灶古盐，作为古迹古物古史，我们还可以另找机会前去叩问。而我们此行的主要目的是去寻访富和山中的一棵树，一棵大树杜鹃，它存活了吗？开花了吗？它至少是我感兴趣的课题之一。因为我觉得这棵大树杜鹃的是否存活与是否开花，是否种植着一种信念，寄托着一种希望呢？

连日来，在兰坪山脉和江河、乡镇和田野交织的经纬线上，我们无论行进在通甸罗古箐、河西大羊场或啦井富和山，不但有普米族、白族、彝族、傈僳族等各民族的美酒歌舞相迎相送，还有盛开着紫红、粉红、鹅黄、粉白等各色花朵的灌木杜鹃、大树杜鹃或列队或集阵相迎相送。但是事物都有个比较而言，还是富和山的大树杜鹃分布最为广阔，成林最为密集，开花最为繁盛，色彩最为鲜艳。一进入富和山腹地，我们便被涌动在蓝天白云间的大片大片杜鹃花林所喷吐的红潮吸引而停车观赏。为了走进杜鹃花树海的怀抱，我们在宣传部长和贵群的带领下，攀爬长长的陡坡牧场，进入高山上的树海花浪中。面对如此繁茂的大树杜鹃林，面对如此铺天盖地的杜鹃花，我们在高声赞美、欢欣鼓舞之余，却发现了破坏自然、令人惋惜的某些场景；林中有一个个被挖走大树杜鹃后留下的深坑，黝黑的泥土上落满了残花、枯叶、断枝……和部长指着深坑痛心地说：肯定是被商贩偷挖盗卖给城镇去美化市容了。可是这些大树杜鹃离开了生它养它几十年几百年的家园，又有多少能在异地他乡成活开花呢？十年树人，百年树木啊！

我们弯腰上山的时候感到步履艰难，是因为这里海拔 3000 多米的高山越爬越高；而转身下山的时候更觉步履沉重，是由于眼前总是晃动着那一个个被挖走了名木古树后留下的深坑，仿佛那是富和山难以愈合的伤疤，也让我们心疼。和部长默默地走了一段下山路，经我提醒，便把昨天谈起过而没有说完的种树的故事详细地讲述起来。他说，1995 年，他作为一名年轻的教师，到富和山中的草坝子创办了一所小学，看着先是一两个，两三个，接着是几十个少年儿童来校读书，心情犹如杜鹃花开一样地感到高兴。一天，他领着学生们到雾湖进行自然活动。想到育人育树的哲理，为了启示自己，激励自己，便在湖畔的山上种了一棵小小的大树杜鹃树。因为他看见这里的山体是坚硬的岩石，泥土稀薄，地上只有一层浅浅的腐殖土，这是一代代古树大树们千百年来用自己的枯枝、落叶、花瓣、果实甚至自己的骨肉身躯化合成的腐殖土，才造成哺育小树的摇篮。而他看到那棵小小的大树杜鹃树就生长在石崖边，很难长成大树；如果哪一天刮起狂风下起暴雨，石岩坍塌，那小小的大树杜鹃树也就难以活命。于是他在附近找到一棵自然老化、枯死仍立的老树桩，用双手抠挖朽木，掘出一个深坑，把老树桩当作一个木质花盆，把那棵小小的大树杜鹃树移栽在上面。看着这老祖母般的树桩接纳了孙儿般的小树，他欣慰中夹杂着忧虑，忧虑中又隐藏着自信……

如今十三年过去，和部长只知道他创办的那所草坝子小学，不但有一批批学生升读中学，还有一个个学生上了大学，当然也有不少学生半途辍学……却不知道他在雾湖畔山上移栽的那棵小小的大树杜鹃树长得怎样了呢？

在富和山，有人挖树也有人栽树，这是人世间常见而又不平常的事。从高山上下坡来到垭口乘车前，一群彝族姑娘穿着鲜亮多彩的节日盛装来给我们敬酒唱歌，一杯杯苞谷酒，一首首彝山歌，还没进彝家，在半路就使我们沉醉在彝家风情民俗之中。在我的眼前，这些花枝招展、善喝能歌的姑娘们，好像变成风中起舞的一棵棵开满花朵的大树杜鹃了，都显得那么青春焕发，那么美丽活泼；而其中有的就是当年和部长教过的学生，有的则是草坝子小学的在校学生。我心想，和部长喝了这些姑娘们敬的彝家美酒，听了这些姑娘们唱的彝寨山歌，一定又想起他在雾湖畔的老树桩上种下的那棵大树杜鹃了吧？

我们离开山垭口继续行进时，每辆越野车上都加坐了一位敬酒唱歌的彝族姑娘，这有利于我们交谈与采访。和我们同乘一辆车的姑娘彝名叫惹惹，翻译成汉话就是花开了。这名字有两层含意。不但说明她是杜鹃花开的时候出生的，也表明她像杜鹃花一样漂亮。车子在山中的杜鹃花树林里绕来绕去地行驶，总是有杜鹃花的光彩飘移在惹惹的脸上。路边的杜鹃花开得很是灿烂，车里的惹惹笑起来，脸上也像花开一样灿烂。车子驶过草坝子时，惹惹指了指村里升着国旗的小学校说，那就是她上学读书的地方。记得小时候到学校开学上课的第一天，老师给她起了个学名：罗爽。因为她说话、唱歌、跳舞都很爽快。老师喜欢她，她也喜欢老师给她起的名字。说到这儿，车子在坑坑洼洼处颠簸了几下，惹惹叹了口气说，可惜快乐不久长，小学毕业后，就没有去上中学，回家当了小农民。我还没出声问她为什么，她噘噘了小嘴说：因为穷呗……

这种状况在高寒边远的山区可能比较普遍吧。何况姑娘很快就要嫁人，更何况有的是哥哥有的是弟弟更需要上学，家长只好让含着眼泪的女儿把上学的机会忍让给男儿。我本来想向惹惹问点什么，但我怕她伤心，便不再问点什么，留点想像空间吧。不过由此我也知道了，和部长十三年前来这里创办的这所草坝子小学，是富和村委会周围团转的那些彝族山寨孩子们唯一的学堂。家离学校远远近近或不远不近的孩子们前来草坝子上学，累计起来有多少学生？这些学生中有多少读到小学毕业？有多少小学毕业后继续升学？又有多少在小学期间就半途辍学了呢？这些数字问题我似乎都是在自言自语。我不是在问惹惹，而是在问转瞬间便闪在车后的学校。但惹惹还是对我的询问摇了摇头，侧脸过去。我却从车窗外的后望镜上看到她眼里有泪水，泪水里有反光。我不禁想：刚才在垭口给我们敬酒唱歌的如同花朵般欢乐的姑娘，原来心里也积压着失学的忧伤，而且那忧伤还特别沉重呢。

我们很快来到这条乡村公路的尽头弥勒坝。说坝肯定有点夸大。大概是由于富和山中平地很少，这么一条狭长的坡地就被美化为坝子。坝子坐落着一个古老的彝族山寨。寨子里各家各户的木板房，零乱松散，显得自由自在。我们下车后进了被人们戏称为彝族寨王年树发的家。其实年树发的正式官衔只是在富和村委会领导下的低得不能再低的弥勒坝居民小组长。人们号称年树发为彝族寨王，也可能是为了显示这个村寨的强大，而其实他们比较贫穷。年树发家是弥勒坝村最宽敞的人家，一正一厢房，另一厢为伙房，三厢一门围成院落。小四合院有多种用场，时而作全村民众开大会的会场，时而作晒苞谷、洋芋、苦荞的晒场，时而作青年们唱歌跳舞的娱乐场，而今天则是招待作家采风团的露天宴会场。我们在院落里的几张小木桌前分别入座后，各种话题便与酒杯茶碗一起摆到桌上。我有个习惯，每到少数民族地区，总想把地名用当地的民族语言对译考证一番。我听说这里的彝民只尊奉老毕摩所依托的彝族原始宗教，并未信仰佛教，也没有佛教寺庙，更不知道弥勒佛为何方神灵。那为什么地名会叫弥勒坝呢？一位颇有文化又熟悉彝语的干部告诉我，根据他的调查询问，按彝族准确的说法，此地应该叫咪倮；咪的直译是妈，倮的直译是虎，连接起来说，在远古时代，这个彝族山寨是一个母系氏族部落，部落首领是一位母亲或母亲的母亲；而彝族的图腾崇拜是老虎，特别是养儿育女的母老虎，所以部落首领就叫咪倮，意思是母老虎；部落名字就成为部落驻地的名字，因而应该叫咪倮。那时彝族没有自己的文字，更不懂汉文，不知道是哪一年，来登记地名的汉族官员图省事，就根据谐音把此地写成大家都熟悉的弥勒了……

这个解释倒是使我大长知识，也感到心服口服。谈笑之间，喝了彝族寨王或者是居民小组长年树发家的苦荞酒和糊米茶，顿觉精神倍增，双脚来了力气，便在一群彝族姑娘的带领下，沿着一条牛走羊走猪走狗走以及老人大人小孩也走的一条乡村小路，我们出发去访问寨子上头的雾湖。

当采风团的作家们被彩云般飘扬的彝族姑娘们引领着随风而去的时候，还没走出寨心，我却被一群放学回家的孩子们吸引了目光。他们当中也有女孩子，但他们不是迎接客人的礼仪队伍，所以他们的穿着都很普通，甚至有些寒酸，就像一群披戴着各色各样、长短不一的羽毛的小鸟，但却感到快活。而快活对孩子们来说就十分重要。一位娃娃头对我说，孩子们早晨上学时从弥勒坝走到草坝子，傍晚放学时又从草坝子走回弥勒坝，那上学去校时的向往，放学回家时的企盼，使那条说远也远说近也近的山路像一部百看不厌的动画片，一路上充满嬉戏、玩笑、追逐、打闹、唱歌、跳舞、讲故事，其乐无穷。有的学生在去去回回的路上，在学校的课间休息时，还顺便帮家里干点农牧活计，一点也不觉得劳累。可他们怎么个在路上、在学校干农牧活呢？这倒是我很想打听的故事。此时孩子们会集在寨子中心的那棵野山梨树下，有的女生是嘴巴对着耳朵，有的男生是手臂搂着肩膀，好像是在诉说某些秘密或是开心的新闻。嘀嘀咕咕，叽叽喳喳，有的话我听不见，有的话我听不懂，但我猜测是在话别，是要各回各的家了。只见有的女生背上背着书包，手上挽着竹箩，箩里装满了路上采割的喂牛的青草或喂猪的猪耳朵叶；有的男生身后跟着两三只黑山羊，而他们的书包大都驮在羊背上；有的羊头羊角上还套着树枝树叶编成的伪装帽。这真是新鲜稀奇而又平凡易懂的山村孩子们的风貌。我问了一位男生，才知道这些黑山羊早上就跟着上学的孩子们离家去草坝子，当小主人走进教室读书时，黑山羊便乖乖地走出校门到附近的野地里吃草；中午小主人课间休息时便到黑山羊的牧场上吃自家带来的苦荞粑粑或烧洋芋；这时特别听话的黑山羊便躺在小主人身边，小主人就在手上抹点盐巴让黑山羊来舔手；黑山羊舔盐的那股馋性，小主人被舔的手痒痒的舒服感，简直是自得其乐，奇妙无比。这真是读书牧羊两不误，也是城里孩子享受不到的山村生活。孩子们与大自然的亲切感情，与牛羊的亲密接触，滋养着孩子们的童心像花朵一样开放。孩子们的这些故事不就是一首首童话诗吗？我越听越有兴趣。

这时一阵山风吹来，野山梨树摇动着，跳起了舞蹈，吟唱起山歌，把带着馨香的花瓣纷纷扬扬地飘洒下来，轻柔地落在女生们的头上，落在男生们和黑山羊的身上，像一片片洁白的雪花……孩子们仿照运动员的举动，伸开食指中指作出胜利的标志，齐声喊了“耶”，便四散回家去了。

只有我仍然站在野山梨树下，眺望着弥勒坝星罗棋布的一幢幢木板房沉思。我心里明白孩子们是要像小鸟一样急着飞回去的，那是他们的家，家里有爸爸、妈妈，有爷爷、奶奶，有姐姐、哥哥或妹妹、弟弟，还有小猫、小狗，公鸡、母鸡，还有苦荞粑粑、火烤洋芋，还有浓浓的土罐茶和甜甜的野蜂蜜；读书上学是快乐的，而家才是快乐的源泉……

好心情使我走路的脚步更加轻捷，不一会儿便来到了雾湖。刚才同车的彝族姑娘惹惹告诉我，之所以叫它雾湖，是因为这座群山环抱的湖泊，每天太阳出山之前总有云雾笼罩，彝族的山歌里歌唱它是云雾的家乡。而此时的雾湖早已被夕阳驱散了云雾。向阳的湖面被染得五彩斑斓，背阳的湖水却是碧绿湛蓝。天上的朵朵白云沉落在湖底，可是行走在湖边的那群彝族姑娘的身影又被湖光飘浮到了天上；在天上和湖水之间飞翔的山鹰又时升时降，把人的视觉搅乱了，分不清这湖泊是在地上还是在天堂。在这样如梦似幻的风光里我们边走边谈，感到心旷神怡。但就在此时，惹惹指着一位正在唱彝族古歌的姑娘说：她叫妞妞，已经在啦井镇的中学读到高中二年级，却因家境困难，最近只得辍学回家了。就在惹惹说着妞妞的时候，妞妞还在唱道：

我们崇拜山里的老虎，
因为它勇猛无比；
我们崇拜天上的老鹰，
因为它翅膀坚强……

那么妞妞的翅膀坚强吗？就在我们感叹不已的时候，同行的一位青年女作家表态，她要尽力帮助妞妞回校复学。我问她：你有钱吗？她摇摇头说：我没有。但我有一位好朋友，是房地产开发商，资产上亿的富翁。想必供一位贫困山区的彝家姑娘读完高中，出这点点小钱，不就像老鹰拔一根羽毛吗？我听后获得一点慰藉，便幽默地说：不会拔翅膀上重要的羽毛吧？

这时，雾湖的左岸，有人在远远地向我们挥手和呼喊。一位彝族姑娘说，那是和部长他们去看那棵大树杜鹃，已经先走一会儿了，叫我们随后再去。

是啊，考察过学生，该去拜访和部长在创办草坝子小学时栽下的那棵大树杜鹃了。我们由曾经去那儿看过那棵大树杜鹃的几位彝族姑娘带领，踏着和部长的足迹前行。也是路熟树熟，我们抄了近路，翻过一道小坡，进入洼地的一片密林中，顺着一位彝族姑娘的手指，我一抬头便望见满身披戴着粉红色花朵的那棵大杜鹃树，像神话传说中的风姿绰约、芳华灿烂的彝族女神。它的独秀之处在于它比旁边几棵大树杜鹃更高大，更富态；花朵挤成一团又一团，在风中摇曳着，宛若彝族过火把节时热烈燃烧的火把。和部长他们已经看过先走了，从树林里传出喊话要我们慢慢来。走近了，低头一看，这棵杜鹃花树确实不同于其他，是生长在一棵老树桩上，但它的主根已经穿透老树桩的心腹、挤裂老树桩的身体而深入到大地；还有一条条赤红色的根须在亲密地拥抱着它当初赖以生长的老树桩，已经是命运相依，合成一体，长成一树了。这形象表明：和部长当年在老树桩上种下的希望，已经长出了希望；种下的思念，已经回报了思念；可以说是无愧于希望，无愧于思念；这希望这思念，就是茁壮成长、盛开花朵、出类拔萃的大树杜鹃！为了留作纪念，我伸手从低枝上采了一朵花夹进我的采访笔记本里。再看不远处，有一棵老树桩上也被移栽了一棵小杜鹃树。想必是和部长他们几位刚刚完成的新作吧。不禁引我遐想；那么，再过十三年，今天在这儿栽树的人，是否能旧地重访呢？这棵小杜鹃树会如同先行者那样茁壮成长、盛开花朵、出类拔萃吗？于是我伸手去抚摸了老树桩，抚摸了小杜鹃树，也种植下一份理想，种植下一丝牵挂，种植下一个童话……

离开雾湖返回寨子里，姑娘们要去寨王年树发家招待采风的作家客人，我便随意去彝家访问。在一道围护木板房的黑栅栏前，我碰巧遇到了两个小孩，也就是刚才在寨子中心的那棵野山梨树下曾经见过的学生。由于是第二次见面，相隔时间很短，所以就像是老朋友相遇一样不觉陌生。小一点的那位正站在一堵石岩上弯臂拉弓，只不过那是一张不用力气就可以拉满的竹片做的弓，搭在弓上的当然也是短短的竹箭；大一点的那位则把躺在地上的一筒圆木当马骑，在“马背”上用柴刀砍木剑，只不过那是一根木板剑，再砍再削，剑刃也不会怎么锋利。见我这么饶有兴趣地看着，他俩便嘻嘻地笑出声来。我说，我刚才见的不是让黑山羊帮他们背书包的学生吗？怎么现在却变成远古时代咪倮部落的老战友啦？

我只是说了句老少不分的玩笑话，却一下子拉近了我和孩子之间的距离。也许他俩是从电视上的战争片里学来的吧，大一点的那个孩子，左手握着木剑，右手放下柴刀便给我行了个军礼，大声地说：报告老战友，我们要玩打仗的游戏呢！小一点的那个孩子也跟着举起右手，先用手背刷地揩去挂在嘴唇上的鼻涕，也来了个立正敬礼，并喊道：老战友，请指示！两个孩子的这番见面礼，激发了我的童心，使我想起我七八岁时在故乡盐店山上跟小伙伴们玩过的打仗游戏，不也是用过这种竹弓、这种木剑吗？何况我还有少年从军当过二十多年解放军的底气，便也举起右手向他俩还了个军礼，并大声地回应说：老战友，继续玩，继续玩……

这便是我与弥勒坝彝家山寨的两个儿童老战友从野山梨树下的相识到木栅栏前的相交。我举起相机为他俩拍照留念过后，我们便无拘无束地闲聊起来。

我问：你俩是亲兄弟吗？

大一点的孩子回答说：不。我们是同学。

我问：你俩最大的愿望是什么？

小一点的孩子回答说：读完小学。

我又问：你俩最大的担心是什么？

他俩同时回答说：就怕不得读书……

刹那间，望着两个手握竹弓、手持木剑的天真无邪的儿童老战友，我感到他俩的回答使我有一种返老还童的震动。我在他俩的这个年龄上，最大的愿望不也是上学读书吗？由于父母在昆明离婚，我被寄养在峨山县小街农村的外婆家，除了放牛骑牛玩打仗的游戏，我最大的期盼便是进学堂读书。记得有一次从小街到县城赶集，在小学校大门外边听到学生们在操场上唱《义勇军进行曲》时，我久久地不愿离开。后来是年迈的祖父翻过无量山、哀牢山，远行几千里把我从小街接回镇沅县按板井老家，我才得以上小学，才能与同学们在教室里大声地跟着老师朗读《国语》第一课："小小猫，跳跳跳……"所以此时我很理解这两位老战友的愿望和担心。可是我能为他俩做点什么呢？

我不是刚才在寨心的那棵野山梨树下，看到那一幢幢彝家的木板房而想到对孩子们来说，家是他们快乐的源泉吗？便对他俩说：走，领我去家里看望你们的爸妈！

小一点的那个孩子说：我爹我妈在山上种苞谷，还没回家呢。

大一点的那个孩子说：我妈倒是在家煮猪食……

我跟着两个老战友，走过一条污泥很深的用木栅栏隔起来的小路，来到一座木板房前。大一点的那个孩子先跑进伙房，说了几句彝族话，便喊出了他的妈。这是位中年彝族妇女，脸上却挤满了深刻的皱纹，表明她已是饱经岁月沧桑。好在她能讲汉语，半掩着惊愕不安的表情问我：老人家，有事吗？我简单作了自我介绍后，便直接对她说：我只有一个请求，不管你家有多苦多穷，也要让孩子去学校读书！好吗？她听后一改表情，在补丁摞补丁的围裙上擦了擦手，笑着对我说：老人家，你老远从省上县上来，请放心！只要地里还长得出洋芋、苦荞、苞谷，只要家里的火塘不冷掉，我家娃娃嘛，一定让他去学堂读书！不知怎么的，我听后很是感动，只会连连说：谢谢，谢谢！我还请她给那个小一点的孩子家的爸妈，转达我同样的请求。她微微一笑，嗯嗯地点着头，两个孩子扑上去，一齐把头挤进她宽大的胸怀里……

我离开她家的时候，走出几步，又回过头去看了看，那木板房已经很是破旧，但仍是她们挡风遮雨的家。只见那低矮的伙房里，火塘燃烧得红红旺旺，那孩子的阿妈把脸贴在木栅栏的空隙处，也在向我张望。我从她明亮的眼睛里，看到了一种朴实而坚定的母爱的光芒……

大概就是在这彝家山寨的偶然的相识，坦诚的相交，平平常常的相助，我与这两个孩子沟通了心灵的感应，缩短了年龄的差距，而成为上学读书这条战线上的老战友，建立了一种平等的关系。当我们在寨王年树发家的院子里吃晚饭时，我看见那两个儿童老战友有时在墙拐角，有时又在木栅栏间躲躲闪闪地出现着又消失着的笑容与身影。我知道他俩不会进入寨王家来参加我们的晚餐活动。直到我们散席，我才迫不及待地跑出院子去屋后找到他俩。当我伸出双臂把他俩紧紧搂在我的胸怀里，我才轻声地说：我们要走啦，老战友，好好读书！

想不到我的两位老战友却突然抽泣起来，在呜呜的哭声中，伸出小手，把他俩已经握了很久、焐得很烫的两个火烤洋芋塞进了我的衣袋里……

我懂得孩子的心理，当他俩手握竹弓、手持木剑玩打仗游戏时肯定是冲锋陷阵的勇敢的战士，但在这么多从省里县里镇里来的客人与村上的父母官话别时，他俩又会感到羞涩而胆小，不敢挤到车前送行。可是，当我们的一辆辆越野车在晚霞辉映下缓缓驶出山寨时，他俩便会出现，不再隐藏在大人们的身后，而双双站立在路边高坡的那棵老树桩上，举起手来向他俩心目中的老战友长时间地敬着军礼……

此时此情此景，我自然会联想起和部长十三年前在雾湖边那棵老树桩上移栽的大树杜鹃小树苗，今天不是已经长成大树杜鹃大树，盛开着满枝满树的红色花朵，仿佛是伸出一只只小手，打开了一个个装着美好愿望的童话匣子，放飞出你永远也读不玩的故事了吗？那么今天的十三年后，这两个手握竹弓、手持木剑的小学生，不是也该长成青春年华，也该高中毕业，或许还有可能考上大学了吧？谁来为他俩打开装着美好愿望的童话匣子呢？我想，还是要靠他们自己。

但愿孩子们都不会重复惹惹和妞妞走过的老路。当我们的越野车沿着来时的车辙驰过草坝子小学时，我默默地为两位年幼的老战友祝福，为惹惹和妞妞祝福，当然也为草坝子、弥勒坝、富和山所有村寨的孩子们祝福！山林中渐渐弥漫着夜色，但天边的碧罗雪山却闪耀着夕阳的霞光，预示明天肯定晴朗。我把手伸进衣袋里抚摸着两位老战友临行前送我的两个火烤洋芋，不知是洋芋的余热暖和着我的手心，还是我手心的体温加热着洋芋，我感到浑身热乎乎的。虽然越野车越开越快，越开越远，我总觉得我与孩子们的心却越贴越近。我不禁扪心自问：我为孩子们做了什么？没有，我没有做什么。我不是富翁，我没有给他们送钱捐款，没有说过要供他们上学。其实我只不过是理解了孩子们上学读书的愿望，并把孩子们的愿望转交到他们家里的日夜燃烧、常年不熄的火塘上，转达到他们家里的血脉相连、骨肉相亲的爸爸、妈妈的心窝上……

原载《大家》杂志 2010 年第 6 期；入选散文集《走进中国绿色锌都——兰坪》，作家出版社 2008 年 11 月出版。

香格里拉草原上

美丽的香格里拉，
是一朵吉祥的雪莲花；
群山拥抱的灼都草原，
就像那花心里的花……

牧场上、星光下的藏族牧民联欢歌舞酒会，被这一群群青年男女的合唱歌声，甩动了绣着金边的一条条长袖，飘扬起扎着红绸的

一根根发辫，踢踏着轻快如风的一阵阵舞步，自然而然地拉开了序幕……

这时，夕阳已经悄悄地歇息在雪山身后，月亮早就朗朗地悬挂在峡谷胸前；峰峦伸出一只只巨手撑起了天幕。森林挥动彩笔般的树梢饱蘸晚霞，把天幕从暗灰色涂染成蔚蓝色，从而变得愈发晶莹。神奇的天幕由高而低，慢慢地俯身贴近，天与地其乐融融地衔接起来，灼都草原瞬间成了天造地设的大舞台……

你若放眼四望，那大大小小、高高矮矮、形形色色的帐篷里，就会走出一个个牧民，犹如群星在飘然流动。他或她平日里与绿色的牧草相亲，与黑色的牦牛相伴，与白色的云朵相邻，最多也只是遥遥地挥一挥手，或者长长地吆喝几声，即使还看不清穿着佩戴，也记不得面目长相，就会心会意地将对方——不论是男人或是女人，当作是相识相敬的牧友了。因为青草从不等人地生长着，牦牛不分昼夜地肥壮着，牧人们哪有时间和机会去串亲访友、闲谈聊天呢？

但是灼都草原上却有一种从古时候，从老一辈牧民沿袭下来的习俗：在人们离别家园来到高原上放牧的季节里，每到月亮最大最明的那个夜晚，都会到牧场的中心地带，也就是一月只有一次十五月圆的宝贵机会，到灼都湖水流放出口的草场上相会相聚，举行自发自愿的歌舞酒会纵情联欢。这不是节日却胜过节日的灼都草原盛会，当然也会招揽、邀请当地牧人之外的游客或赶马远行的马锅头们前来参加。那年我还是个军人，受命到香格里拉采风收集藏族民歌。为接近民间歌手，便离开军营来到草原上，借住在迪庆州奶粉厂的木板房里。我听同行的藏族朋友格桑说，由于香格里拉气候变幻特殊，虽然一月有一次歌舞联欢酒会，也只能在春夏举行。因为秋天来临，牧人们要赶着牛群回家归圈，在村庄周边参与繁忙的农事，收获青稞主粮，积存寒冬养牛的草料。而冬天则不用多说，那是狂风暴雪纵横驰骋的世界，谁还会到草原上歌舞联欢呢？因此，我十分珍惜这次联欢晚会，认为是收集民歌的良好机遇，便早早地在格桑陪同下，来到歌舞晚会的场地。标志十分明显，就是此前燃烧过篝火的地塘，堆积着木炭或柴渣，就像一枚黑色的大勋章，它的功劳是曾经一次又一次照耀过欢乐歌舞的人群。

此时的篝火地塘在默默无言地等待着。在它的周围，不但铺盖着碧绿的芳草，还在草丛中开放着蓝色、红色或是金黄色的一朵朵小花，犹如藏家姑娘巧手绣出的毡毯。谁也想不到一个月前的那天晚上，会有多少脚印或舞步在上面踢踏旋转。然而歌舞场地生命力的顽强，在于它总是不断的奉献。不一会儿，从四面八方赶来的牧人们便使这片草场热闹起来。男人们把森林里捡来的松树、栎树、杉树的枯枝朽木，一根接一根、一枝搭一枝交叉起来，很快便在地塘上叠起一座宝塔形的篝火架。女人们则是在说笑之间，从背包里取出各家自酿的青稞酒、酸奶酒，一筒筒、一罐罐放在临时搭起来的小木棚桌上。随即，她们又从挎包里取出一只只褐红色的木碗，把酒一一斟满。当一股股充满诱惑力的酒香随风飘散，男人们便相互发出哟哟哟的邀请，你拥我挤地来到篝火架前，伸出一双双热情洋溢的手，用各种各样的火苗、火种或是打火机点燃了篝火架上插着的一枝枝油柴。雪山上的风伴随着湖面上的风，吹散了火星，吹旺了火焰，火舌激动地扑向木柴，篝火在男人和女人们共同发出的欢呼声中，自豪地燃烧起来，昂起头把灿烂的火光射上天空……

这时，迎着熊熊篝火，闻着浓浓酒香，无论你是来自哪个草场，不管你是出自哪座牧帐，牧人们会自动地以性别区分组成两支歌舞队，男人牵起男人的手，女人牵起女人的手，跳起舞来，唱起歌来……

在“美丽的香格里拉”歌舞声中，我被领舞领唱的两位藏族男女青年拉进了舞场中央。人们呼喊着“金珠玛！金珠玛”（解放军！

解放军），要我代表他们敬祭篝火。我听格桑说过，藏民认为太阳是白天的神，月亮是夜晚的神，而歌舞场上燃烧的篝火，便是太阳和月亮派来的光明使者，在歌舞开场之时，首先要向篝火敬酒。为此，我乐意担当这一光荣职责。来到顺风吹拂的篝火这边，一位藏族姑娘把一碗青稞酒移交给我。按照格桑的指点，我用藏话不断地吟诵着："扎西德勒！（吉祥如意）扎西德勒！"用双手把酒碗举到额头前，表示崇高的敬意，然后再走近篝火，把酒泼向高处，霎时飞起一道道闪电般的光焰……

在"扎西德勒"的欢呼声中，男队的领舞，躬腰迈开舞步，拉起了弦子，那悠扬而多情的乐曲荡漾在歌舞场上：

来…
米来米多拉，
来…嗦……
拉多拉嗦发拉嗦嗦，
米来米嗦嗦，来来米多多，
拉来，来多拉嗦嗦，嗦……

伴随着熟悉、亲切而又婉转悠扬的弦子舞曲，男人舞队放开了嘹亮的歌喉唱道：

草原上鲜花盛开，
花香吸引蜜蜂飞来；
牧帐里酿出青稞酒，
酒香邀请雄鹰飞来……

男队嘭嘭嘭的舞步，时而模仿蜜蜂飞翔的节奏，时而又显示雄鹰飞翔的风度；骤然间停止歌唱，只有弦子仍在拉响着，但接应的却是女人们清丽如泉的齐唱了：

花香酒香，酒香花香，
不如卓玛（仙女）芬芳……

女队嚓嚓嚓的舞步，时而踏出风吹花草的声音，时而又踏出山泉赶路的流速，女人们按惯例保持着自信自尊的姿态，只作简短的回答，不再长唱。舞场上又听见篝火木柴爆裂的声响，弦子拉了一曲又一曲的旋律。男人们按捺不住激情，便又唱出多情的歌声：

雄鹰飞过春天的雪山，
翅膀上驮着卓玛；
骏马驰过夏天的草原，
马背上骑着卓玛……

依然是男队嘭嘭嘭的舞步，踏出了绵长的拖音而又露出性急的节奏。此时，男人们不再谦卑奉迎，显然是在等待女人们回答。果然，不等第二曲的弦子拉完，女人们便唱了起来：

雪山草原再美丽宽广，
比不过母亲的胸膛……

我的藏族朋友格桑精通藏话汉语，又多次参加过灼都草原上的歌舞酒会，此情此景似乎在心中扎了根。虽然这些都是藏族小伙子和姑娘们的即兴对答歌唱，他都能及时翻译出歌词内容。那年代我还没有录音机，眼睛看着，耳朵听着，左手拿着采访本，右手握笔不停地记录着，心灵着迷似的沉浸在歌舞的欢乐声中。这当中，我还看到男队女队里不时有小伙子或姑娘离队来到篝火前，从木栅桌上端起酒碗，喝上一口，放下酒碗，又回到伙伴中继续唱歌跳舞。格桑告诉我，草原上的歌舞酒会，开场一般都是唱男女之间相互赞美的歌作为序曲，焕发起情绪之后，便会自由地出列去喝酒。而值得仔细观察的是，谁会喝谁的酒碗里的酒，那就有奥秘了。你可以从中看出他对她或她对他的选择与喜爱。有心的男人会在姑娘们摆放木碗倒酒时，用锐利的目光盯住或牢记他将要追求的目标。姑娘们也大体会如此，只不过比男人显得羞涩。她会留意谁来喝过她的那碗酒；或者她喜欢的那个男人喝的是哪碗酒，而不管那碗酒是不是她摆设的。只要是她看上的那个男人刚刚喝过的酒碗，她都会跟上去端起来喝上一口。不过这种大胆地流露爱慕心情的喝酒现象比较少有。姑娘家大多喝的是酸甜清淡的酸奶酒，即便是喝青稞酒，也只是小小地呷上一口，略表心意而已。格桑正讲述着外人不易发现的喝酒的隐秘现象时，我看见一位老牧人去到酒架前，从挎包里取出什么东西往碗里放了进去。接着又有一位姑娘和一位小伙子相继来到酒架前，分别从各自的衣袋里拿了什么东西放进了酒碗里。我不解地询问内情，格桑微笑着说：等一会儿你就知道酒里的谜了。这大概是歌舞晚会进入酒歌的阶段了吧？舞蹈声中，男队开唱了提问的酒歌：

清香的青稞酒，
怎能变成更美好的酒？

男队的歌声刚歇，女队便立即回唱道：

泡了雪莲花的酒，
就是圣洁的酒……

男队点头躬腰地舞蹈着，又继续唱问：

晶亮的青稞酒，
谁能把太阳泡在酒里？

姑娘们互相挤了挤眼睛，便齐声唱道：

姑娘把藏红花撒在酒里，
那碗酒就变成红色朝阳……

男队领舞者暂停拉弦子，举起大拇指朝队列晃了晃，便与大伙儿一齐唱道：

平常的青稞酒，
谁能让它长满力气？

对于这不算秘方的问题，女队领唱者向同伴伸出小拇指绕了绕，便与姑娘们回唱道：

谁让虫草在酒里安家，
谁就能把卓玛背回家……

姑娘们唱后便忍不住嘻嘻哈哈地笑出声来。小伙子们则此起彼落地发出哟哟哟的喝彩。舞步在跳跃，酒歌在对唱，但仍然断断续续地有小伙子和姑娘走出歌舞的队列来到酒架前喝上一口酒，又转身回到原位继续跳舞唱歌。格桑拍拍我的肩膀说：那酒碗里的谜，通过对答唱酒歌，你该明白了吧？老牧人往酒碗里放的是雪莲花，姑娘往酒碗里撒的是藏红花，小伙子往酒碗里泡的是虫草，这都是香格里拉出产的，也是藏民最珍贵的保健药材。但是加泡了雪莲花、藏红花、虫草的这三碗酒，并不是谁都可以随便来喝的。在酒泡药材的过程中，那碗里的酒会随着舞蹈的节奏波动，还会随着歌声旋律吸收美妙的音符，从而使酒进入歌舞的境界，会比存放在家里的酒更加好喝。而对于如此神奇的美酒，则要等待歌舞晚会推向高潮时，人们才会推举出三个人去喝那三碗特别泡制的美酒。第一位是参加歌舞酒会最受欢迎的来自远方的贵客，去喝那碗雪莲花酒；第二位是女队中唱歌最能打动人心的姑娘，去喝那碗藏红花酒；第三位是男队中跳舞最有神采的小伙子，去喝那碗虫草酒……听格桑这么介绍，使我对歌舞酒会产生了悬念，反而想更加具体地知道谁谁谁会获得喝这三碗酒的幸运。于是，我更有兴趣地观看着跳舞的小伙子们，看谁的舞姿更为英武矫健；也更专心地欣赏着唱歌的姑娘们，听谁的歌声更加音色感人？我看着听着，感受到舞步和歌声把一碗碗美酒的芳香散发着，传送着，让一阵阵夜风充满了魅力……

男队边舞边唱道：

酿酒的青稞，
喝的是雪山泉水；
哺乳的牦牛，

吃的是高原青草；
美丽的姑娘，
你喜爱哪里的水草？

女队也是边舞边唱道：

青稞能酿造美酒，
更多的青稞要磨成糌粑；
牦牛的奶水好喝，
更多的牦牛要剪下长毛织成帐篷；
勤劳的小伙，
有吃有住草原才能成家……

小伙子和姑娘们越舞越唱情绪越高，那一曲曲弦子舞，那一首首牧歌，也越拉越唱越精彩。但仔细观察，我发觉走出队列去木架前喝酒的小伙子和姑娘也越来越多了。格桑提醒我，这意味着人们要从喝酒唱酒歌的高潮，转入男女之间的情歌对唱了。若是有情有意，小伙子和姑娘会互相用手势或暗号表达，随即会一双双一对对悄悄地离开篝火燃烧的舞场，去周围附近的树林里幽会。当然，去谈情说爱的男女不会很多，大多小伙子和姑娘们仍会留在场上跳舞唱歌，或是继续喝酒，或是给篝火添加木柴，场上不会冷落或暗淡，歌舞酒会将持续到天上的星星愈来愈稀少，坚守到明亮的圆月沉没在灼都湖底……

而此时的歌舞酒会，正是恋意初燃，脉脉示情的阶段，无论是男队还是女队，舞步都已放慢，没有先前那样的气势豪迈；歌声都已缠绵，不像刚才那么幽深辽远。这气氛预示着“情歌”将要登场当主角了。据我在香格里拉其他地方听唱收集情歌的记录，虽然也有男女青年即兴创作或父母传承的情歌，但在歌舞酒会上公开对唱的，又绝大多数是六世达赖喇嘛仓央嘉措（1683—1706）创作的流传广泛而久唱不衰的歌体短诗。倒不是男女青年不会或不愿对唱其他情歌，而是仓央嘉措已经成为一种藏族文化的标杆，如果你连他的诗歌都不会随口唱出，你会觉得面子没有光彩。虽然六世达赖喇嘛只活了二十三岁，但却是从古到今都被上至高僧贵族，下至平民百姓公认为极富才华的藏族诗人。这位年轻英俊的风流喇嘛，常常会在明月皎洁或风雨飘摇的夜晚溜出布达拉宫来到八角街深宅小巷或弦音歌声飘出窗外的人家，与情人幽会，与文友聚谈，获得生活体验或意境灵感，所以他创作的诗歌已超越佛界而在知识阶层或流浪的康巴艺人间作为经典作品传阅并成为民歌广泛传唱于城乡，让人们用来表达纯真爱情与显示艺术修养。果然不出所料，今晚的歌舞酒会，男队一开头便唱的是仓央嘉措两百多年前写的那首著名的情歌：

姑娘啊，假如我爱上了你，
就会得罪佛祖释迦牟尼；
可是我不害怕灾难降临，
担心的是你对我三心二意。

女队当然也很熟悉仓央嘉措的情歌，便相应回唱道：

讲经的喇嘛佛法高超，
听经的我也无比虔诚；
只因为我的心被你带走，

竟然会记不住半句经文……

男队在女队的歌声中没有片刻停顿，又唱出了另一首情歌：

我对姑娘的耿耿真心，
如果用来拜佛念经，
也许不等下辈子转世，
今生就能修炼成仙人……

女队踏着舞步，不像刚才那样及时回唱，只是为了让男队心生焦急，差不多跳了半圈舞步，这才见领队的卓玛点头之后又仰胸甩辫，大大方方地唱道：

圆圆的月亮今晚上走了，
下个月的十五还会再来；
阿哥啊，你留下的誓言，
不知何时能够实现？

格桑在歌声中似乎也有些动情了，翻译完歌词后又思索片刻，特别加重语气对我介绍说：刚才男队和女队相继对唱的这两首情歌，也是仓央嘉措写的诗句。有传说，这位六世达赖喇嘛当年曾经从拉萨跋山涉水，不远万里来到迪庆，在中甸的松赞林寺念佛讲经，不少善男信女前来跪拜，被他抚摸过头顶，听他诵经祈福。但是过后有人说，可能当时太过于激动，记不住他念的经文，但使人能背诵吟唱的还是他那些暗中流传下来的纯真的情歌。就在格桑兴高采烈地赞赏着仓央嘉措那些永葆青春的情歌时，经过男队和女队的简短议论，今晚的歌舞优胜者已经推举产生。男队是拉弦子领舞的扎西，女队是领头唱歌的达娃。这时全场响起一阵阵掌声和欢呼声，扎西和达娃迈步出列站在队前。是那位长胡子老牧人受群众的委托，把那碗虫草酒和藏红花酒，先后分别端给了扎西和达娃。在男队和女队的持续不断的歌舞声中，两位优胜者咕嘟咕嘟地喝开了酒……格桑趁此机会告诉我，男人喝了虫草酒，精力旺盛，翻山越岭如同鹰飞。女人喝了藏红花酒，经血顺畅，草原放牧不觉寒冷。正说着，扎西和达娃喝完了酒，弯腰摆手向大家施礼感谢；然后又把碗底向着篝火亮了亮，以对太阳和月亮派来的光明使者表示敬意！扎西和达娃回到原先的领舞领唱的位置，男队和女队联合牵起手来一齐唱道：

圣洁高雅的丹顶鹤，
请借一借你的翅膀，
我不想飞到其他地方，
只想绕一绕亲爱的理塘……

格桑看着男人和女人们摊开手臂抚着左右两侧的伙伴的后腰，模仿丹顶鹤展翅飞翔的姿态时，又接着给我说：理塘是仓央嘉措生长的地方，他在那里被确认是五世达赖喇嘛的转世灵童，从而成为六世达赖喇嘛，入住藏传佛教圣地拉萨布达拉宫，由于长期远离理塘而久久思念理塘。刚才男队女队共同合唱的这首歌，就是仓央嘉措最著名的一首短诗被配上康巴弦子舞曲而在藏区流传的经典歌曲。就在我请格桑为我小声地再唱一遍，专心地记词记谱的时候，老牧人端着一大碗酒来到我的面前，一看，那碗里泡着洁白的雪莲花，散发着佛寺殿堂的芳香。我明白藏民的礼仪，我已经被当作今晚歌舞酒会的贵客，必须恭敬地接受了。我并非跳舞唱歌的领先出众者，也许只是因为我是身穿军装的金珠玛吧！我用左手接过酒碗，举起右手，转着圆圈向老牧人，向格桑，向男队女队的藏族朋友们，敬了一个个军礼，表示感谢！然后我用双手举起酒碗，连喝了三大口酒，再把碗里的酒和那朵雪莲花向篝火泼去，嘭嘭嘭！燃烧的柴火上，连续升起了火光，连续爆发出巨响，仿佛篝火也在跳舞，也在歌唱！我知道藏族风俗，这堆篝火是太阳男神和月亮女神派来与男女青年们联欢的光明使者，向篝火敬酒，不但是表达尊敬，也是对围着篝火歌舞的藏民们表示感谢！敬酒和敬礼时，我连声用藏话喊着："扎西德勒，扎西德勒！"藏民们也跟着我一齐喊了起来。在一阵又一阵"扎西德勒"的祝福声中，我和格桑被老牧人牵着手来到男队和女队之间插了进去。我伸出双手牵起我左右的男女舞伴与歌友，在弦子伴奏下，也嚓嚓嚓地迈开舞步，跟着大家唱起了六世达赖喇嘛流传在香格里拉的一首情歌：

你是大鹰一样自由的山风，
我如同守望峰顶的经幡；
经幡永远向着山风呼唤，
终生为你吟唱六字真言……

我不禁仰起头来眺望月光下静静耸立的雪山，那一座座银色的高峰似乎在倾听着藏民们的歌唱；我再侧身过去观看夜风中翻腾的灼都湖水，那一道道波浪好像也在随着藏民们舞蹈；再看那眼前的篝火以及被闪闪火光照亮的那一碗碗美酒，我的身心感到从未有过的舒畅与沉醉！可是在如此亲热与欢乐的歌舞声中，我却是虽醉而清醒。至今仍记得，男队和女队虽然已经牵手连接，合成一队，但唱歌分别还是男女对唱；因为只有对唱才能激发爱情的感受与智慧的火花。男队先唱起仓央嘉措的一首家喻户晓的情歌：

那姑娘不是母亲生的，
莫不是桃树上结出来的？
为什么她对我的爱情，
比春天的桃花凋谢还快？

紧接着，女队又唱出仓央嘉措的另一首情歌，作为回敬：

飞翔在高空的山鹰，
还能在草原捡到鹰翎；
变了心的情人，
去何处寻找他的踪影？

舞，还在跳，歌，还在唱，酒，依然在飘香……香格里拉灼都草原上的歌舞酒会，不仅那时记忆鲜明，激动人心；多年过去，草青草黄，花开花落，岁月犹如灼都湖水不断流淌，那美好的情景，仍让我永远难忘！

原载《云南日报》2013年11月2日；入选散文集《云岭轶事》，云南大学出版社2015年8月出版；又载上海《云间文艺》2015年第2期。

交三桥

地名是一个自然与人文的符号；是一段生活与历史的碑铭；是一座蕴藏过去时光和积淀未来风尘，既能任你朝夕亲吻但又使你不能伸手抚摸的精神塑像。

这就是交三桥，淹没在千千万万地名中的，曾经有人在这里流血、牺牲、哀伤，令人无法忘却、永存记忆的昆明的交三桥。

在一个冬末春首、季节悄然变换的雾气淡薄的早晨，我们从城南的滇池之滨驱车前往城北的闹市中心，陪同从丹麦来的梅和她的丈夫去用美元兑换人民币以作云南之旅费用。不知从何时起出现这个颠倒的金融行情：过去只要你有响当当的美元，何愁无处用场。可是如今美元储备过多，转而促使人民币升值吃香了。连梅和她的丈夫旅居的四星级酒店也不直接收取美元，使手持美元的外宾很不方便。幸亏有酒店经理的热情指点，我们才能拨开一阵阵乍暖还寒的滇池清风，绕过缠缠绵绵的一条条车流，等候严肃的一盏盏红灯闭上眼睛或是依靠含情的一盏盏绿灯挥手指引，终于来到了全城唯一可以用美元兑换人民币的中国银行。梅和她的丈夫去大厅里接待外国客户的专柜办理相关手续时，我便抽空到大楼外观赏繁华的街道风景。

此前除了偶尔乘车快速通过这片闹市区，不曾有过在这儿漫步或停留的机会，使本应熟悉的一切反而显得陌生。这是两条大路交叉衔接的交通枢纽，从东到西是人民路，从南到北是北京路。昆明人虽然妇幼皆知人民路与北京路这两条车水马龙的交通要道，但却未必了解这两条犹如粗壮臂膀所紧紧拥抱着的一个小而又小、老而又老的地名：交三桥！

呵，交三桥！要不是站在你的地名牌前，我怎么也不会相信你就是我久别未见又十分思念的交三桥。你有没有搞错？我大声地问着交三桥，也小声地问着自己。是谁？从何时起又把你这古旧而不腐朽的地名寻呼出来归还给这片新生的土地呢？这顶农家草帽一样普通平凡地历经了多少雷雨袭击太阳、几度阴晴圆缺月亮的地名在“文革扫四旧”之后又重新戴在了你的头上，再一次显示了老地名作为符号、碑铭或精神塑像的历史价值和文化力量。地名的生命在于它所植根的这片土地是否还有生命。

可是，交三桥依然还是从前那个交三桥吗？

据我所知，这地名的缘起并不是说这里有三座桥相交。是因为这里南有太和街，北有环城路，东有小猪场路，这三条城外的街道交会于大东门前盘龙江上的溥泽桥而得名的。溥泽桥是盘龙江上的第一座桥，始建于元代至正年间，所以早年又叫至正桥。明朝取代元朝后改土城墙为砖城墙，大东门更加威严雄壮，那座盘龙江上的桥便被称为大东门桥。直到清朝灭亡明朝，在康熙年间重修此桥之后仍沿用此桥名。由此可知是先有此桥才有交三桥的地名。这样说来，交三桥这地名大约已有1600多年的名龄了吧。那么交三桥必然会有不断交替的春夏秋冬的花开花谢、雨飘雨歇、果熟果落、风寒风暖的岁月让历朝历代的人们去传说。那么我对交三桥又可以说点什么呢？

我之所以知道交三桥，难忘交三桥，则是由于六十多年前我的童年时代，侵华日军的飞机空袭昆明的猛烈轰炸中铭刻下的惨痛记忆。那是乌云低沉的冬天里的一个早晨。刚刚听见五华山上拉响的呜呜警报声，日机已经飞临城市上空。祖父用颤抖的双手把我拉到背上背起，从盘龙江西岸的一间小屋里跑出，要去城外躲避轰炸。不幸的是大东门的城门甬道被一辆抛锚的卡车堵塞着，蜂拥的人群推搡着拥挤着踩踏着好不容易才逃到城外郊野。残暴的日机对着手无寸铁、只知逃难的密密麻麻的人群进行低飞投弹、贴近扫射，顿时哭声四起，血肉横飞……祖父随即卧倒在田埂一侧，把我搂在胸怀，用他的脊梁骨护卫着我，爷孙俩才幸免于难。后来听说，那次交三桥被炸死的市民多达500余人。我至今仍记得那时的交三桥，田地里的油菜花蚕豆花上溅满了殷红的鲜血，道路边的老朴树枝干上挂着同胞们被炸断了的肠子和炸碎了的衣衫……

而此时眼前的交三桥，早已是改天换地了。地上的人流如织、车流似潮；天上是高楼入云、大厦蔽空。不是因为保留着从前的地名，哪里还能联想到当年日机轰炸的灾难痕迹呢？在人民路东段西段和北京路南段北段纵横结构的十字型地盘上，完全成为银行扎堆、金钱出入、富甲四方的风水宝地。且看东北角上是中国银行和中国工商银行；又看东南角上是中国建设银行；再看西南角上是中国农业银行和中国工商银行；又看西北角上是广东发展银行；真是所有重要的银行都跑到交三桥列队集合了。而与银行为友邻的是新华图书城、星宫大酒店、昆船大厦等宏伟博大的建筑物；只有那萎缩了波浪的盘龙江在东岸和西岸的挤压下默默地流淌着……

不知道是由于岁月远逝也难以洗净过去被侵华日军狂轰滥炸而造成的国家和人民的耻辱与愤恨，还是因为看到今天有那么众多的银行高楼大厦顶天于日机曾经横飞的空中、立地于日机曾经炸烂的地上，为祖国变得日益富强而觉得自豪呢？抑或是两种感情都在翻腾吧，交三桥在我心里、在我眼前轮回着映现出一幅幅或历史或现实的图景，让我时而怀旧，时而喜新。此时，我真想对交三桥说点什么，又很想请交三桥对匆匆来往的人们说点什么。但梅和她的丈夫已经用美元换好人民币走出了银行大楼。我们便一起上车向北郊的风景名胜黑龙潭驶去。因为早先说好要去观赏那里举办的梅花展览。这位以梅为名的梅女士说，从她出生起名后几十年来还从未见过梅花呢。听她这么一说，我们更加兴致勃勃地向梅园奔去。我本想说的当年交三桥被日军轰炸的沉痛往事，话到嘴边便又咽下去了。开车的是位穿便衣的警察女作家，乘车的还有我的老伴儿。路边不时有一蓬蓬血红色的叶子花或一丛丛金黄色的迎春花扑面而来又一闪而去。但是最引人神情的还是路旁一棵棵苍翠如人的老朴树和一片片美丽如画的油菜花蚕豆花。这树这花会让我想起些什么，除我而外，可能谁也不会明白。交三桥高楼林立不再是广阔的田野了，不再有老朴树和油菜花蚕豆花了，虽然在交三桥之外的其他地方，朴树和油菜花蚕豆花仍在一年又一年、一代又一代地生长着繁衍着后代子孙。但树对于树、花对于花不会有记忆的讲述，不会再想起六十多年前那些死难者的血肉和破衣烂衫。只有人能够通过地名寄存着漫长的历史和那些不该忘的故事。即使天地演变得面目全非了，只要当初的地名还在，只要有人一声呼喊，便能从遥远的过去唤醒沉睡的岁月，便能看见中华民族同胞们的鲜血浸润过的土地上依然生长着的朴树、开放着的油菜花蚕豆花……所以，我常听史志工作者说，不要废弃老地名，不要更改旧地名，以便让历史文化得到延长和持续。想着这些，面对原野，我便情不自禁地唱起了祖父当年教我的那首芬兰民歌《在森林和原野》。意想不到梅的丈夫海宁虽然不会说中国话，但却听懂了歌曲旋律，也跟着唱了起来。梅说，这首歌在丹麦和北欧很是流行。真是音乐没有国界，有的是音乐的心声。我老伴儿和警察女作家当然也会唱。于是我们又从头唱了起来。全车响彻了不同国籍不同语言的合唱：

在森林和原野是多么的逍遥，
亲爱的少年呀想些什么？
……
栽下一棵开花结果的树呀，
这是多么美丽呀多么美丽呀……

原载《云南日报》2008年1月11日
又载《上海文学》2008年第12期

名人名花红山茶

当北国的天空大地、崇山峻岭用飞舞的雪花、积存的冰层迎接一年一度的冬天降临，昆明的城镇乡村、林园郊野却别开生面地用一朵朵、一树树茶花刺绣装扮着冬季的时光。当然，有些年的某些日子，昆明也会下雪。但是雪花与茶花相恋，亲吻或拥抱的浪漫与真实的梦境再现，反而会更加突显茶花绽放的美丽，倍增茶花盛开的热情。人们看到的不是雪花将要凋零茶花，却是茶花用火红的笑颜融化了雪花而分外娇艳。这是冬天里闪现的春天的异色奇彩，只会让昆明处处洋溢着情爱，荡漾着情爱。说不清是人们用情爱催开茶花，还是茶花以情爱回报人们。总而言之是昆明因茶花的绽放和盛开而使人们感觉到即使身处寒冷的冬天也能从心底

流出温暖。

你若不相信，便看一看或想一想：在昆明是不是有茶花的地方就有人群？或是有人群的地方便有茶花呢？所以说：冬天里人群去观赏茶花或茶花在欢迎人群来观赏，大自然便会呈现出一幅幅画或一首首诗。

这如画如诗的风景，得从名人与名花或名花与名人说起。

有最早的史志可查看的是唐代《南诏中兴图传》，画面在美女曲廊的后侧便有一朵朵硕大鲜红的茶花，只不过那时称为“瑞花”。宋代有国画《山茶霁雪图》，画的就是绿叶上的白雪簇拥着三朵红茶花。文字书籍有南宋范成大《桂海虞衡志》中写的茶花：“闻滇南有二三丈者，开至千朵，大于牡丹，皆下垂，称绝艳矣。”以上图文还不便确认为专门绘写昆明茶花。至于明代李元阳万历年间《云南通志》卷十三记叙的感通寺僧无极去南京朝贡明太祖朱元璋一事，那明确说的就是大理苍山茶花了：“洪武癸亥（1383），率其徒入觐，献白驹一，山茶一。高皇帝临朝纳之，山茶忽开一朵，帝喜，入宸翰荣之，又命翰林侍讲学士李翀奉制赋诗，以赠之。”可惜钦命赋诗未在感通寺发现。

现在我们就只寻访与昆明有关的名人名花红山茶吧！

明代宗皇帝朱祁钰在位的景泰年间（1450—1456）编印的《云南图经志书》卷一《晋宁州》这样记载：晋宁“有山茶一株，产于州南天王庙前，其花开于冬月，有粉红、大红、纯白三色相间，谢时葩不落地，土人以为神异，不敢采。”天王庙不知毁于何时？这株“土人不敢采”的茶花如若活着，至少也该有六百多年的高寿了吧？如今却只能在发黄的古籍里寻访那茶花的“神异”了。

但是历史悠久的晋宁盘龙寺至今犹在，而且香火兴旺，人群如潮。我们翻开民国年间罗养儒的《纪我所知集》卷十《晋宁盘龙寺》，其中这样写道："有一处曰茶花殿，殿系一小院耳，内有茶花两株，一为真正之九心十八瓣之大红茶，花朵大逾饭碗口，色尤鲜艳异常，此种诚为昆明所无。树则高至二丈，根粗若汲水小桶，树干虽不及金殿之古花，花开时却繁盛过之。旁株为玛瑙茶，树高丈余，根粗亦及手之三围，顾此当是二三百年前所植也。"我认为现今盘龙寺内的茶花，便是文中所记录的那两株了吧。

我们接着应该去观赏北郊黑龙潭龙泉观内祖师殿前的那株赫赫有名的"明茶"了。此株茶花树由于与汉祠中的唐梅、宋柏、元杉同一圣地，因而人们依朝代唐、宋、元、明顺序而将其定位为"明茶"。这尊称也真是名副其实的"明茶"。有典籍记载，是明孝宗皇帝朱祐樘在位的弘治八年（1495）龙泉观住持喻道纯八十高寿时，道徒们为其祝寿所植。移植时喻道纯还亲自浇了定根水，而水正是祠内的黑龙潭水。这株茶花已有五百多年历史，却仍树枝健壮，花放青春。记得2013年12月4日中午，我们去拜访时，虽未入冬，却早就开花七朵，难怪人们将它命名为"早桃红"。与"明茶"同一时代的才子杨升庵（1488—1559），二十四岁考中状元后，在朝中为官十二年，却在三十六岁那年因触犯明世宗皇帝朱厚熜而于嘉靖三年（1524）被贬官下放云南永昌卫（今保山）。从此这位被摘去官帽却仍被人们直呼其荣誉称号"杨状元"的杨慎，流落云南各地三十五载，在谪居昆明时，也曾从西山脚下的高峣步行前往黑龙潭，为"明茶"写了赞美词《渔家傲·滇南月节词》："正月滇南春色早，山茶处处齐开了，艳李妖桃都压倒。妆点好，园林树树红云岛。"当然，杨升庵还另有一首写茶花的诗："绿叶红英斗雪开，黄蜂粉蝶不曾来。海边珠树无颜色，羞把琼枝照玉台。"但这明确是歌咏大理茶花，只能作为与昆明茶花相伴诗词的参考。

再说黑龙潭汉祠中的"明茶"。在明朝之后的当代名人中赞美

“明茶”的，就必须首推郭沫若（1892—1978）了。那是1961年1月，郭沫若去古巴访问后回国，途经昆明休息数日。在当时任云南省副省长张冲的夫人惠国芳陪同下，郭沫若于23日那天去游览黑龙潭，观赏了红花盛开的“明茶”。第二天便写成《游黑龙潭诗》。现今立于“明茶”旁边的诗碑，便是用当年拍摄原诗照片上的手书刻制而成的：

茶花一树早桃红，
百朵彤云啸傲中。
惊醒唐梅睁眼倦，
衬陪宋柏倍姿雄。
崔嵬笔立天为纸，
婉转横陈地吐虹。
黑水祠中三异木，
千秋万代颂东风。

明代杨升庵和当代郭沫若，大家都知道这两位诗人是四川人。外省人写诗词颂扬黑龙潭“明茶”，我们昆明人应当引以为荣。明代可能是昆明茶花与文人墨客交流最兴盛的时期。明末大旅行家徐霞客（1586—1641），在其五十五岁去世后经亲友整理印行的《徐霞客游记》（1613—1639年期间写记）中的《滇中花木记》如此描述道：“滇中花木皆奇，而山茶、山鹃为最。山茶花大逾碗，攒合成球，有分心、卷边、软枝者为第一。省城推重者，城外太华寺。城中张石夫所居朵红楼前，一株挺立三丈余，一株盘垂几及半亩。垂者丛枝密干，下覆及地，所谓柔枝也，又为分心大红，遂为滇城冠。”此外，徐霞客在《游太华山记》（今称西山）中也写道：“抵太华寺，寺亦东向，殿前夹墀皆山茶，南一株尤巨异。”当然，明代至今数百年，昆明城中张石夫家院里的两株被徐霞客称为“城冠”的茶花早已消逝于城中尘埃，但西山太华寺中的茶花却依然迎风盛开，焕发着徐霞客游记笔墨的文采。

在这里不能不提及的一段茶花佳话，是曾经在昆明近郊的晋宁老家接待过来自江苏的徐霞客的唐泰（1593—1673），在出家当和尚改名为担当之前，也曾写过一首茶花诗：“冷艳争春喜灿然，山茶按谱甲于滇。树头万朵齐吞火，残雪烧红半边天。”如果这诗是写晋宁盘龙寺茶花的，岂不更加美妙？但据考证，此诗是担当在楚雄紫溪山寺中有感而发当场写的。只因他是昆明人，我们也能从诗中感觉到昆明茶花的美感与灵韵。

再说徐霞客游记中写的太华寺，与其相邻的是华亭寺。此寺殿院中同样有繁盛不衰、引人入胜的茶花，明清时代也同样有名人高官游览过并抒写诗文加以赞赏。只是如今难觅未见。但颇为有趣的是，与郭沫若同时代的散文家杨朔（1913—1968），也同样在1961年初游览西山后写下了散文名篇《茶花赋》，便主要写的是华亭寺茶花：“今年二月，我从海外回来，一脚踏进昆明，心都醉了。我是北方人，论季节，北方也许正是搅天飞雪，山瘦水寒，云南的春天却脚步儿勤，来得快，到处早像催生婆似的正在催动花事。花事最盛的去处数着西山华亭寺……且请看那一树，齐着华亭寺的廊檐一般高，油光碧绿的树叶中间托出千百朵重瓣的大花，那样红艳，每朵花都像一团烧得正旺的火焰。这就是有名的茶花。不见茶花，你是不容易懂得‘春深似海’这句诗的妙处的。……华亭寺有株松子鳞，是明朝的，五百多年了，一开花，能开一千多朵。”虽然杨朔死于“文革”的迫害，但他五十多年前写的《茶花赋》，却仍使明朝的茶花继续活着，开放在当今的经典散文里。

现在我们就从明朝接下来谈清朝的昆明茶花诗。应当说，清朝茶花诗要比明朝茶花诗更多更广。但最负盛名而又不大为百姓所知的就该数林则徐写的那首茶花诗了。全诗长达56行（句），392字，标题也很长：《己酉上元后二日邀程晴峰同年、廖韵楼前辈、保绍庭刺史、李桥东、杨平阶两明府万寿寺看山茶花有作》。这首诗曾被人称之为叙事诗，但我觉得诗中虽也说人道事，也有记述经过，总的来说还是应当作为抒情诗来读。

林则徐（1785—1850），人们大都知道他在清道光十八年（1838）任湖广总督职务时，禁烟成效卓著，次年受命为钦差大臣，赴广东查禁英帝鸦片输入，抵抗西方列强侵略。道光二十年（1840）一月任两广总督，鸦片战争后受投降派陷害，被革职充军下放新疆伊犁三年多，在边远疆土兴修水利，垦辟屯田颇有建树。后经名臣举荐，又被朝廷起用，道光二十七年（1847）三月，年逾花甲六十二岁的林则徐被任命为云贵总督。林则徐六月十五日到达昆明就职，在此任期两年零三个月。这期间，林则徐除了于1848年春天远赴滇西永昌（今保山）处理民族械斗动乱外，由于年老多病，大多时间都在昆明履职。这首诗写的“己酉”即道光二十九年（1849）；“上元后二日”即道教“上元节”（阴历正月十五日）之后两天，也就是正月十七日与诸友同事前往昆明东郊跑马山塔密左大村万寿寺观赏茶花的行程经历与心得感悟。值得一提的是，林则徐在写了这首“万寿寺看山茶花有作”之后半年，又在“中元”即道教“中元节”（阴历七月十五日）前一天邀约云南学使孙梧江赴黑龙潭、大观楼两地游览，写了两首七律诗，至今手稿仍存。因为不是写茶花的诗作，这里略去不详谈。但这两首游览黑龙潭、大观楼的诗，是林则徐在昆明的最后之作，两个月之后，林则徐于九月因病辞职，离昆返福建故乡。他那首《己酉年九月自滇归闽，同人赠言惜别》的“黄金时节别苴兰”的感人泪下的诗，则是在途中旅店的油灯下写的。

林则徐在昆明写的茶花诗，也许由于很长，在过去的不少文章中，都只是摘录引句，难见原诗全文。我听到许多读者说，怎么理解是各人的事，总得看到全诗才好。为此，我遵从读者要求，将原诗全文抄录于后：

滇中四时常见花，经冬犹喜红山茶。
奇观首数塔密左，树大十围花万朵。
官斋安得寸根移，但涤罂瓶供折枝。
纵饶座上斒斓色，那及园林烂漫姿。
东君不秘倾城艳，春光尽许吾曹占。
平生未惜马蹄遥，肯使城南花事欠。
昨宵小雨替清尘，步屧春风正及晨。
禽语钩辀催曙色，花幡摇曳约诗人。
定光寺里珊枝老，可惜今年开不早。
菊瓣群夸太极宫，还输万寿庵中好。
小板桥西路几弯，墙头先露半林殷。
初疑日上扶桑丽，旋讶霜侵枫树丹。
须臾转入摩尼殿，赭色迷天天不见。
火伞高张祇树林，赪珠遍照空王院。
花气清当雨后天，朝曦初映倍鲜妍。
迸开新瓣浓于染，擎出高枝烂欲然。
最宜佛座东偏看，银海光摇红不断。
谁抛朱绢树头缠，岂炽洪炉林下煅？
花光遥扑碧鸡关，欻换燕支塞外山。

鹤顶投林翻觉淡，鹃声啼血柱留斑。
回思火树明前夕，似有仙人向空掷。
天女凌虚散作花，转教桃李无颜色。
江南我忆众芳寻，赤玉丹砂亦满林。
梵行寺有端明咏，拙政园经祭酒吟。
宝珠色相犹输此，欲到边陬叹观止。
合将南诏号朱天，不负行縢一万里，
醉劈云笺学剪霞，聊凭绮语写秾华。
花神若与诗争艳，笼取红纱胜碧纱。

读完全诗，不需要多作解释，我们便知道万寿寺的这株茶花在林则徐的眼里心中是多么的绚丽，多么的圣洁，多么的崇高了。这不仅是写昆明的茶花，而且也是写云南的所有茶花诗当中最长的一首诗了。林则徐一开篇就明确地说，“滇中四时常见花，经冬犹喜红山茶”，茶花为花中之冠。“奇观首数塔密左，树大十围花万朵”，而茶花之中，又首数万寿寺之茶花，成为冠中之冠。接着笔锋一转作了比较：“定光寺里珊枝老，可惜今年开不早。菊瓣群夸太极宫，还输万寿庵中好。”好到什么程度，这就需要浪漫想象了：“花光遥扑碧鸡关，欻换燕支塞外山。”就是说，昆明城东金马山万寿寺茶花的光彩穿越全城“朱天”，映射到西山碧鸡关，甚至是遥远的边陲“塞外山”了。诗的结尾，林则徐自谦地吟诵道：“花神若与诗争艳，笼取红纱胜碧纱。”那当然还是被奉为“花神”的茶花比他的诗更艳美了。

只不过令人十分痛心的是“花神”与万寿庵今已不存，毁于人为的灾难……

在这茶花盛开的冬天，以“神州茶花，秀甲天下”为主题的第九届中国茶花博览会将在昆明举行。我们可以去主会场金殿名胜区那1000多亩种植着茶花的园林里观赏1000多个品种茶花的笑傲开放，可以去盘龙寺、黑龙潭、太华寺、华亭寺等地尽情浏览昆明古茶花的华丽风采，领略茶花老而弥坚的傲寒迎春精神。同时也能通过阅读品味林则徐166年前写于昆明的这首诗来想象官渡塔密左万寿寺中的茶花万朵，这不也是在欣赏名人名花红山茶吗？林则徐这首诗中的红山茶，不但在过去的历史中未曾凋谢，还将在今后的岁月里永远盛开！

原载《云南日报》2015年1月17日；入选王剑冰主编《2015年中国年度散文》，漓江出版社2016年1月出版；曾入选散文集《昆明的表情》，云南人民出版社2015年6月出版。

远眺近望五华塔

仿佛是某个早晨或黄昏，昆明市中心便在旭日中或夕阳下耸立起一座巨塔。说得具象点，是一座塔形大厦。说得更确切些，是五华区行政大楼。

这座五华区塔形行政大楼，美丽，壮观，巍峨，撑开了城市低矮迷蒙的天空，一下子提升了市区的风景线。从而把昆明市标志性高度从五华山转移过来，成为昆明市富有时代内涵与中华特色的建筑物。它的诞生，成长，突起，高矗，首先是五华区，当然也是昆明市改革开放的一项重大成果或城市建设的一个惊人奇迹，引领着昆明老城既要守旧也能拓展创新的潮流。

由于立足点也就是视野的角度不同，方位各异，仰俯差别，这座五华区行政大楼，有人把它比作郑和远洋巨船的一片风帆；有人把它当作聂耳《义勇军进行曲》即国歌的一个音符；也有人把它视作生机勃勃的茫茫楼群中冒起的雨后春笋！而我是从潘家湾小西门沿着武成路的视野远眺，请允许我把它看作是一座巨塔吧！

从古代开始，塔便与滇池之滨的这座城市相依为命。塔同时也为昆明记录着不可磨灭的历史。因而也有人把塔当作书写昆明物质文化的大笔。仅以五华区所属地域内的塔为例。东寺塔与西寺塔，有史志记载，就说是唐贞元初（785—805）弄栋节度使王嵯巅建；

亦说是唐元和三年（808）大匠尉迟恭韬建；两塔不仅保存了唐塔的风格，也凝结了云塔的特征，把1200多年前的历史起点一直延续到今天或今后。在这漫长的历史时光中，我们还能读出一段神奇的故事：唐代的东西寺塔建后历经宋元两朝，到明朝孝宗弘治十二年（1499），因地震，西塔倾倒，东塔却依然挺立。四年后即弘治十六年（1503）仿东塔重建西塔。可是到了清朝道光十三年（1833），昆明又发生地震，震后西塔巍然存留，东塔却倾倒了。五十年后即清朝光绪九年（1883）又仿西塔重建东塔。两塔先后分别遭难，又先后相互仿照重建新生，真是你中有我，我中有你，不是建筑命运相连与历史文化相亲吗？再如螺峰街坡顶大德寺内的双塔，塔依寺而建，后来是寺毁塔存，说明塔比寺的生命力强。双塔为明朝成化己丑年（1469）何永清建。如果说东、西寺塔为密檐方塔还未脱却唐塔模式的话，那么大德寺双塔为密檐四方实心塔，则是典型的云南塔了。这两处的双塔以艺术结构和建筑气质见证了历史的沿袭与文化的传承，而又闪耀着各自的岁月光彩。

塔在古代是顶天立地、通上连下的神圣建筑，能在人神之间沟通信息，为世间百姓祈福求安。所以历朝历代的主政为官者都要建塔。塔同时也在美化着自然风情，美化着精神境界，美化着时代社会。我之所以把五华区行政大楼比喻为塔，除了其形似，还觉得它是古代建筑文化和古代社会信念的一种神似。甚至也是五华区行政职能即为人民服务的一种标志与寄托！与古代塔所不同的是，五华区的公务人员是在塔内办公，为五华区人民辛勤地工作着。因而从某种意义上我把它称呼为五华塔。

五华塔建成后，确实对于五华区经济的繁荣、文化的发展、精神的振奋、城市的美化等各方面都已经作出并必将继续作出重大的贡献。我们不必在这里列出五华塔建前和建后、昨天和今天的那些统计数字；数字当然能说明它的政绩；而它的政绩又是由它塔内的人们带领着五华区所有的公民们共同创造出来的。五华塔有它的功劳，但它的功劳又不是用数字能够完全表达的。

我感触最深刻的是，五华塔以它挺拔而不高傲、俊秀却又健壮的形象受到市民的敬仰与赞扬。

我们如道，大凡一座巨大的建筑物在城市特别是闹市中心出现后，人们总会对之议论纷纷，或褒或贬，不一而足；有的被冠以幽默的绰号或讥讽的别号，让人一笑而久久深思。有的建筑物则寿命不长，不久之后又将会被后来的建筑物取而代之。这就是说，城市建筑物是一件在光天化日之下，被群众口舌评头论足的物体，任何人都在观看欣赏，都可以指指点点，都在接受日月星辰的轮流检阅，都在承担风霜雨雪的经久考验。五华塔当然也在此列。既然引目，当然引议。

五华塔的幸运和光荣，在于它十年怀胎，出世之后多年来的有目共睹、有口皆碑的自身，是经受了检阅与考验的。依我的看法和想法，还有我熟知的许多文化人和我陌生的不少过路人，在他们的眼里和心中的评价，大多是肯定和赞扬的。五华塔的建设和建成，不但没有像有的建筑物那样损害或影响了生态环境和周围的建筑群体而是增添了原地的自然风景，使它的立足之地从自然到社会都显得更加和谐。五华塔的25层，层层有近景与远景可观可望。五华塔的基座不是热闹的百货商场，而是花园广场。林木繁茂，有古老的滇朴、银杏、黄连木；有珍奇的香樟、楠木；有常青的小叶榕、天竺桂；还有来自远方在此地安家落户的众多花木朋友，诸如缅桂、金桂、银桂、紫薇、红枫、玉兰、绿梅、红梅；更有月月绽蕾、季季开放的多彩多姿的各种鲜花。在这些树木、灌木丛、花草之中，有拱桥、流水、曲径、座椅、石凳、栏杆，供游客闲人休息，散步，锻炼，读书，看报，画画，唱歌；而与树与花与人做伴的则是鸟鸣、蜂飞、蝶舞以及传送花香的凉风或暖风；这一切交融成人与自然相亲相爱的天地。人们似乎忘了广场的一边竟然是五华区党政机关、领导部门的办公所在地呢！气氛是那样的祥和轻松，大楼是那样的和蔼可靠。

我在大楼西侧花园广场上特意关注到那尊原生态的大青石上雕刻着的一首诗，作者为赵海若，诗诵五华塔所处的自然与社会的环境："故城临水伴云山，鹰去轻鸥几度还。湖畔谁吹春晓曲，车潮涌出一晴帆。"确实写得好，诗句能与大青石和五华塔互映光彩，协调灵气。从南从北看，大楼形似船帆，令人意气风发。但依我的观察与感受，我想再作两点修改：即把诗的最后一个"帆"字改为"塔"字。如前所述，因为我心目中的五华区行政大楼是塔的形象。刻诗的青石恰好又立于楼西，背靠的是"塔"而不是"帆"。如此一改，为了押韵，诗的第二行"鹰去轻鸥几度还"则又不得不再改一字，即将"还"改为"家"，成为"鹰去轻鸥几度家"吧！

我改"帆"为"塔"，是缘于视觉，出于形象的需要；而改"还"为"家"，是缘于感觉的萌生，出于情感的表达。当然这只不过是我个人的一时兴起、纸上谈兵而已。历史上改诗改联的事常有，不足为怪，不必当真。我不要求在那尊大青石上把刻好了的原诗作任何改动；也不希望另立青石重刻改诗而作参照比较。我只是想以此描述我的审美观念，抒发一下我在楼前林园的思考体验，大楼既像帆也像塔，正说明奇妙与平凡之所在。

五华区近几年来，在拥挤、繁华、喧嚣的闹市中心，想改善密集人口所居住着的环境的生态，优化人们所渴望的生存条件。这可能是硬件和软件、物质与精神都十分艰难困苦的事业吧。但五华区总是在日日夜夜地努力着，月月年年地奋斗着，已经做出了一系列良好的成绩，已经受到了本地居民和外地游客的赞赏。我常常会在深秋和春末的近半年的时光中，看到来自俄罗斯西伯利亚的海鸥，成群结队地像欢庆节日一样在翠湖上空飞翔，在翠湖水面安静地歇息，更引人注目的是这些来自异国他乡的海鸥像昆明人的亲朋好友那样总是对五华塔情有独钟，或围绕塔身，或凌空塔顶，一边飞翔起舞，一边啼鸣歌唱；有时还见几只大鹰在鸥群中伴舞；鸥与鹰和谐翻飞，对语交谊而又互不干扰，在自由的天空中自由地游行。鹰与鸥用它们的翅膀划动朵朵白云，摘取片片彩霞，在碧蓝的天际绘画出昆明独特的风景……此时，五华塔成为一个可信可敬的坐标，一个无声有意的旗语，鹰和鸥只要一看到五华塔，就会飞来，找到它们栖息和游乐的森林、湖水、花丛、草地、栏杆、堤岸，那是它们共同的家园。当然，在没有鹰飞鸥翔的另一些日子里，五华塔周围的天空，仍有鸽群飞来飞去，那一只只鸽子的尾巴发出的哨音像一股股泉水流淌着，那广阔高远的天空从未感到寂寞和清冷……

这难道还不足以说明，以五华塔为标志的五华区的生态环境、生存环境，已经变得越来越美丽，越来越可爱了吗？我相信，几十年之后，甚至是几百年上千年之后，五华塔依然会屹立着。这是因为五华塔的形象和灵魂，激荡着喷涌着生态的力量、艺术的力量、精神的力量、文化的力量、历史的力量！

原载《五华风》杂志 2012 年第 1 期

黄草岭的和谐乐章

驱车离开景东县城时，窗外不断掠过一团团乌云和一阵阵雷声。沿着曲曲弯弯、高高低低的乡村公路行进，随着群山之巅闪出一轮鲜红的太阳张开笑容，伸出千千万万灿烂的手指，轻轻地揭去笼罩着山林峡谷的一层层雨纱雾帐，我们的心情豁然开朗，终于在蓝天白云下和红土地上看到了黄草岭。

黄草岭是地名也是村名。几天来常听人说，黄草岭是世外桃源。一方面是说黄草岭居住着汉、彝、哈尼、傣等 8 个民族 137 户人家，

603 名各族群众友好相处，民风淳朴，路不拾遗，夜不闭户，是人间乐园；另一方面是指黄草岭坐落在无量山东坡，地处国家级自然保护区边缘，属于海拔 2300 米至 2500 米的高寒山区，是景东彝族自治县唯一一个不能种植稻谷却又靠发展特色经济而率先脱贫致富达到小康水平的村寨。去年一年全村经济总收入达 132 万元，农民人均纯收入 2900 元；到今年上半年全村存款已达 500 多万元，其中存款最多的一户达 50 多万元。黄草岭村荣获“全国绿化造林千佳村”和省级、市级“文明村”等称号；村党支部荣获普洱市市级“五个好党支部”“先进基层组织”“学科学用科学先进党支部”等称号；以上两个方面表明黄草岭人与人、人与自然和谐相处。正因为如此，黄草岭村才有可能在 19.7 平方公里贫瘠而寒冷的土地上创造着共同富裕：共享生态的社会环境、自然环境。

走进村委会，新建的两层办公大楼犹如一座城里的星级宾馆。楼前宽敞的庭院宛若花园。花坛上红黄蓝紫白等各色野花家花竞相开放。绿草地上栽着古茶树、红豆杉、孔雀杉、大树杜鹃等林木，虽然它们分别移植于村里村外，但代表了黄草岭的珍稀树种，而且都已在村委会落地生根发叶开花，显出勃勃生机。村委会除了党政青妇等领导和部门的办公室，还有倾听村民心声的接待室，为村民医疗保健的卫生室，对村民普及农业知识的科技室等。村委会一位领导指着山村介绍说，这里为什么叫黄草岭？因为过去是荒山秃岭，冷得绿草都变成黄草。后来由于县委、县政府关注民生，立足于本村的资源优势，因地制宜，以市场为导向，打破单一的传统农业生产模式，闯出了一条“以经济林果为主，粮畜并举，走生态农业的发展道路”，终于使全村经济发展一年迈上一个新台阶，人民生活一年比一年更好，村容村貌一年一个大改善。经过多年艰苦创业，在荒山秃岭种植桃园 415 亩、核桃园 300 亩、梨园 200 亩；刺包菜园

250亩、花椒园200亩，使黄草岭变成了经济林木花果山；黄草岭的花椒、水蜜桃、黄梨、刺包菜、核桃等农林产品成为畅销县里市场的没有污染的生态型良好品牌。随着经济收入的连年增加，黄草岭社会主义新农村建设的面貌也连年美化。如今村民都已住上冬暖夏凉曲石板房或坚固整洁的瓦房；家家户户使用节能灶、沼气；猪、牛、羊圈和厕所都已达到农村卫生标准；电视普及率达到98%，程控电话用户达到80余户；不少人家已买了摩托车，有的人家还买了农用运输手扶拖拉机；山区农村与城镇的生活差距在不断地缩小，生产生活条件已发生了根本性变化。

为了获得实际感受，我们便离开村委会去农家访问。黄草岭不是密密麻麻的房舍挤在一起的大村庄，而是由分散的5个村民小组组成，房舍星罗棋布于绿树丛中，有点像城里人在郊野的别墅。各家各户都有自己的一片小天地。户前大都有花园和果树，稍远处是畜圈。房后是菜园和水池。房左房右的墙上挂着一个个大树挖空制成的蜂桶，是立体拉爱坚园；房檐廊上都吊着金黄的苞谷串和辣椒串；楼下是客厅和卧室，厢房为厨房。楼上堆放苞谷、苦荞、高粱、麦子等高寒山区特产的粮食。我们访问的老王家是从滇东北巧家县迁移来的汉族人家，到黄草岭已有百多年的历史了。老王说，他们的老祖宗率领着家族老小长途跋涉来这儿安家落户，当地的彝族、哈尼族等少数民族便热情地接纳了他们。怪不得老王和附近的几家人说的是昭通腔的四川话。现在黄草岭的汉族村民已超过本地人口的60%以上成为大民族，但他们依然尊敬尊重当地的少数民族。老王说到家史，还唱了一首名叫《太阳出来喜洋洋》的老祖宗一代代传留下来的四川滇民歌；说到今天的好日子好生活，又用彝族话唱了一首《党的政策实在好》的黄草岭新民歌；接着他家的老人和孩子又拿出自家酿造的苞谷酒和自家种收的水蜜桃和核桃、花生要我们吃喝……

一片热情声中，从老王家对面背娃娃山的森林里传来两声“布谷！布谷！”的鸟鸣。我告诉老王，这是我今年也是多年来第一次听到布谷鸟的啼叫。老王动情地说，这是今年布谷鸟最后的歌唱了。布谷鸟是候鸟，看到粮食水果渐渐成熟和收获，它们也把绿色的鸟蛋下到别的鸟窝里，它们就要告别黄草岭飞到远方去了。我问老王，布谷鸟飞到哪里去呢？老王说，飞到很远很远的地方，也许是巧家县我们老祖宗的故乡吧？我问老王：你回过老家吗？老王摇摇头，说：黄草岭就是我的老家，我祖上两代人和我以下的儿孙两辈都是在这儿生长生活，黄草岭已成为我们最好最好的家乡！明年春天你们再来，那时满山满谷满村都是盛开的桃花，红红火火，那才是真正的桃花源呢……

不知怎么的，这时人们静了下来，山野静了下来。我仿佛听到了老王心跳的声音，听到了花椒、核桃、水蜜桃成熟炸裂的声音，听到了蜜蜂飞来飞去采花粉采蜜汁的振动翅膀的声音；听到了山谷里溪水流淌的声音……哦，黄草岭的风景风物都会发出声音呢。正是这些声音组成了黄草岭的和谐乐章。听着这么美好的乐章，我想说，当今能够创造和演奏人与人、人与自然和谐的乐章的地方，与其说是世外桃源，不如说是世内桃源更确切些吧！

原载《春城晚报》2007年10月20日
又载江苏《江南晚报》2008年2月10日

春风伴我昌宁行

春风伴我昌宁行，
吹融残冬碎雪冰；
哀牢深山樱花红，
茶乡法官暖民心……

这些天望见昆明盘龙江岸或是人行道上的野樱花枝头吐蕾欲绽，便使我想起哀牢古国腹地昌宁之旅。那是新年刚刚开头，春节姗姗

未到的一月中旬，群山环抱的右甸坝上、达丙河边、澜沧江畔却早已是野樱花盛开时节，一片片花海连接着一朵朵红云，那燃烧的一团团色彩变成一阵阵温暖的春风吹拂着翠绿的千年茶乡。我在采访本上写下了开篇的四行诗表达我当时的感受。

我参加“中国作家千年茶乡法院文化采风团”前往昌宁，为的是实现我多年来的梦想。我梦中的昌宁，地处保山、临沧、大理三市州交界结合部，总面积 3888 平方公里，山区面积就占 97.1%，居住着汉、彝、傣、苗、回、布朗、傈僳、佤等民族，人口 34.4 万，是云南省 73 个国家扶贫开发工作重点县之一……在昆明飞往保山的飞机上，我一边翻阅着史料，不时还从舷窗往下探看，想发现我久已向往却从未去过的地方。然而除了白云飘荡，便是青山绵延，难见昌宁真面目。

昌宁虽然设治较晚，但其历史悠久，可以追溯到 3500 年至 4000 年前的原始社会。从其境内考古发掘出来的青石质磨光梯形石斧、残石钺、夹沙绳文陶片、肩石斧等，便是古代百濮、氐羌部落的新石器遗存。在考古墓葬址发现的青铜文物中有铜鼓、铜剑、铜斧、铜钺、铜镰、铜钩等，经测定，其年代为春秋中期到战国前期，就说明早在楚国大将庄蹻入滇（前 339—前 329）之前的几百年间，昌宁先民就在这片土地上繁衍生息、创造出灿烂的青铜文化了。西汉东汉时期，昌宁分别隶属于益州郡和永昌郡。三国蜀汉时期，为永昌郡的永寿县所辖，并沿袭到唐朝天宝末年。此后的唐、宋、元、明、清时期均有这片区域隶属的郡、府、县、长官司等的历史记载。直到民国二十二年即 1933 年由永昌（今保山）、顺宁（今凤庆县）部分相邻的区乡析置为县，取其两县的后一个字而成为昌宁县名，当然也有祝愿其昌盛安宁之意。

想不到昌宁县设县治七十七年后，也真的成为昌盛安宁之县了。

到昌宁后的几天采访，所见所闻，感到由国家授予的全国首批优质茶叶基地县、糖料商品生产基地县、名优特林产（泡核桃）产品基地县、造林绿化百佳县等4个称号，以及省级烤烟种植示范县、无公害茶生产示范县、商品肉牛羊基地县、竹类生产基地县、茶文化创作基地县等称号是名副其实的。特别是千年野生古茶树和千年栽培型古茶树，是活的茶文化历史悠久的见证者。大面积优质茶园所生产的“碧云仙茶”“云宁茶”“尼诺茶”“树根地茶”“雪兰茶”“龙润”等名牌产品屡获国家级、省级奖，受到国内外消费者青睐；其中尤以精制红茶为殊荣，远销亚、欧、美等20多个国家和地区，享有广泛而持久的信誉。绿色生态经济的稳定持续发展，给这片土地上的各族人民带来了前所未有的安居乐业的和谐局面。这次行程较短，虽未能深入广泛地采访昌宁的方方面面，但已为滇西这颗“绿色明珠”的光彩而耀眼而感动而欣喜不已。

我体会最鲜明最生动最深刻的还是昌宁县的法院文化建设。此前在我的人生记忆中，关于法官，只有两次亲历。一是我在昆明军区文化部时，我所住的国防文化宫内的文园，与我们同住一幢楼的有副部长朱德儒。他的夫人，给我的印象，只以为她在家是位贤妻良母，在地方机关是一位骑着单车按时上下班的女干部。后来偶然看到街上张贴布告，才知道她是昆明市中级法院的院长呢。可是她叫她丈夫老朱老朱时微笑，她时不时在阳台上哼几句山西小调的神态，总使我对不上她那法官的称号。另一次就是，云南省高级人民法院开庭审理电影《五朵金花》被曲靖烟厂侵权用名时，编剧公浦、季康请我这个老战友去出席旁听。那天下着小雨，空气湿润。开庭前，在庭外的走廊上，我拿出相机为曾经是夫妻的公浦、季康合影留念。气氛显得轻松平静，不像是打官司的架势。开庭审理两个多小时，原告和被告为侵权或不侵权辩论交锋虽然舌战激烈，但最后还是达成共识，双方握手言欢，同意第二天上午协商解决，赔款便可了结。除了上述两例对法官的印象，可以说，我对法院、法官真是一无所知。

到达昌宁后的第二天早上，阳光明媚，风暖花香，完全是一番早春景象。在昌宁县法院大楼内开完采访会后，我急忙下楼，来到大楼前的广场上。在一块鹅卵石铺起的地面上，有一座汉白玉筑成的高台，台上耸立一尊高大威武的石雕。像虎不是虎，像狮不是狮，大眉、大眼、大鼻、大口、大舌，瀑布般的胡须飘在胸口，两只前爪犹如两座山峰，唯有后脑袋上挺起独角……这不就是李秉琦院长刚才在会上讲的独角神兽吗？再仔细一看，汉白玉碑上刻有文字，我便认真读出声来：

> 灋，也称为獬豸，上古传说中的神兽独角，有异禀，能辨别是非曲直。在古代用于神明裁判，被灋之角抵触者即为败诉或有罪；现寓意法律威严和司法公正。

读后，我恭敬地面对灋，向前眺望，灋的独角与旗杆在一条直线上，旗杆顶端是在阳光下暖风中飘扬的五星红旗；再顺着国旗旗杆看过去，是法院的大门，门上是庄严的国徽……

灋——国旗——国徽成一条直线，这如诗如画如歌如舞的风景，使我的眼睛明亮起来，心胸开朗起来，精神昂扬起来，顿时对法院和法官的认识与理解也形象起来，深刻起来！我挨近了独角神兽，发现在灋的胸膛上紧紧地贴着一只小蜗牛，也许是在灋的胸膛立足不但安全，而且还能遮蔽昨夜的风寒，小蜗牛才慢慢地爬上来的吧！此时，小蜗牛还伸出触角，在享受阳光的温暖呢！再抬头往上一看，在灋的左肩上，前胡须和后胡须之间，有一片红土留下的马蜂窝痕迹。我从中读出一个真实的故事：马蜂在灋不经意的时候，衔泥土在这里做窝安家，后来被哪位法官发现，便找来木棍捣毁了。谁说马蜂不敢来灋头做窝？可是，谁说法官不敢捅马蜂窝呢？

当然，这也只不过是一个寓意而已。站在灋的面前，望着身背坚壳的弱者蜗牛，又看看尾藏利箭的马蜂的遗址，我又想起刚才在法院大楼会议室的采访会，那才真是如同上了一堂生动的法文化课呢！

李秉琦院长说："中国最古老的灋（法）字，是由"水、廌、去"三部分组成。廌，也称獬豸，是上古传说中的独角神兽。性刚直，见不平，触不直者，三者联体，寓意法平如水，去不直的精神。"法"字的创造，代表着中华民族古代先民对于法治最原始最朴素的描摹，它凝结了古代人对于"法"这一特殊现象的见解。漫漫两千多年过去了，今天，面对"法"字，我们仍会油然生出深深的敬意。"

李秉琦院长从中华民族最古老的法文化联系到当今的法文化时，说："法院是正义的最后一道门槛。主要功能是化解矛盾，解决纠纷，是法律变为现实的重要渠道，人们对于法律的追求和渴望大都要通过法院这个血肉丰满的实体才能获得有形的概念。法院不仅是适用法律于案件事实的场所，也是法律得以实现的重要途径。公平、正义是法律的最高价值，也是法院的终极目标……因此，法院文化代表着法院的灵魂；法律信仰，是法官从事审判职业的精神信念和内在心境。是法官对法律的认识、理解和领悟的基础上产生的一种神圣认同感，是深深根植于内在心灵中对法律高度的理性认识。法院文化对法官的行为规范和职业道德、职业修养有着重要的引导、规范、激励、陶冶、塑造作用。树立法律信仰，使法官成为法律理念的塑造者，法律秩序的缔造者，法律运行的领航者，法律正义的完善者……"

说得多么好啊！那时，我听着李秉琦院长对法院文化的理论阐释，又听了各位法官所讲述的办案经过与体会，我真切地觉得，我来到昌宁，是我人生第一堂正式的法院文化课。深深地感到李秉琦院长所说的“厚德载法治，文化铸法魂”，既是实践的经验，也是理论的精华。正如我的老战友张承源在一篇文章中所说的：李秉琦院长“勤奋好学，知识广博，刻苦钻研，专业精深，外柔而内刚，能写一手好文章，实属一位难得的司法英才”。

就拿勤奋好学来说吧。李秉琦 1986 年毕业于云南省司法警官职业学院之后，分配到昌宁县监狱工作，在政治处、教育科任干事。由于学习和工作优秀，先后调到保山市政法委、司法局、保山地区司法处、保山市人大常委会任法工委副主任；后又调任昌宁县法院党组书记、院长。在这期间，他并不满足于原有的学历，而是一边工作，一边刻苦学习，报考全国法律自学考试，取得了云南大学法律大专文凭；接着又读完中国政法大学、中央电大法学本科，取得了法律法学的优异成绩。除上述正规学历学习而外，他还博览群书，刻苦钻研，古今中外，从孔子、老子、释迦牟尼的儒道释理论到黑格尔、爱德华·泰勒等的著作，再到李悝、董宣、狄仁杰、包拯、王安石、况钟、冯俊、海瑞、于成龙、施闰章等杰出的法律人物的言行他都能精通牢记并效法其追求公平正义的法院文化精神。他不但有着十分深厚的法学文化的理论修养，还有着十分卓越的法院文化的实践创造。因而，李秉琦院长被保山市委政法委连续三年评为“全市政法队伍建设先进个人”。昌宁县法院也在 2008 年被云南省高院、云南省司法厅授予“指导人民调解工作先进集体”的荣誉称号。

李秉琦院长考虑到昌宁 97.1% 都是山区，交通困难；民族众多，语言不通；生产落后，经济困难等种种实际情况，他提倡走出庄严的法院大楼，出堂办案，下乡办案，田头办案，病房办案，巡回办案，使“司法为民、司法亲民、司法便民”作为经常的实际行动；

他始终认为："法官不是官，法官职业是一种崇高的使命，一种严肃的责任，法官职业比金子更珍贵。"因而他真正做到了"脱去法袍，融入人民、解决民忧"。这些理性观点，李秉琦院长在保山市委机关刊物《活水》与《保山日报》发表的抒情诗《我和我的祖国——献给共和国的法官》中，也写得十分形象生动而真切感人！

李秉琦院长和法官们经常身背国徽和"昌宁县人民法院巡回法庭"的红布标，唱着《茶乡法官》的歌声，行走在乡间崎岖的山路上。到了办案的村寨，国徽和法庭红布标或挂在土墙上，或挂在房檐下，或挂在茶园中间；有时是在小篾桌前坐着矮板凳，有时是蹲着或站着，便开始审理案件了。其间，小鸡小猪小狗还会跑来庭上嬉戏玩耍；挂着国徽的小青叶树上，还会有小鸟飞来歇在枝头歌唱……真是具有昌宁特色的"乡村法庭"。过去不是宣传过"马背上的法庭"吗？我听了昌宁县法院的法官们在山区农村办案的许多故事后，我想说，他们是"人民心上的法庭"，哪里的人民需要，哪里就会挂起国徽和法庭红布标，哪里就可以成为法庭……

想到在昌宁县山间、田间、村间、人间行走的国徽、行走的法庭、行走的法官，我从独角神兽雕像的头上远望过去，仿佛那旗杆和杆顶上飘扬的国旗，那法院大楼和楼头上高挂的国徽，那法院会议室里刚才与我们采风团一起开会的李秉琦院长和各位法官，都在行走着，无论是冬天或是春天，也无论是夏天或是秋天，都会给昌宁的各族人民送去法律的温暖……

于是，我以老兵的身份，举起手来，向灋、国旗、国徽和国徽下的昌宁县法院的法官们，敬了个军礼！

原载《昌宁审判》杂志 2010 年第 5 期

峨山的冬天和秋天

一、我们在冬天呼唤春天

我常常问自己：岁月是什么？生活是什么？文学又是什么？

我想，如果岁月是每年春夏秋冬的周而复始，生活是每天日出月落的朝霞暮霭，那么，文学就应当是人生的岁月与生活奔腾不息的江河。

阿普笃慕自古以来是彝族承认和尊奉的人文祖先，金铜雕像屹立在峨山文化园内。

请想想，没有江河的大地将会如何？没有文学的人生又将如何？

因此，我们从《诗经》开始，一代又一代人在探索着，创作着，收获着，欣赏着文学，这人生长河流淌着美感与情感的浪花。

今天，新年伊始，我们来自古都北京、长白山下、黄鹤楼上、北方海港、成都平原、滇池之滨、乌蒙彝州、灵韵玉溪的一群文学人，在红塔山前聚会，就是为着人生的文学与文学的人生。感谢远见卓识的主人在你们美丽的家园为我们开辟了创建了“社会主义新农村文学创作基地”。我听说全国有不少各种文学创作基地。我不知道以“社会主义新农村文学创作基地”为称号挂牌的玉溪峨山基地是不是第一个基地，但我却可以肯定地说，在我们云南这确实是第一个基地。这个基地的孕育起始于去年的早春三月，在那桃花盛开的山村，在那温泉喷涌的小街，几位有文化慧眼的有识之士，就爱上了这片土地。如今，真是十月怀胎一朝生子，这个基地终于诞生了。

我们虽然是在寒冷的冬天启动这个基地，启动文学创作，但我们却是在做着春天的事情。因此我们的心里感到十分温暖。这也说明我们云南、我们玉溪、我们峨山是一片广阔丰饶的文学热土。谁都知道，只有热土才会盛开春天的花朵，才会结出秋天的硕果。

当然我们云南有很多这样的文学热土。但为什么中国作家协会、丹增副书记、云南省委宣传部、云南省文联、云南省作家协会、玉溪市委宣传部、玉溪市文联会首选峨山作为第一个基地呢？我认为，这是因为玉溪峨山具有创建社会主义新农村文学创作基地的四大资源优势。这就是：独特的自然地域资源优势、厚重的民族文化资源优势、安定的社会和谐资源优势、科学的经济发展资源优势。这些资源优势不需要我在这里占用更多时间作注释详说，我们只要立足玉溪、扎根峨山，深入到群众中去，深入到生活中去，便能心领神会，便能顿悟感受，就会涌动起文学张力，就会创造出文学作品来。

我之所以这样说，是因为我有过这样的生活体验和这样的文学经历。我与玉溪峨山有血缘有感情。早在上世纪四十年代我的童年时期，由于父母婚变离异，我被寄养在峨山小街外婆家。我至今仍然记得那些“一更一点麻子洗脸”之类的农村童谣；仍然记得早已安息在小街红土高坡上的外公、外婆、大舅、二舅、三舅、小姨等亲人们的音容笑貌。我就是用我的祖父领我离开峨山途经新平哀牢山回镇沅按板井祖籍的途中的记忆，写了散文《漂泊的家园》在《中国作家》《散文海外版》和台湾《宇宙光》等杂志发表而被入选《散文精品·大地的眼睛》；又如上世纪六十年代我在昆明军区宣传部工作时，为响应深入农村生活的号召，于1965年到1966年到玉溪大营街师旗村搞社会主义教育运动，这期间与农民建立了友情，后来写了小说《遥远而又亲近的星》《山崖上的苦刺花》等，被收入《边疆文学·小说精选》而受到好评。我之所以举例自己，只是想说明，玉溪、峨山确实是可以出作品出精品的文学热土。也许只靠上世纪四十年代和六十年代的生活太久远了吧。但我去年两次到峨山、玉溪的采风，不仅唤起了我童年和青年时代的文学浪花，而且还让我体会到感受到新世纪峨山、玉溪的更深刻更广泛更美好更感人的文学创作资源，也曾经激发起我们创作灵感和长篇小说创作构思与提纲。我前前后后、断断续续六十多年来在这片土地上的人生经历，就像是岁月与生活奔腾不息的江河，我听到了浪花的声响，那是我文学的美感与情感的声响。

有人问我，你既然如此热爱峨山、玉溪的农村生活，如此情动于峨山、玉溪的文学创作，这次为什么又不报名成为签约作家呢？我可以坦率地讲，这是因为我此前签约的关于西盟、沧源佤族历史文化长卷散文的创作任务还没有完成，如果又背负上峨山新农村长卷散文的创作，精神压力实在太大了。再加上我年事已高，时间和精力毕竟有限，在深入生活与文学创作上不敢快速跑步，还是一步步以散步的方式前行吧！我只能告诉始终热爱着的这片有血缘有感情的土地，今后我会慢慢地写一些关于玉溪、峨山的散文、小说，并且想写得更好一些，用文学作出我的回报。所以，在今天这个启动仪式上，我只能寄希望于各位签约作家和来自各地的采风作家，我深信，只要投身于玉溪、峨山这片生活的热土，就一定能写出优秀的文学作品来。

我们在玉溪的冬天呼唤文学的春天。请让我借用一位诗人的名言来与大家共勉：既然冬天已经来到，那么，春天还会远吗？

2007年1月9日在会上发言

原载《文学界》2007年第1期

二、我们在秋天怀念冬天

从今天走向明天，从秋天迈进冬天，这是顺时顺路的跋涉。然而今天，在今年的这个秋天，我们都应该怀念冬天，重回三年前的那个冬天。

为什么呢？

因为没有那个曾经的冬天，便不会有眼前的这个秋天。

我清楚地记得，2007年1月9日在玉溪举行峨山社会主义新农村文学创作基地授牌仪式之后，第二天我们便奔赴峨山，在县政府会议室举行了挂牌启动仪式。我为此作了《我们在冬天呼唤春天》的发言，表达了我当时兴高采烈的心情。我也深刻地记得，那六位男女作家在那个会上一一庄重地签字，分别庄严地承诺，要真心深

入峨山生活，要努力创作反映峨山社会主义新农村的文学作品。在签约仪式的那时那刻，我们虽然也存有某种疑虑或者是产生某种担心，毕竟这是一种创新活动，谁也不敢保证能获得成功。但我们却义无反顾地投之以期待的目光、热烈的掌声。那时那刻，除了祝愿和祝福，我们说不出其他的话语。所以我们只能在冬天呼唤春天。

如今，三个冬天两轮春夏过去，从当年我们那些冬天里闪耀的目光中和温暖人心的掌声里，终于艰难而又顺利地诞生了这个研讨会和摆在会议桌上的这套文学丛书，这就是我们秋天的收获，沉甸甸的硕果般的令人喜悦的收获！也可以说，这是三个第一的收获，即：中国第一个彝族自治县的收获；第一个挂牌的社会主义新农村文学创作基地的收获；第一套社会主义新农村文学创作基地签约作家的文学收获。这三个第一的收获，组成了云南献给共和国六十华诞的一首颂歌！

此时此刻，我们怎能忘记：2006年的早春三月，在桃花灼灼的田心村，那和山鹰齐飞的花鼓舞，拉开了峨山文化的序幕；我们更不会忘记：2007年寒风凛冽的冬天，那一树树野樱花与一朵朵彩云陪伴着的采风之旅，在峨山帽山、在两江，在小街、拥租（彝语，长满芦苇的地方）、岔河（辛河与何外河交叉的地方）、云溪村、塔甸、业尼（彝语，有水流淌的坝子）；在山梁上、箐沟沟里，土掌房的房顶上；在篝火燃烧的歌舞场上，酒杯频举的宴席上；我们听到了一首首动人心魄的酒歌：

想你，爱你，
想你是挝罗，
爱你是挝罗，
白天想你做不成活，
夜里想你睡不着……

我们还在金黄的油菜花和油绿的小麦交织的田野里，听到了一首首真情实意的情歌：

想你，爱你，
唱首山歌表表心；
人人都说青菜青，
青菜没有阿哥亲；
人人都说白菜白，
白菜没有小妹白。

那些浸泡在酒杯里或缠绕在琴弦上的酒歌和情歌，经过春夏秋冬日月星辰的冶炼；已经在这些作家一部部作品的字里行间或故事章节里落地生根，生出枝叶，开出花朵……

今天，我们从这些作品所散发的一阵阵书香中闻到了峨山的江河大地、峨山的彝族群众、峨山的历史文化的独特气息。如果我们把手放在这些书上，或者把这些书贴近我们的胸怀，那么我们也能够感觉到创作这些书的作家们对于峨山那犹如故乡般、亲人般的血脉的搏动，情感的燃烧。

我们知道，全国有很多文学创作基地，挂牌之后便只有那块牌在挂着了。而峨山社会主义新农村文学创作基地是真正的生活基地，是有创作实践的基地，是有文学成果的基地，是可以用事实载入史册、用作品走向未来的基地！

秋天前面是冬天。如果说 2007 年的冬天是一个良好的开始，那么 2009 年的秋天，应当是一个更加良好的开端，从自然季节和文学创作的规律上讲，我相信，我们云南还有第二个第三个文学创作基地的诞生；还会有第二套第三套文学丛书的诞生！当我们在研讨今天收获的时候。更艰苦的长途，更美丽的秋天，已经在明天，在前方等待着我们，召唤着我们！

原载《文学界》2009 年第 4 期

后 记

我已经在前言代序《记忆与文学》中谈了生活与文学的亲密关系。阅读校对这本《香格里拉草原上》散文集之后，似乎觉得仍有许多话需要说说。但思来想去，其实这一篇篇散文，不就蕴含着我历来所主张的“散文是人生长河的浪花，是美感与情感的流动”的观念了么？

于是，在“后记”里，我就只想说两个字：感谢！

第一，感谢近几年来发表我散文创作的《人民日报》《文艺报》《中国作家》《民族文学》《上海文学》《云南日报》《大家》《边疆文学》等报刊，使我才有条件用纸质剪报文本，申报“中国少数民族文学发展工程作品出版扶持专项”时引起重视。

第二，感谢云南省作家协会在接受我的申报表和《香格里拉草原上》剪报文本之后，很快就同意上报中国作家协会，并在申报表的“推荐单位意见”栏目中写道：“八十高龄的彝族作家张昆华已在海内外出版小说、散文、诗歌作品 35 部，其中散文集 8 部。这本《香格里拉草原上》为近几年新作选编，无论思想性还是艺术性都达到新的高度，特予推荐。”

第三，当我在 2016 年 8 月 17 日《文艺报》一版公布的“中国作协少数民族文学发展工程 2016 年度出版扶持专项作品篇目”中看到

“经中国作协少数民族文学发展工程办公室组织专家评审论证和书记处审核通过，确定扶持选题”有我的散文集《香格里拉草原上》时，不禁十分激动，老泪盈眶，对着报纸连声说：感谢，感谢，感谢！感谢中国作协少数民族文学发展工程办公室，感谢参与评审论证的各位专家，感谢审核通过扶持篇目的中国作协书记处的领导同志！

如今在作家出版社各位编辑的关心帮助下，我的第9本散文集《香格里拉草原上》，终于如愿得以出版，除了再说“感谢”以表达我的心意，我还能说什么呢？

张昆华

2016年10月16日昆明金秋

附录：
张昆华已出版的作品要目

一、小说、散文、诗歌著作35部

1. 遥远的风情（散文集） 台湾幼狮文化事业公司（1995.11）

2. 不愿纹面的女人（长篇小说） 台湾殿堂出版社（1991.3）

3. 西双版纳恋曲（长篇小说） 台湾海风出版社 1994.11）

4. 给我海阔天空（长篇小说） 台湾海风出版社（1994.11）

5. 蓝色象鼻湖（中篇小说） 香港新文化事业供应公司（1986.9）

6. 云雀为谁歌唱（散文集） 香港洪波出版公司（2008）

7. 原始森林探奇的少年（中篇小说·孟加拉文） 外文出版社（1989.9）

8. 森林历险记（中篇小说·巴基斯坦） 巴基斯坦海岸出版社.外文出版社（1993.12）

9. 蓝色象鼻湖（中篇小说·朝鲜文） 延边人民出版社（1983.8）

10. 蓝色象鼻湖（中篇小说） 新蕾出版社（1981.3初版，1982. 9再版）

11. 洱海花（散文集） 百花文艺出版社（1981.3初版，1982. 9再版）

12. 多情的远山（散文集） 上海文艺出版社（1994.9）

13. 天鹅（中短篇小说集） 花城出版社（1985.5）

14. 爱情的泉水（长篇小说） 四川人民出版社（1981.10 初版，1984.2 再版）

15. 爱情不是狩猎（中篇小说集） 重庆出版社（1985.4）

16. 落花·流霞（中篇小说集） 长江文艺出版社（1985.10）

17. 不愿纹面的女人（中篇小说集） 中国文联出版公司（1987.6 初版，1988.10 再版）

18. 野渡·黑影（中篇小说集） 法律出版社（1985.10）

19. 黑影（中篇小说） 群众出版社（1986.4）

20. 魔鬼的峡谷（长篇小说） 云南人民出版社（1981.6 初版，1984.10 再版）

21. 在勐巴纳森林中（长篇小说） 云南人民出版社（1977.5）

22. 双眼井之恋（短篇小说集） 云南人民出版社（1995.12）

23. 曼腊渡之恋（中篇小说集） 云南民族出版社（1993.12）

24. 乡情集（诗集） 云南人民出版社（1963.12）

25. 在祖国边疆（诗集） 云南人民出版社（1973.12）

26. 红草莓之恋（诗集） 中国文联出版社（2002.1）

27. 梦回云杉坪（散文集） 华龄出版社（1996.10）

28. 鸟和云彩相爱（散文集） 百花文艺出版社（2000.10）

29. 白浪鸽（长篇小说） 晨光出版社（2003.5）

30. 漂泊的家园（散文集） 云南人民出版社（2004.5）

31. 云雀为谁歌唱（散文、诗歌、小说集）晨光出版社（2005.12）

32. 云南的云（散文集） 上海文艺出版社（2009.3）

33. 白浪鸽（长篇小说） 湖北教育出版社（2011.2）

34. 蓝色象鼻湖（中篇小说） 晨光出版社（2013.6）

35. 不愿纹面的女人（长篇小说） 文汇出版社（2013.7）

二、影视作品 2 部

1. 根据长篇小说《不愿纹面的女人》改编的电影故事片《独龙纹面女》，峨眉电影制片厂 1993 年摄制发行；中央电视台第六套节目电影频道 1998 年 9 月两次播放。

2. 根据中篇小说《黑影》改编的电视剧《黑影》（上、下集），重庆音像出版社 1989 年出版发行。

三、录音图书 2 部

1.《西双版纳恋曲》（长篇小说），香港盲人辅导会 1995 年录制。

2.《给我海阔天空》（长篇小说），香港盲人辅导会 1995 年录制。

张昆华获奖作品要目

一、国家级、全国性获奖作品

1．中篇小说《蓝色象鼻湖》1982 年获文化部全国少年儿童文化艺术委员会、国家出版事业管理局联合举办的“1980—1981 年全国优秀少年儿童读物评奖”一等奖，由中宣部、文化部副部长林默涵授予奖状；

2．短篇小说集《双眼井之恋》1997 年获中国作家协会、国家民委联合举办的第五届全国少数民族文学“骏马奖”；由文化部副部长、中国作家协会副主席陈昌本授予奖状；

3．散文《东巴故园情》即冰心题写的《梦回云杉坪》1995 年获电视台举办、海内外华人作家参与的第八届“海峡情”征文一等奖；由中央文史馆馆长、著名作家萧乾授予奖状；

4．散文《冰心的木香花》1999 年获国家广电部“中国广播节目国家级政府奖”；

5．长篇小说《白浪鸽》2003 年获冰心生前题字并与国际文化名人、英国作家韩素音共同创办并签名的“冰心奖评委会”授予的“2003 年冰心儿童图书奖”；

6．散文、诗歌、小说集《云雀为谁歌唱》获冰心、韩素音署名的“冰心奖评委会”授予的“2006 年冰心儿童图书奖”；

7. 散文集《漂泊的家园》2008年获中国散文学会“第三届冰心散文优秀奖”；

8. 散文《鸡鸣三省唱曙光》获中国散文学会等举办的“2011年全国散文作家论坛征文大赛”二等奖；

9. 散文《杜鹃醉鱼》1980年获《儿童文学》“1977—1979年优秀作品奖”；

10. 散文《春城绿意》1998年获《人民日报》“征文优秀作品奖”；

11. 诗歌《自然诗草》（二首）2002年获《光明日报》“道德之歌”诗歌大赛优秀奖；

12. 散文《那年泼水节》2009年获《中国散文年会》“优秀散文奖”；

13. 散文《我与税收无故事》1998年获国家税务总局《中国税务》杂志全国征文一等奖；

14. 散文集《鸟和云彩相爱》2001年获中国“北方七省一市文艺图书评奖委员会”优秀图书奖；

15. 散文《冰心的木香花》1998年获台湾“乡情文化征文”第一名奖。

二、省级、全省性获奖作品

1. 散文《战士自有战士的爱情》1979年获“首届云南省文学创作优秀作品奖”；

2. 短篇小说《炊烟》，1980年第1期《新华月报》转载，1981年获云南省作家会“优秀作品奖”；

3. 诗歌《骨肉之情》1979年获云南省作家协会“迎香港回归诗歌大赛”一等奖；

4. 中篇小说《蓝色象鼻湖》1983年获“云南省文学创作优秀作

品荣誉奖”；

5．中篇小说《秘密使命》1983 年获“云南省文学创作优秀作品奖”；

6．散文《我只是一滴水珠》1989 年获《春城晚报》“十年浪花”征文一等奖；

7．散文《木鼓无声话风云》1991 年获《春城晚报》“云南风物”征文一等奖；

8．散文《红旗桥上橄榄绿》1994 年获《云南日报》征文一等奖；

9．散文《山与江充满爱的口岸》1995 年获《云南日报》征文一等奖；

10．散文《台湾寄来一绺头发》1995 年获《云南日报》“社会纪实”征文优秀作品奖；

11．散文《昆明的花献给冰心》1996 年获《云南日报》“社会纪实”征文优秀作品奖；

12．散文《普洱茶礼赞》1997 年获《春城晚报》“太阳洲说茶征文”一等奖；

13．散文《九十九个红手印留住一个兵》1997 年获《云南日报》“花潮”优秀作品奖；

14．散文《曼海桥头大青树》1998 年获《云南日报》“社会纪实”优秀作品奖；

15．散文《孔雀起舞的山冈》1999 年获《云南日报》“花潮”优秀作品奖；

16．散文《冰心的木香花》1999 年获“云南省广播节目省级政府奖”；

17．散文《圆通山上樱花树》2000 年获《春城晚报》“樱花潮”征文一等奖；

18．散文集《多情的远山》2000年获“第三届云南省政府文学艺术创作二等奖”；

19．短篇小说集《双眼井之恋》2000年获“第三届云南省政府文学艺术创作荣誉奖”；

20．诗歌《访越诗草》2001年荣获公安部边防局主办的《边防战士报》“优秀奖”；

21．散文《伟人与士兵》2001年获《边疆文学》征文特别奖；

22．散文《留住那年秋色》2002年获《云南政协报》好作品奖；

23．散文《蔡希陶和两棵树的故事》2002年获云南教育出版社《生态经济》杂志优秀作品二等奖；

24．散文《歌声来自延安》2002年获《边疆文学》征文特别奖；

25．散文《木鼓头人》2003年获《边疆文学》征文二等奖；

26．评论《请用心灵倾听》2005年获《文学界》“金石”评论奖二等奖；

27．散文集《漂泊的家园》2007年获云南省“第五届文学艺术创作奖二等奖”；

28．散文、诗歌、小说集《云雀为谁歌唱》获“2008年云南省优秀图书一等奖”；

29．评论《维和英雄交响曲》2010年获《云南日报》“三读”征文二等奖；

30．评论《流淌在丽江天地间的文学长河》2011年获《云南日报》第二届“热点”征文三等奖；

31．散文《鸡鸣三省唱曙光》2012年由云南省文联“特授予云南文艺基金贡献优秀奖”；

32．散文集《云南的云》2012年获“云南省民族文学创作精品奖”。

图书在版编目（CIP）数据

香格里拉草原上 / 张昆华著. -- 北京：作家出版社，2017. 3

（中国少数民族文学发展工程·出版扶持专项丛书）

ISBN 978-7-5063-9414-7

Ⅰ. ①香… Ⅱ. ①张… Ⅲ. ①散文集 – 中国 – 当代 Ⅳ. ① I267

中国版本图书馆CIP数据核字（2017）第065804号

香格里拉草原上

作　　者： 张昆华
责任编辑： 史佳丽　李亚梓　李　夏
特约编辑： 张绍锋　郑　函
装帧设计： 曹全弘
出版发行： 作家出版社
社　　址： 北京农展馆南里10号　　**邮　　编：** 100125
电话传真： 86-10-65930756（出版发行部）
86-10-65004079（总编室）
86-10-65015116（邮购部）
E-mail:zuojia@zuojia.net.cn
http://www.haozuojia.com（作家在线）
印　　刷： 北京玺诚印务有限公司
成品尺寸： 170 × 240
字　　数： 221千
印　　张： 19.25
版　　次： 2017年6月第1版
印　　次： 2017年6月第1次印刷
ISBN 978-7-5063-9414-7
定　　价： 35.00元